庆祝中华全国总工会成立 100 周年
天 津 市 职 工 作 家 创 作 文 丛

车间主任

于俊杰 著

CHEJIAN ZHUREN

中国工人出版社

图书在版编目（CIP）数据

车间主任 / 于俊杰著.—北京：中国工人出版社，2024.4
ISBN 978-7-5008-8424-8

Ⅰ.①车… Ⅱ.①于… Ⅲ.①长篇小说—中国—当代 Ⅳ.①I247.5

中国国家版本馆CIP数据核字（2024）第049277号

车间主任

出 版 人　董　宽
责任编辑　罗　娜
责任校对　张　彦
责任印制　栾征宇
出版发行　中国工人出版社
地　　址　北京市东城区鼓楼外大街45号　邮编：100120
网　　址　http://www.wp-china.com
电　　话　（010）62005043（总编室）
　　　　　　（010）62005039（印制管理中心）
发行热线　（010）82029051　62383056
经　　销　各地书店
印　　刷　北京市密东印刷有限公司
开　　本　880毫米×1230毫米　1/32
印　　张　10.5
字　　数　216千字
版　　次　2024年4月第1版　2024年4月第1次印刷
定　　价　38.00元

本书如有破损、缺页、装订错误，请与本社印制管理中心联系更换

长风破浪会有时

蒋子龙

甲辰年初夏——“五一”劳动节来临之际，津沽大地绽放出一束别样的文学景观：十位作家，一套丛书，十部作品。作家居然成一个班的建制“闪亮登场”，让人有些惊奇和振奋，甚至感到有些突然。曾几何时，社会一度在关注天津青年作家队伍的现状，如今看谁还敢说“天津文学后继乏人”？！

说突然，其实并不突然。在过往的岁月里，他们都公开发表过多篇小说、散文、诗歌等作品，有的还出版过长篇小说，只是多以“散兵游勇”的姿态游离于文学界。久而久之，他们当中或许有人会成为名家，或许有人会与文坛渐行渐远，这也充分说明了机遇和平台的重要性。这十位作家来自不同的行业，他们共同的身份是所在单位的工会会员。这批俗称语境中的“业余作者”，之所以能和他们的作品一起在天津文坛集体出场，得益于天津市总工会的“职工作家培育工程”。回想起早年间，我所在的厂工会是职工的文艺之家，文、音、体、美、舞全面开花，富有吸引力、感召力和亲和力。离开工厂多年，我无论如何都想不到，天津市总工会竟办成这样一件给文学界鼓气提神、为职工生活锦上添花的大好事。

职工是社会的重要见证者和参与者，也是通过劳动创造生活的实践者。主办方天津市总工会告诉我，启动于去年春天的“职工作家培育工程”，参加条件之一是“在职职工”。在我看来，“在职职工”的视野里有真东西，生活中有真体验，情怀中有真良心，笔尖上有真表达，这就从根本上杜绝了鸡零狗碎的胡编乱造——看似写的是现实生活，却没有现实感，触及不到现实的敏感神经和痛点。纵观过往的文学大家，大都是“在职职工”。钱钟书对“纯文人”甚不以为然，他在《论文人》中就直言:“古人所谓‘词章家’、‘无用文人’、‘一为文人，便无足观’的就是。至于不事虚文，精通实学的社会科学与自然科学等专家，尽管也洋洋洒洒发表着大文章，断不屑以无用文人自居。”在物质社会、同质时代，差异就是优势，职业本身就使他们具备天然的差异性。因此，“在职职工”更容易培养和保持自己的势能。而写作，是不能失去势能的。

克莉斯蒂有句名言:“作家是缺少自信的人，永远需要鼓励。”从某种意义上讲，天津市总工会提供的“培育”更像一种鼓励。这种“鼓励”可谓形式多样、内容丰富，其中包括联系名家交流创作体会、提供修改建议等。这不仅是对“业余作者”

的鼓励，也是对文学创作“造血”机能的培育。岂止是“业余作者”，即使是名家，也需要这种鼓励。陈忠实写完《白鹿原》，先拿给一位并非声名赫赫的评论家朋友看，得到朋友的认可和鼓励后，才敢寄给出版社。同样的道理，十位作家与工会这个“知音”不期而遇，从而有了十部作品的高山流水。

这十位作家中有机关干部、产业工人、教师、公安干警、社区工作者等，他们带来七部长篇小说和三部5万字以上的中篇小说。其中的《坚不可摧》在我看来是长篇架构，只是没有完全展开，交代多于描写。这些作品无一不是从他们熟悉的生活元素中提炼出来的，题材多样、内容丰富，带有明显的天津地域色彩，创作理念也各有千秋。他们有沉实的生活底蕴，再配上足够的想象力，小说就有了魅力。

文学不能失去社会性，这十部书有着结实的人物形象和故事，写出了现实生活的骨感。《追光》中的女主人公刘少英，原是家里的墙上贴满奖状的模范人物，是村里最早致富的领头人，为支持村里办炼铁厂让全村人致富，不惜拿出全部家当。为此丈夫离开了家，而唯一的儿子死于事故。因儿子宅基地上无房，无法拆迁分房，村里干部和开发商与她多次协商无果，她成了“钉子户”和“上访专业户”。幸好后来为给山里送电，负责解决这一问题的男主人公陈进，年轻时曾是刘少英的崇拜者，诚直和厚、古道热肠，在他的调解下，刘少英主动迁走了儿子的坟墓，为“追光”工程让路。晚年，她孤身一人顽强而不倨傲地生活在山脚下，守护着儿子的孤坟。整部小说风骨硬朗、气象清扬，并不回避社会现实中的丑恶与矛盾，却令人动容，并感到温暖。

文学界似乎或明或暗、或断或续地一直在争论写“光明面”和“阴暗面”的问题。文学的力量不取决于写不写这“两面”，而是怎样写、以什么样的心态写。倘是怀着阴暗的心理歌颂“光明”，那就是对“光明”的嘲讽，效果适得其反。而《追光》的作者诤直有胆识，文不负心，持经世情怀，纵是揭露了种种社会矛盾和丑恶，却能真正打动人，反不会令人有晦暗之感。诺贝尔文学奖获得者、德国作家格拉斯曾言“文学正在从公众生活中撤退”，这才是文学被边缘化和失去感染力的原因。现实主义的基本逻辑是真实，深刻必蕴于诚实之中。现实主义的真实有超越虚构和说谎的力量。

中篇小说《坚不可摧》就具备这样的品格，两个优秀的警察，不得不躲在医院卫生间里彻夜分析案情，商量破案办法。为什么？因为他们的顶头上司公安局长是凶杀案的幕后主使。小说气格峥嵘，提供了一个很好的故事，触及了现实的痛处。直面现实，才能超越现实，富有建设性。这样的作品有益于世道人心，给人一种精神鼓舞。

长篇小说《肺活贴》也如此，主人公吴刚的亲人罹患绝症，又被现行医疗环境逼到绝境，竟发愤自己制药……从一个个剖面，层层剥开掣肘职场、阻碍顺畅呼吸的病灶，绘制一幅幅青春奋斗风貌。这样的小说才是读者乃至社会的“肺活贴”。作者把自己的灵魂注入作品之中，用真诚使文字有了一种巨大的感染力量。真诚是创作的命根子，写作不是精神逃避，有真性情才有好文字。在虚假文字泛滥、作家的虚构能力减弱的当下文坛，这十部作品尤其显得难能可贵，有一种回归创作本真的强心意义。

长篇小说《“姐夫”驾到》文思灵幻，生面别开。单是主人公获得了“姐夫”这样一个称谓，便带着亲昵、诙谐等诸多涵义。一个合资企业的代理工会主席，像“姐夫”一般千方百计、足智多谋地为职工谋求合法权益，关心职工的进步和发展，最终竟将企业的外方老板也教化成半个“姐夫”。小说气象融合可亲，用嬉戏笔法消解了企业内部的紧张矛盾，语言俊丽、文采盎然。

《一条大河波浪宽》中的“大学生村官”闫行的一段话，让我觉得这部小说的境界，高于眼下同类题材的许多作品：“我不想唱高调，对我来说，我就是找了一份普普通通的工作，自己做得开心的同时，也能让身边的大家伙儿开心，这就是我工作的价值。”这部书提出了一个了不起的观念：大学生当“村官”应该“职业化”，而不是“运动化”。就如同企业界有“职业经理人”一样，有契约、有标准、有职责，双向选择，这样的“村官”更便于融入农村。所以闫行刚进村的时候是“小闫”或“小行”，渐渐变为“真行”或“大行”，后来成为“老行”！

成熟的文学原不受题材的局限，《车间主任》《新生代》等作品，描写了现代企业生产经营、管理与发展的各种情状，看似是所谓的“工业题材”，实际是表现现代人的“职业性”，或者说现代职业生涯中的人性。在计划经济的年代，工厂车间的主要职能是生产、出产品，人际关系简单，谁的技术好，谁就会受到上级和工友的尊重。“公私合营”后企业的性质只有一种“国营”，理论上工人是国家的主人。仅这十部书中涉及的企业，就有国有、独资、合资、股份制、全民所有制……人际关系变得极其复杂和微妙，本该以生产为主的车间，人际关系成了“第一生产力”……

过去写工厂生活有个很大的困难，不写生产过程，故事无法展开，人物塑造和矛盾的铺陈都离不开“生产”这个元素，但一写生产过程，作品就显得枯燥乏味，被贬为“车间文学”。而《车间主任》等作品完全没有受这些因素困扰，其表现的是工业生产环境下的职业人生，有其特殊性，也有共性。“工业题材”是个约定俗成的概念，工业剧烈地改变了社会，改变了生活，小说是冲着被工业化改变了的社会生活以及“工业人生”去的，工业生产只是工业人性的背景。工业社会里没有容易的人，也没有容易的人生，小说有察世之智，朴诚沉挚。这是《车间主任》《新生代》乃至《肺活贴》等作品对“工业题材”的开拓和新贡献。

《暖春》题材新颖，在此之前，我还没有读到过像模像样的反映“社工”生活的小说。小说中的居委会，已经完全不是从前由一个“老大姐”，俗称“街道大妈”主持工作的居民委员会了。网络社会，网中人在微信上亲，见了面淡，住在同一栋楼，可能很久都见不上一面。而小说《暖春》，却气度温婉，文字有清趣。

《大湖长歌》显然是取材于东丽湖的开发，因为东丽区的赤土村很有名，小说保留了这个村名。东丽区曾经是天津的一块文学高地，20世纪九十年代崛起的几位专写长篇小说的东丽作家，均已年过花甲。在天津市总工会推荐的十位作家中，看到李旸的名字，令人高兴。

以前东郊区有大片的田地覆盖着黑乎乎的污水，人们钓鱼不敢去东郊。先有东丽湖的开发，后有空港的建成，不仅是一个区改天换地，天津东部半个城市的面貌都大为改观。李旸倘是把格局打开，不局限于一个区、一个湖、一座神龟亭，驰骋想象，把东部天上地下、湖里岸边、神龟金条等串在一起，纵放宕出、浑然成章，或许小说有另一番气象。作家就应对现实深切关注，同时保持易于思考和发挥想象的适度距离。

我居住的小区靠近西外环，十多年前每有西风，便会闻到一种烧胶皮的臭味。无风时也有这种臭味，天空的西边还汹涌着浓密的黑烟……岂料那竟是小说《青铜雕像》的生活原型。社会开放，被贫穷挤压太久的农民，一有了发财致富的自由，便无师自通地寻找各种“赚钱的门路”，然后不顾一切地走下去。其中一条门路是到城里收购废铜烂铝，回家稍作处理，加价卖出。

其中的代表人物李清泉，最初乘长途公交车，奔波一天再乘车回家时，要经过一个检查站。像战争年代穿过封锁线一样，他把装着金属破烂的编织袋东藏西掖，还经常被没收。后来他骑“铁驴”自行车，驮着一二百斤甚至更重的破铜烂铁绕过检查站……书中有个细节具有经典元素，收破烂走街串巷，是十分劳累和辛苦的。一天中午，主人公李清泉实在又累又饿，坐靠在一个变压器小屋的墙根下，从怀里掏出干饽饽和一块咸菜，吃着吃着竟睡着了。迷迷糊糊感到有个热乎乎的东西在嘴边蠕动，用手一拨拉，摸到一团毛烘烘的东西，睁眼一看，是一条流浪狗，正用舌头舔他嘴边的饽饽渣……

他很生气，自己不仅被人欺负，连狗也欺负他，当即把流浪狗赶跑。随后他却想到，这条狗也是饿坏了，才来舔他的嘴，其实自己比流浪狗也强不了多少，早知道就剩点饽饽给它。我想给作者再补充几句：以后这条狗就跟着李清泉到处走街串巷收破烂，成了他的好伙伴，这让他觉得轻松愉快了很多。后来他越做越大，渐渐发展到一个集装箱一个集装箱地大规模处理废旧电缆、电线和各种金属垃圾，最终创建了没有污染的"再生资源公司"。直到他去世后，那条狗还整天守护着他的"青铜雕像"。小说可以有闲笔，增加情趣和意蕴。

《青铜雕像》格调沉郁，文思饱满有力，读罢难抑苍凉之慨。李清泉这个人物不同于以前文学作品中的诸多农民企业家形象，有着完全不同的心性和智慧。从买卖废铜起家，最后为他立了一尊"青铜雕像"。

天津市总工会邀我为这套"十人书"作序。读罢书稿，神思感奋，似能与作者心源相接。于是不避妄言多失，写下读后心得。聊以应命。

作者系中国作家协会原副主席、
天津市作家协会原主席

2024年4月

目　录

楔　子

晚饭后，街道两侧的路灯有些疲倦，似乎和初春的节气有些不协调，汽车少了很多，人也稀稀拉拉的，没有了白天的拥挤和喧嚣。刘志民迈着缓缓的步子，在便道上低头慢走，好像在思考着什么。他的确要梳理一下思绪，因为下周就要去盛宇峰钢铁公司应聘车间主任，尽管他曾在大丰公司担任车间主任好几年，但他对盛宇峰还不了解，虽然都做钢铁，但企业与企业之间的管理模式差异应该很大。由于大丰搬迁，他已经失业一个多月，此次应聘势在必得。要想竞聘成功，必须对车间主任这个职位进行深度剖析，到时候不能让评委问短了，还要用创意性思路做亮点，让评委们刮目相看才有希望竞聘成功。正这么想着，突然前面一个人捂着肚子摔倒在路边。他紧走几步上前扶起问："你这是怎么了？"

那人眉头紧蹙，低沉地说："肚子疼，疼得厉害。"

刘志民看那人已经是满头大汗，黄豆大的汗珠顺着两颊往下淌，脸色发黄，看样子很痛苦。刘志民扫了一眼四周，没什么人，连忙说道：“我送你去医院！”正巧一辆出租车路过，刘志民赶紧摆手拦下，跟司机连拉带拖，把那人弄到车上，送进医院。

让刘志民大感意外的是，这位病人是一位企业家，走在半路急性阑尾炎发作，正是这次奇遇，才有了后面的一系列故事。

第一章

一周后，紧张严肃的面试现场，几个参加面试的人正襟危坐，等待着面试官的提问和“宣判”，也就是说，面试官的一句话，将决定参试者的命运。按照排号参试者一一上阵，分别从不同角度阐述各自对车间主任这个职位的认识和理解，也提出了不同的管理理念。第一个参试者姓王，自我介绍说是修配车间技术骨干，多年搞技术革新无数，是厂里公认的权威，自认为是修配车间主任的最佳人选，也有信心有能力把修配车间搞得更好。第二个参试者精瘦精瘦的，自我介绍说他是修配车间的老职工了，曾多次参与技术革新，是前几任车间主任的好参谋好帮手，竞聘车间主任有信心胜任角色，希望自己能够成为厂长的左膀右臂。话语很铿锵，后音很有力，换来了评委们的频频点头。刘志民心想，看来车间主任的职位已经花落有家了，今天的面试或许就是有一搭无一搭了。轮到他上场了，他抖了抖衣服，虽然已经不抱任何希望，但脸上依然保持着平静。他用目光扫视了一下评委，蓦然发现一个似曾相识的面孔。咦，仔细想了想，这不是那天自己在路边救过的人吗？他的面前摆着一个小牌子，上面写着：厂长。此刻，厂长也认出了刘志民，这个参试者不就是那天救自己去医院的那个人吗？他赶紧低头细看刘志民的表格，见简历上写着曾在大丰钢铁公司担任车间主任等，厂长心里就是一惊，这次招聘的职位就有修配车间主任啊，那天是凑巧还是刘志民早就认识他，莫非刘志民“动机不纯”？他便注视着刘志民，想看看刘志民的反应。显然，刘志民此刻也认出了厂长，但刘志民非常平静，脸上没有任何波澜表露。按照面试要求，对参试者要按提前制订的问题提问，厂长却不等主评委提问，抢先亲自提了问题。厂长问：“刘志民，你为什么选择到盛宇峰应聘？”

刘志民很爽快地回答：“因为早就听说盛宇峰管理规范，产品质量在钢铁行内有名有分，生产销售在同行业始终处于领先地位，我觉得盛宇峰更适合我的发展。”

厂长接着问：“那你说说怎样适合你？”

“我中专学的就是机电专业，毕业后在大丰钢铁干了18年，从基层员工做起，一步一个脚印干到厂里的骨干位置，对机械设备电气化都很熟悉，连续五年是厂里的技术标兵，被工友称为‘难题终结者’，六次技改研发，解决了客户提出的产品问题，达到客户满意。”刘志民很从容地回答着。

厂长很满意，继续提问：“你觉得是平台重要还是薪资重要？”刘志民也没打奔儿[①]：“薪资固然重要，都要养家嘛。在合

①地方方言，指停顿。

理的薪资基础上平台更重要，我可以有更多的学习机会，也可以有更好的发展空间。”

厂长继续问：“生产车间管理措施、法则是什么？”

刘志民略加思索说道：“可以归纳为——人、机、料、法、环，五大要素的管理和规范。人，即人的管理；机，即机器设备的管理；料，即物料的管理；法，即操作法，指导书；环，即环境的管理。”

厂长满意地点点头，又问了一个常识性小问题：“钢铁的成分是什么？”

刘志民连眼都没眨，脱口而出：“碳、硅、锰、磷、硫。”

接着，厂长又问，什么是车间主任的职责、内部管理，如何处理与职工的关系，如何处理与其他部门的关系，职工与车间主任出现矛盾怎么办，等等。刘志民都很从容地做出了回答，厂长总是微微点头，最后提了一个问题：“当你在马路上遇到行人摔倒，你应该怎么办？内心是怎么想的？”

刘志民瞅瞅厂长，心说这是问自己那天为什么要救他啊，不禁一笑，把脑袋晃了一下说：“救人时，不需要什么想法，那是正常人的本能，也不需要解释。”

厂长听了点点头，示意评委们继续提问。厂长亲自提问完了，评委们一个个摇头表示不再提问。但评委们却在心里猜测，这个刘志民可能是厂长的亲戚，或者有什么背景，或者这个车间主任的职位就是专门为刘志民而设立的，也未可知啊。就在评委们瞎猜乱想的时候，刘志民已经按照提问一条条地应答完毕。评委们还在惶惑中呢，就见厂长已经站起来，开始用力地鼓起掌来。评委们也胡乱跟着鼓掌。刘志民一头雾水，为参试者鼓掌可是面试现场没有出现过的事情。他瞅了一眼厂长，但厂长的眼神没在他这里，他歪歪脑袋，微笑着退出现场。

厂长的举动让人们多了几分猜测和判断。坐在厂长身边的人好像是副厂长，他把脸凑近厂长耳朵边嘀咕说："看样子，你是认定这个刘志民当车间主任了。"厂长点点头，低声说："是，我认定他了。这个刘志民心眼儿不错，从面貌上看浑身散发着正能量，从口才上看也是有很强的表达能力，他的回答都符合车间主任这个职位的要求，我认为他是修配车间主任的最佳人选。"

那人又说："尽管他救过您的命，您想报恩，这也属人之常情，但车间主任可是厂子的要害角色，是不是再慎重考虑一下？"

厂长一笑："不是有试用期吗，三个月试用期，咱给他缩短到一个月，他如果能在一个月里把关系复杂、管理混乱的修配车间捋顺，那就转正，如果还是乱或者更乱，立马换人！"

于是厂长当场宣布刘志民应聘成功。刘志民发现参试者纷纷投来表达着不同心理的目光，他知道，那里面包含了忌妒、羡慕，尤其那个精瘦男人的目光里还有几分恨意。他心下思忖，看来这车间主任还没上任，就遇到了冷气流，以后的日子也不会顺顺当当的。

然而他万万没想到第一天上班就遇到了"鬼"。

第二章

竞聘成功的喜悦使刘志民的神经异常兴奋，这一夜，他想了很多，对自己过去奋斗的回顾，对以后工作的设想，遇到困难如何应对，思考得越多，就越睡不着，干脆早早起床，洗漱完毕，早早去上班。

刘志民带着陌生的心情骑着自行车进了盛宇峰，把自行车放进车棚，刚要离开，突然大腿被自行车轱辘撞了一下，骑车的是个小青年。刘志民还没开口，小青年倒开口骂起来："你他妈不长眼啊，看见我来了还往里进，你哪个工序的？"

刘志民一皱眉，这人怎么这么横？咦，看这人面熟，好像在哪儿见过。哦，他想起来了，是跟他一起参加应聘面试的那个精瘦精瘦的人。看应聘时说的话很有场面啊，怎么会是这样的素质，开口就带脏字。刘志民心里不快，说话语气也就带了些严厉："你哪个车间的？说话干净点，这是骑车的地方吗？没看到别人都推着车走吗？"

这让小青年更加来气了："我在修配车间上班五年，没一个敢这样跟我说话的，看来你是想找不痛快，我非得教训教训你。”他扔下自行车挥拳就向刘志民打来。刘志民也不示弱，左手抓住他的手用力往后一拧，把年轻人的手臂拧到背后，年轻人疼得直喊：“疼！疼！你轻点，快放开我，不然我可对你不客气了！”

刘志民说：“你来，我看看你怎么个不客气。”

这时，一群人围了过来，把两人分开。年轻人一看打不过刘志民，说声：“你给我等着，我早晚办了你。”刘志民摇摇头，低声说：“真晦气，第一天上班就遇到个茬子。”

刘志民先去厂长办公室报到，厂长跟他交代了一些有关修配车间的情况后，亲自领他到修配车间去跟职工见面。一进车间，嚯，人们正议论呢，话题就是新来的车间主任到底是何方神圣，能把原来修配车间几个骨干中的骨干顶下来，难道有通天本领不成？正议论得热闹，厂长与刘志民一前一后走进车间。职工们立马静下来，刘志民发现人们看厂长的眼神是一种敬畏，看他的眼神则充满了疑惑和敌意。

厂长把车间所有职工都喊过来，向大家介绍说：“这位是新聘来的修配车间主任刘志民，原来是大丰钢铁的资深车间主任，知识全面，经验丰富，以后大家就在一个锅里抡马勺了。希望你们互相尊重、互相配合、互相学习、互相帮助，更希望你们服从刘志民的领导，大家齐心协力，把修配车间的工作搞好。”

刘志民表态说：“非常高兴能有机会跟各位一起工作，我能力有限，希望以后大家多多关照。”

刘志民的话音刚落，就听有人嘀咕一句："哼，还挺会说话，一个嘴皮子货。"

这时，厂长笑呵呵地分别把职工介绍给刘志民。王和平，修配车间技术骨干，电气化是他的特长；黄文海，特长是机械方面；技术员陆文军、侯晓东……随着厂长的介绍，刘志民的目光和侯晓东的目光对到一起，刘志民一看，就是刚才在车棚犯口角还动手的人。刘志民心说："这样的刺头儿，第一天见面就不顺当，以后跟他肯定不好处，我得想办法跟他化解。"此刻，侯晓东也在想，这姓刘的不知什么来路，看他今天在车棚里那架势，是个不知深浅的人，他敢竞聘修配车间主任，肯定有来头，要不就是高看了自己。"你小子遇上我，算是选错了路，看我以后怎么硌硬你，保你以后没好日子过，起码接连不断地给你来只苍蝇吃，哼！"这个"哼"字是侯晓东不自觉地发出来的，声音不大，好像从鼻翅儿里钻出来的。

侯晓东外号叫"刺猴儿"，还有一个外号叫"祸头"，在厂里惹祸是出了名的人，很少有人敢惹他，除了他本身"鬼难拿"，还有他在厂里当副厂长的舅舅作靠山，所以人们一般不敢招惹他，他就越来越有恃无恐。刘志民的到任，让侯晓东心里很不舒服，一个外来的和尚，进门就管着这些老职工，难道刘志民真有三斧子半的功夫？侯晓东心里就琢磨找机会给刘志民来个小苍蝇尝尝，相当于给他个小警告。

中午吃饭的时间到了，刘志民从厂部开会回到车间，脑子里回想刚才厂长在办公室跟他介绍修配车间总体情况的时候，告诉他修配车间主要是技术人员扎堆儿，其中有俩难对付的人，一个是侯晓东，另一个是王和平，只要把这俩人摆弄顺了，修配车间就一顺百顺。这俩人是什么脾气秉性，还需要进一步摸透，一上任的三把火也不能从这俩人开刀，那样给人的印象不好，还是以整体能力的体现为主，对这俩人慢慢来，总会有机会的。他这么想着，就走到车间门口了，正要推门，隔着玻璃看见侯晓东拿着一个饭盒藏到零件柜橱顶上，还抓过一张布满油渍的报纸盖住，然后若无其事地吹起口哨。刘志民心想："这小子莫不是把我的饭盒藏起来了？"还真让刘志民猜着了，他到自己放饭盒的地方一看，饭盒果然不见了，就问侯晓东："小侯，看到我饭盒了吗？"

侯晓东眼都不眨地随口说了句："没看到，你的饭盒放在哪儿只有你自己知道，你又没让我帮你管着，问得着我吗？"他一脸的正经，丝毫没有掩饰的成分，但刘志民却从他的表情里看出了幸灾乐祸。刘志民心想："我不是火眼金睛，但你那点儿小算盘早让你脸色的微妙变化出卖了，还装呢？"但他还是不揭穿他，故意说："也许我记错了，你快去吃饭吧。"这么说着，刘志民直奔零件柜橱的顶上把饭盒取下来，嘴角挂着一丝微笑，冲侯晓东晃晃脑袋。一种莫名的笑意，侯晓东心里就像被芒刺扎了一下，说不清是什么滋味，眼里冒出异样莫测的光。

下午上班后，刘志民想开个座谈会，详细了解修配车间登记本的情况。这时，一位明眸皓齿的年轻女人走过来说："你就是新上任的车间主任刘志民？"说着，伸出右手。

刘志民知道那是握手的意思，他搓了搓手：“是，我是。”

柳莎莎很响亮地说：“我是集团的报纸编辑柳莎莎，我打算采访你。”话音清脆，如莺声婉转。

刘志民说：“我不知道是运气好还是别的因素，或许是厂长对我偏爱，给我机会到这儿学习来了。”

柳莎莎说：“请你说几句成功竞聘后的感言。”

刘志民说：“没什么可说的啊，就是竞聘不易，珍惜机会，好好干，把自己的能量和价值都体现出来。”

话音未落，柳莎莎竟鼓起掌来：“太好了，我就想知道你的真实想法和感受。”

职工们从不同的角度欣赏这位“天外来仙”。人们第一次见到柳莎莎，觉得这位皮肤白皙、一头长发的编辑简直就是天仙下凡，因为他们从未见过如此漂亮的女人。刘志民也是第一次接受采访，有点手足无措，脸上不自然地冷热交替，一向沉稳的他说话竟然语无伦次了：“我，没什么可以写的啊。”

柳莎莎笑了，嘴唇一启，露出两排细白的牙齿，说话不仅好听，还特别爽快：“你不是盛宇峰职工，直接竞聘车间主任，而且非常顺利成功。请问，有什么秘诀？”

刘志民说：“没有秘诀，就是很认真地竞聘了。”

柳莎莎说：“不会吧，肯定是有备而来，今天要采写的题目就是《竞聘车间主任感言》，请你讲讲你是如何看待车间主任这个职位，将来怎样把车间主任干好等方面的话题。”

刘志民立马严肃起来：“说实话，我心里还是有竞聘不成的思想准备的。”

柳莎莎问：“那你对今后的工作开展是怎么想的?”

刘志民把头扬起来：“既然应聘成功了，那就顺势而为，遇神拜神，见鬼打鬼呗。”

柳莎莎说：“嘿，这想法很有意思，你真是个有特色的人物。”说了一阵，她的本子上已经写了好几页。

刘志民说：“大记者，我才说了那么几句，你就写了这么老半天，可别发挥啊，脱离现实就不真实了啊。”

柳莎莎一笑：“刘主任，我不光写新闻，同时也在为写小说积累素材。”刘志民也笑了，原来还是个作家。

柳莎莎说：“以后我会时不时就来采访你，你可别嫌烦啊。”说完，步伐轻盈地走了。

第三章

刘志民出于礼貌，把柳莎莎送出门后，快速回到车间。因为他觉得自己虽然是车间主任，但修配车间的工种很多，好多工作他以前也没干过，必须学习掌握才行，而且是要尽快进入角色。他在各个工位之间来回巡视，有时跟工人搭两句话，有时就很专注地思考着什么，人们不知道这位新主任到底是什么工作作风，对技术是否掌握，管理上会不会很严苛，所以，人们都很小心认真地工作，谁也不想给新来的主任留下坏印象。

时间过得很快，一晃，他已经到盛宇峰快一个月了。这些日子，他很少说话，每当分配某位师傅干什么工种时，他尽量站在旁边仔细认真地观摩，不明白的就问，加上本身就有着多年丰富的工作经验，不到一个月就掌握了车间的所有工作技能。他还对数控车床进行技改，提高数控车床加工的精度，他先是对主轴、床身还有镶条等方面进行检查，看车床是否满足加工要求。在工作过程中他定时监控，并且不断改进车床对加工件精度方面的不足，及时调整。他还从机电联调方面进行了优化，又从反向偏差还有定位精度以及重复定位精度这几个方面进行提高。在反向偏差方面，他通过机械手动的方式对偏差过大的情况进行修正，然后再当误差小到一定范围之内时，再用专业的方式进行进一步的优化。在定位精度方面，他通过显微镜的度数来不断缩小误差。通过这些方面的优化和机电联调的方式使车床精度达到了最高效率，这样解决了部分备件需要外委加工的难题。在中层干部会上，刘志民就上述情况进行了实情汇报。

厂长说："明天正好是试用期满一个月，我看从明天开始，你就是正儿八经的修配车间主任了，祝贺你！"

试用期工资是正常工资标准的百分之八十，转正就意味着给他涨了百分之二十的工资，刘志民听到这消息后，走路都带着风，脸上总是挂着笑。

刘志民的意气风发，气坏了侯晓东，还有那位王师傅。王师傅虽然名字叫和平，但他这人却不"和平"，喜欢挑刺儿，看谁不顺眼都会挖苦几句。刘志民没来时，论机械方面的能力王师傅是车间里最强的，他总认为自己才是车间主任的最佳人选，刘志民的出现，等于断了他升迁的念想。他心里痒痒得难受，总想找机会发泄发泄，脸上也没了笑容，看见刘志民的背影都予以憎恨的目光。

这天，侯晓东和王和平上夜班。侯晓东心想："真好，我正好借此机会拉拢拉拢王和平，和他结成同盟军，合起手来跟刘志民斗，就省得自己孤身奋战了。"他凑过来说："王师傅，你是咱车间最强的，我以为你当车间主任是顺理成章的事，没想到让这小子得了手，估计你心里很不是滋味吧？你放心，早晚我给你出气！”

王和平本来就瞧不起侯晓东，心里总觉得跟侯晓东不是一路人，走到天边也尿不到一起，就说：“我对这个破主任的角色没有你想得那么迫切，我无所谓，当官就得负责，端什么饭碗就得有什么胃口。我跟你不一样，你小子有野心，更有坏心，我劝你啊，该干什么快去干什么，别回头挖个坑把我埋了，少跟我套近乎。”

侯晓东一听：“嘿，王师傅，我自己身单势孤，怕不是他的对手，我是真心想跟你结成同盟军啊，到时候咱俩跟他对着干，合起手来给他苍蝇吃，让他知道苍蝇不好下咽，说不定哪天这小子就滚蛋了，到那时候，你就有可能当上主任。”

王和平鼻子一拧：“算了吧，侯晓东，咱俩犯相好多年，以后也不会走到一股道儿上。”

侯晓东白他一眼：“你这人，现在咱不是一条战壕的了吗？你可别装糊涂啊，刘志民本事不小，咱不能小瞧他，联手力量大，你懂吗？”

王和平若有所思地没再说话，侯晓东认为这是默认了，心里增加了不少底气。

第四章

下了夜班，侯晓东到车棚后，见刘志民正好把他的自行车放在自己的自行车旁边，心想："真是天赐良缘，你自找的。"他就在车棚里慢悠悠地转了几圈，看看上班的上班了，下班的回家了，便暗自欣喜地蹲下，拿出一把小刀，在刘志民自行车的前后车胎上扑哧、扑哧地扎了两个洞，眼看车胎没了气，他坏笑两声，哼着小调骑车优哉游哉地离去了。

下午，刘志民下班时发现自己的自行车胎被扎了，他皱皱眉头，马上就想到了侯晓东，心想，这个"刺猴儿"还真不是善茬儿，看来自己还得跟他来个对症下药，于是打算扛着自行车到马路对面修车点儿。这时，正好上夜班的侯晓东骑车吹着口哨过来了，见到刘志民，他狡黠地一笑，打了个响指，进了大门。刘志民心说："这小子是在挑衅啊，哼，我既然敢竞聘这个车间主任，就有办法降服嘎杂子琉璃球①，你先招摇着，早晚

①地方方言，指不正派的人。

会让你知道我刘志民是什么样的人。”这么想着，刘志民脸上装出一副若无其事的样子，也吹起了口哨。见侯晓东拐进了修配车间，刘志民就走到侯晓东自行车前，装作低头整理裤脚的样子，顺手把侯晓东的车胎放了气。放完气，站起来，犹豫了一下，皱皱眉，觉得似乎有些不妥，但他又觉得对鬼就得用鬼法对付，对神就用神的虔诚恭敬。转天刘志民来上班，走到车间门口，没做过这种小人所为的他为了平复心情，故意咳嗽了一声，推开车间大门。刘志民也不提自己车被扎胎的事，坦然地该干啥干啥，见了侯晓东还龇牙一笑，尽管有些不自然。但侯晓东看着那笑就好像黑灯影里的鬼脸，随时会出来吓唬人，他觉得这刘志民或许就是这样的笑面虎，笑里藏刀，自己得随时提防他的报复。这么想着，反倒心里不得劲儿了。下班的时候，他瞄着刘志民走出厂门，看着刘志民的背影说：“这人真看不透啊。”转身去推自己的自行车，结果车胎瘪了，再一看，气门芯被人拔了，“嘿，在盛宇峰竟然有人敢拔我的气门芯，真是奇耻大辱，更说明这人在跟我较劲，这口气可不好咽，想我侯晓东在盛宇峰公司那也是有名有号的人物，不能吃哑巴亏。”

第二天上班后，侯晓东忍不住就问刘志民：“我的车子是你放的气？”那语气的分量很重，像扔在地上的秤砣，侯晓东两眼直直盯着刘志民，观察他的脸色，心想：“如果出现波动或变化，肯定是他，那就表明刘志民也是小人心肠，更说明他跟我是杠上了。”

但大概过了三分钟，刘志民面若冰霜，冷冷地反问：“你说是我吗？”

侯晓东眼珠子滴溜溜地转了几圈：“我觉得是你。”

“你凭什么觉得是我？”

侯晓东歪歪脑袋：“除了我，别人谁也没招惹你啊。”

刘志民呵呵一笑：“照你这么说，你招惹我了，我就会以牙还牙，对吗？”

侯晓东也一笑：“我觉得是。”

刘志民摇摇脑袋：“这样吧，你下班后先别走，咱俩去保安室查查监控，一看就水落石出了。”

侯晓东心虚，查监控，那就是把自己扎他车胎的事曝光啊，就咧咧嘴说：“那就算了，万一查出来是你所为，你堂堂大主任脸往哪儿搁，以后还怎么混？我得罪的人太多，或许是小渣子们干的。”

刘志民心里暗笑，这小子属泥鳅的，又圆又滑，就绷住脸说：“你决定了？真不查监控了？你要怀疑我，还是查个水落石出好，你闹个明白，我也落个清白。”

侯晓东耸耸肩，在脸上摆出一个坏笑，说了句：“不查了！”然后晃晃脑袋，转身走了。

刘志民刚要走，柳莎莎来了，急忙拦住刘志民，问道：“刘主任，我想借机会问你一个问题，你新官上任后遇到的难题是什么？”

刘志民心想，这个柳莎莎好厉害，她怎么知道自己上任后遇到了难题呢，再说那些问题也不能讲啊，就若无其事地说：

“你得靠事实说话，我没遇到什么难题。”

柳莎莎说：“我这回采访不是写新闻，是为我的小说丰富内容。”

刘志民说：“嚯，大作家，你收集素材真是见缝插针啊，可惜我太平常了，不是有故事的人，谢谢你关注我，等我有了难题，我联系你，让你帮我出主意，好吗？”

柳莎莎有些失望，接着从挎包里拿出手机：“那这样咱把微信加上，随时联系。”俩人互相加了微信，柳莎莎离开了。

她在大门口偶遇侯晓东，就问：“侯师傅，你怎样评价刘主任？”

侯晓东故意压低声音说：“你让我评价他？我的脑细胞可值钱，不可能随便耗费的，你快去找别的高人吧，我不可能评价他。”说完，得意扬扬地笑了。

第五章

侯晓东的确很得意，感觉自己给刘志民扎了车胎就像取得了辉煌胜利一样，毕竟修配车间没人敢这么干，给刘志民扎车胎，足以让他在修配车间所有职工面前炫耀一阵子了。

但王和平却有不同的声音，他说："你算是个损人，但我觉得对付刘志民的手段不能太明显了，得用阴招儿才行。"

侯晓东说："你有什么高招儿，告诉我。"

王和平心说："傻蛋，你智商那么高，却用这么低劣的手法报复刘志民，太小儿科了。"

不过，王和平也确实有主意，他凑到侯晓东的耳旁："请刘志民喝酒，设计设计怎样给他挖坑，过去老宋只给主任提成，这回咱借机会分点外快，让老宋感谢咱帮他跟刘志民搭桥，让刘志民感觉咱是他的人，让他在不自觉的情况下犯错，这叫一箭三雕。"

侯晓东眨巴眨巴眼："嘿，王师傅，没想到你阴招儿来得快啊，高，妙！就这么办。"等刘志民从外面走进车间的时候，侯晓东迎过去，把刘志民拉到一边，悄悄地说：“主任大人，晚上请你喝酒，就当给你接风，你可别拒绝，要是不去就是不给我面子，摆官架子。”没等刘志民张嘴，侯晓东又说话了：“这是我的心意，就咱俩，喝喝酒，聊聊天，怎么样？”

刘志民一脸严肃，他在迅速分析咂摸侯晓东的意思，但他突然想到今天是他值班，厂里有规定，值班不许喝酒，就说：“今天不行，我值班，改日我请你。”

侯晓东马上跟了句：“值班又不是上班，一年三百多天了，哪天也没出过事，怎么就赶上你值班出事，放心吧。你是厂长最欣赏的红人，喝点儿酒不会怪你，再说你忙一天了够累的，弄两口回来正好睡觉。”

刘志民心想：“侯晓东一番好意，如果驳了，他会说自己死板，不给他面子，甚至还会利用这事造别的毛茬儿。侯晓东说的也不是没道理，听说厂子一直运行平稳，没出过什么事，怎么我刚刚上任，第一天值班就出事，我不会那么倒霉吧。再说厂长知道了，我也有词儿可说，我是利用机会与侯晓东弥合矛盾。”他决定答应侯晓东，就爽快地回答道：“好，跟你去。”

侯晓东一听，很高兴，那咱就去福顺居酒楼，那里环境很好，菜品也高档。侯晓东嘴这么说，心里却想，可别答应去福顺居啊，一顿饭就得几百块钱。

他正这么想着，刘志民说：“咱没必要去那么高档的地方，就咱俩人，找个小酒馆就行。”

侯晓东乐了，正中下怀：“好，那就去菜市场那儿的东北骨头馆。”

下班后，刘志民应约来到东北骨头馆，一落座，见王和平也来了，侯晓东乐呵呵地说：“下班正好遇上王师傅，就一起来了，不就多一双筷子吗？省得剩下饭菜还得带回去喂狗。”

王和平听这话很不舒服，就冲侯晓东瞪眼，侯晓东则给王和平一个坏笑。刘志民歪歪脑袋，也笑了。

于是，侯晓东先端起酒杯说：“刘主任，前头我做得有些过分，今天给你道个歉，你要是原谅我就干了这杯，我先干为敬。”说着仰头把酒干了。

刘志民说：“好，今天喝了这杯酒，咱们就冰释前嫌，以后就是好朋友了。”说完也干了满杯酒。然后王和平上阵，俩人轮番敬酒，喝着喝着，刘志民内急，去了厕所。

侯晓东趁机低声说：“今儿一定灌醉他，让他出丑，让他把肠子都吐出来，喝醉了让他去值班，咱就撺掇厂长今天查值班，给他个好看。”

王和平说：“掌握点儿分寸，别做过了，不好收场。”

侯晓东说；“这才哪儿到哪儿，你就怕了，出不了事，最多也就让他在家躺两天，刚一进厂就落个醉鬼的名声。”

王和平说：“你这小子，损点子太多了。”说完，冲着侯晓东竖起大拇指。俩人哈哈大笑。

可是他们哪知道刘志民已经回来了，正好走到门口听到侯晓东说什么出丑，让他把肠子吐出来，心下一沉：“这俩小子莫不是跟我玩什么鬼花活？我得小心点儿。”刘志民推门进屋，装作醉了的样子，把身子靠在椅子上说："哎呀，我这一杯醉的酒量真不行，你俩喝吧，我实在喝不下了。"

侯晓东笑着说："刘主任，刚才我接个电话，咱修配车间供货商朋友要来见见你，马上就到。"正说着，就有一个人高马大的胖子进了屋。侯晓东赶紧指着刘志民向来人介绍说："这位是我们刘主任。"然后又介绍来人说："这位是老宋，是咱们的老客户，跟咱们厂长好像有亲戚关系。"

老宋摆摆手："嗨，啥亲戚不亲戚的啊，干买卖，谁赚了钱进谁腰包，亲戚之间也不会白送钱，对不对？"

刘志民见老宋说话很豪气，心说这人弄不好也是"鬼难拿"，自己当着他的面先不装醉了，看他下面说些什么。就热情地和老宋握手，让座。

这可好，说好的俩人喝酒，变成四个人了，接着喝吧。

这位老宋还真有酒量，先是追平了三杯，然后举起满杯酒，冲刘志民说："刘主任，我给修配车间供货十几年，是绝对的老客户了，前头几位主任都非常认可我的产品，以后还仰仗刘主任多多关照，来，喝个加深印象酒，我先干为敬。"说着，仰脖儿把一杯酒倒进嘴里。

侯晓东跟了一句："老宋不是别人，跟我也有亲戚，是我表哥，刘主任以后多多关照，多多关照。"说着龇牙一笑，心里却说又多了个表哥，只有鬼知道吧。

刘志民瞅着侯晓东的笑容，似乎看出这小子肚子里全是坏水儿。他在心里揣测，老宋跟侯晓东、王和平肯定有什么猫腻儿，自己还得稳住神，千万不能喝多。

又是两杯酒下肚，刘志民真的感觉有些醉意了，就摆手说："我实在不行了，再喝就醉了，我还得去厂里值班，今天到此为止，改日我请客。"

侯晓东说："别呀，好不容易凑到一块儿，酒逢知己千杯少嘛，咱都没喝到位，你不能走。"

就在这时，老宋从挎包里拿出三个红包，分别递给每个人："小小心意，每人五千块，不成敬意，请收下。"

这让刘志民大感意外，他万万没想到老宋会有这么一手，感觉是侯晓东的预谋，就把目光投向侯晓东。

侯晓东回避了刘志民的目光，但他感觉到刘志民的心理变化，故意高声说："哎哟，老宋，你还这么客气啊，咱们交往多少年，没必要动钱啊，这可不行。我们厂管理制度特别严，平白无故拿你的钱，这不是让我们犯错误吗？这可不行！"

老宋说："小小心意而已，不必上纲上线。"

王和平笑着说："刘主任，人家老宋一番美意，咱必须得领啊，老宋给咱修配车间供货多年，你初来乍到，别太撅尾巴硬生好吗？"

刘志民有些发蒙，这红包来得太突然了，这场面让他感觉很被动，于是举着红包说："咱是供货与用货的关系，你货好，我们必然要用，货不好，你塞多少红包也没用，以后时间长着呢，人比钱长，你说是不是，咱不必这么客气。"说着把红包塞回老宋手里。老宋又塞到刘志民手里，来回推了好几次。

侯晓东说："刘主任，你看我这小平民百姓今天想沾你光，得点儿外快还不行，你怕当人面收礼违纪，是不是嫌老宋给的钱少，想背后独吞对不对？"

刘志民的脸被激得通红，连忙说道："你闭嘴！没边没沿地胡咧咧什么？"

王和平赶紧打圆场："不是不是，刘主任你想多了，侯晓东的意思是……"

没等王和平说完，刘志民把手一挥："不用描了，我都明白，感情上咱是哥们儿，工作上咱是同事，但原则是原则，感情是感情，不要弄混了，红包不可能收，以后也不行。今天当着你们仨人的面我声明一下，我把名声名誉看得比命还重，绝对不会因为被人诟病的事辱没我的名声。老宋啊，你听我的，供货关系照旧，不听我的，咱就断绝关系！"刘志民的语气很坚决。

侯晓东咧咧嘴，抓耳挠腮地眨眨眼，把脸凑近了说："主任大人，您大仁大义，别说过头话，弟兄们还要相处呢，再说，你说断绝关系就能断绝吗？难道你还能替厂长当家做主不成？"

王和平也说："刘主任，灵活一点儿路自宽，你天资那么机敏的人，别跟那一根筋地学，天天瞪着死羊眼办木头不透烟的事，对不对？"

老宋脸上堆起笑容，拿出一根香烟点燃，然后使劲地吸了口，稍顿了顿，仰头吐出一连串的烟圈，烟圈缓慢地飘移下落，他又将香烟插进烟圈中说："刘主任，你放心，以后修配车间的订单就归咱们几个操作，谁也插不进来。”

此刻的刘志民有些发晕，昏昏沉沉了，摆摆手，对侯晓东说：“我要回厂里，我去值班。”就在他临出门的时候，老宋又把红包塞进刘志民的裤兜。侯晓东见刘志民出了饭馆，立马拿出手机给厂长打电话说：“厂长啊，刘主任今天值班，现在跟我们在一起喝酒哪，我劝他今天值班就别喝了，他说要加深感情，非要喝，我也劝不住了。”说完，把电话挂掉，脸上现出得意的坏笑。

刘志民脑子里不仅发晕还有些混沌了，他自顾自地往前走，根本不知道身后的侯晓东给厂长打了电话，说的什么。他万万没想到，自己中了侯晓东设下的酒局和红包的陷阱，也给他惹来了莫大的麻烦。

第六章

刘志民晕晕乎乎地回到厂里，感觉头很沉，眼皮都抬不起来了，进屋后裤子脱到半截就倒在床上睡着了。但他万万没想到，半个月没查过班的厂长偏巧今天心血来潮，晚上九点突然查班，这让第一次值班的刘志民栽了跟头。

就在他睡得昏昏沉沉的时候，一阵敲门声把他惊醒，他东倒西歪地打开门，厂长站在门口，满脸怒气地问："刘志民，你知道你值班还去喝酒？难道你在大丰钢铁就是这样当主任的吗？厂里的制度、规定，还有用吗？"

刘志民醉眼迷离，挥挥手："厂长，我知道不该喝酒，可侯晓东他们的心意我不领不行啊，为了管好修配车间，我今天就是豁出去了，知道吗？厂长。"

厂长摇摇头，心说："喝酒还豁出去，你是不是有酒瘾？是不是两面三刀的人啊？当着我的面是正人君子，离开我就变成了社会人，跟侯晓东他们混在一起。如果你真是那样的人，我得考虑是用还是不用。"

厂长正这么想着，发现刘志民的裤兜半露半掩地支棱着一个信封，伸手一碰，信封掉在地上，厂长拿起来一看，嚯，信封里都是钱。掂了掂，若有所思，若有所想，抿嘴一笑，把信封还给刘志民："把钱带好！"

刘志民一下子愣住了，信兜？钱？他脑门儿上立马冒冷汗，坏了，中了侯晓东跟王师傅的计了。他极力回忆当时的场景，他清楚地记得自己把红包退还给老宋了，怎么还在自己裤兜里？他眉头紧蹙，对厂长说："我喝酒是错了，但不是单纯为了喝酒，那天我上任之前，你告诉我，修配车间里侯晓东跟王师傅各有千秋，只要把这二位管住，修配车间就一顺百顺了，我这不是利用机会耍耍这个猴儿，摸摸'刺猴儿'的底细，哪知道被猴儿耍了……"

厂长打断他的话："别说了，你看你都什么样子了，班也不用值了，睡觉吧，等你明天醒了酒，咱俩好好谈谈。"说完，走了。

厂长走后，刘志民心里开了锅，胃里依然火烧一般返热，厂长的态度已经表明对他有了看法，他自责又悔恨。刚进厂，就遇到这么多烦心事，大丰不好混，盛宇峰也这么复杂，他越想越难以入睡，索性猛烈地喝水，出了不少汗，慢慢地也清醒了。看着眼前的红包，他眉头紧蹙，琢磨厂长会怎么处理自己，红包怎么处理，自己又该怎么处理与侯晓东的关系，绝对不能让五千块钱红包毁了自己的名声。其实他心里明镜一般，他刘志民心底无私，是绝对不会接受红包的，红包必须退回去，侯晓东跟王师傅的红包都要退。至于厂长如何处理他这个新任车间主任，那就只有看厂长的心情了。万一厂长脑子一热，一脚把自己踢走，那也是命该如此，怪不得别人。

转天一上班，他把侯晓东和王和平叫到办公室，让他们立马把红包拿出来，不然就去厂长那里举报。二人见刘志民一脸严肃，估计是认真的，侯晓东难为情地说："刘主任，你看，这些年，人家送红包都是给头头脑脑的，我跟王师傅八竿子打不着，好不容易沾你一回光，你看你还假正经，还要让咱把吃进肚子的肉吐出来。"

刘志民非常严厉地说："赶紧！马上！立刻把红包交出来，还有，我决定跟那个老宋断绝合作关系，你们以后也不要联系老宋了。"

侯晓东把脸绷紧了，斜着眼说："刘主任，说你不是人吧，好像侮辱你；说你是神仙吧，你还吃五谷杂粮；说你狗屁不是吧，有点儿伤你自尊，可你也太不近人情了！"说完，满脸怒气地把红包拍在桌子上。

王和平也很无奈地说了句："干才遇明主才能得天下，领导跟咱不同心啊，谁让咱不是主任呢。"说着，也不情愿地把红包扔在刘志民脚下。

俩人的动作里含着太多的不情愿甚至是愤怒，但刘志民此刻已经顾不了那么多了，他俯身把红包拾起来，连自己那个红包一起用报纸裹起来，装进档案袋，夹在胳肢窝下，径直去了厂长办公室。一进门，只见厂长表情严肃，目光冷峻，刘志民就把档案袋放在厂长面前说："这是昨天晚上吃饭的时候，那个老宋给我们仨人每人一个红包，交给你，算是我们的态度。另外，我打算和老宋解除供货合同。"

厂长听后，半天没说话，脸很阴沉。厂长办公室里寂静无声，刘志民站在那里，感觉这个屋子里好冷，空气稀薄，甚至有令人窒息的感觉。刘志民瞥了瞥厂长，然后爽快地说："厂长，咱来爽快的，对于如何处罚我，我给你提个建议，有两个选择，一是你如果认定我吃请受贿，那我二话不说，立马走人，不给你丢人现眼。二是如果你觉得我不是那种人，那就把车间主任考察期延长，经过严格考察后，再决定我的去留，你拍板吧。"

厂长点点头："情况我了解了，你先回车间，怎么处理，我一会儿开会，碰完意见再通知你。"

刘志民离开后，厂长望着窗外，目光漫无目的地在厂区里扫视，他想，修配车间积存了许多老问题，就需要用特殊办法解决，按刘志民的能力应该绰绰有余，本想刘志民上任会烧三把火，修配车间会有个翻天覆地的变化，哪知道，他一把火还没烧成，自己却被拉下了水，看来真是人无完人啊。怎么处理，真是棘手，如果不处理，人们会说因为刘志民救自己一命，自己便袒护他，这样是否会纵容刘志民，使他更加肆无忌惮；如果处理，该怎么把握尺度？他有点儿为难了。他决定先找廖副厂长探讨探讨。

廖副厂长说："这很简单啊，你要抹不下脸开除他，就再考验他一回。"

厂长问：“怎么考验？”

廖副厂长在厂长耳边嘀咕了好一会儿，厂长紧蹙的眉头舒展开了，接着，他给一家供货商打了电话，让他们立马派人到盛宇峰公司修配车间联系供货，并嘱咐他们，产品质量要高，价格要低，不然就联系其他供货商。

一个小时后，厂长隔窗看见一辆乌黑铮亮的小轿车进了盛宇峰大门，他知道那是供货商来了。

这是刘志民上任后第一次或许也是最后一次与供货商打交道，他把车间会计叫到一起洽谈。刘志民对会计说：“一直以来你基本都参与进货，我初来乍到，听你的，你说了算，合同也是你签字。”

会计转转眼珠儿，心想：“你是主任，怎么能听我的？再说价格高了或低了，质量好了或坏了，规格准不准了，都是责任，你当主任的怎能都推给我？”会计不知道刘志民有心事，因为他正等着厂长的处理决定，说不定下一分钟就来个通知，让自己滚蛋。会计说：“刘主任，你是修配车间的当家人，你说了才算数，我做个见证就行了。”

刘志民说：“别推辞，要敢于负责啊。”

会计很无奈地摇摇头，看都没看合同内容，只问了问价格和数量，就在合同上面签了字，这个合同包括轴承和轧辊等，总价值一百多万元，供货商自然是非常高兴了。刘志民看了看合同，叹了口气。随后心不在焉地收拾自己的东西，甚至把饭盒都装进挎包了，就等厂长一句话，他立马起身走人，哪里还管什么进货的事。

这时候，厂长来了，慢步走到刘志民身边停下，没说话。刘志民见厂长脸色冷峻，眼神里闪着火光，就把身子往后退了退，屁股倚在办公桌上，低下头，等厂长“宣判”。厂长不说话，屋里特别沉寂，好几分钟了，屋里一点儿动静都没有，这让刘志民有些压抑，有些难受，他仰起头，爽快地说：“厂长，我知道你的心思了，就是不好意思说出那句让我离开的话，你不用为难，我违反了规定，已经不适合在这个岗位上工作了，谢谢你的信任，我辜负了你，谢谢！”说完，抓过挎包就走。走到门口，他又回转身想跟厂长握握手。厂长有些漠然，刘志民把手缩了回来，说：“临走我想给你提个建议。”没等厂长反应过来，刘志民又快速地说：“以后不要车间自行采购，应该由厂里统一招标采购，实行各车间配发领取制度。”

厂长心里可能很乱，对刘志民的建议好像没听完整，眼皮下垂，若有所思。此刻，刘志民已经走出了房间。厂长愣怔了一下，突然眼前一亮，追了出去，拦住正要骑车离开的刘志民，抓过他的手说：“你的建议太好了，就冲这个建议，也不能放你走，跟我去办公室，咱俩好好谈谈。”

侯晓东虽然看见刘志民推车离厂的身影，但没看到厂长把刘志民拉回的场面，只顾兴奋地在修配车间大声喊了一句：“刘主任被辞退了！”

修配车间一下子就乱了。侯晓东最得意，高声大嗓地说：“刘志民屁股还没热，就滚球了，弟兄们，咱们又来机会了，这回咱都报名竞选修配车间主任。”说着还打了个响指，走到王和平身边，来了个坏坏的笑。

王和平却不动声色地说：“你去竞选，本身有本事，又有舅舅给你撑着，你肯定行。你当上主任我辅佐你，我不行，胡吃闷睡，稀里糊涂，不是当主任的料，人家厂长那双眼根本不看咱，嘿嘿，所以呢，野心可以有，只能藏在被窝里做梦。”

侯晓东撇撇嘴：“王师傅，你涮我啊？”

人们正议论纷纷，厂长陪着刘志民回来了，车间里立马鸦雀无声了，每个人都在猜测。侯晓东嘀咕，明明看到他推车走了，怎么又回来了呢？是不是开除之前还要开一个“批斗会”啊？刘志民啊刘志民，真是露多大脸，现多大眼啊，早知今日何必当初啊，才来几天就当了反面典型，等着瞧好戏吧。侯晓东一边嘀咕一边偷眼看看厂长，但见厂长额头发亮，两眼放光，一副高兴的样子，他从厂长脸上的表情判断，自己刚才的幸灾乐祸又失算了。此刻，王和平也把一张不太自然的笑脸不断地往外送，当然最先送给厂长，依次送给刘志民，然后是侯晓东和职工们，送出去的笑里包含着不同的意味，到底什么意味只有王和平自己最清楚。

这时候，厂长说话了：“鉴于刘志民值班喝酒违反规定，厂部决定扣罚刘志民本月工资。但为了表彰刘志民一心为厂的精神，提出含金量很高的改进进货配发制度建议，这条建议堵住了咱们厂多年存在的管理漏洞，价值千金啊，厂部决定奖励刘志民五千块。”

厂长话音未落，侯晓东嘀咕一句：“扣罚和奖励正好相抵，等于没犯错，没扣罚，嘿嘿。”

厂长说：“希望大家不要再议论此事，要吸取教训，严守制度，在刘志民主任带领下，把修配车间的各项工作搞好。”说完，跟大家挥挥手，走了。

侯晓东本以为竞选车间主任的机会又来了，结果空欢喜一场，还得让这个外来人管着。他叹口气：“唉，人在屋檐下啊，说别的没用喽，干活儿！”

刘志民清清嗓子：“喊一声，各位，我说两句。一呢，咱们在一个锅里抡马勺，修配车间不是车间主任的，而是修配车间全体职工的，咱们一定要齐心合力，形成拳头，才能成为过硬的修配车间。二呢，我初来盛宇峰就违反规定，的确是错的，希望大家以我为鉴，不要再出现类似的情况。三呢，以后大家对我有什么意见，对修配车间各项工作有什么建议，随时随地提出来，好不好？”

王和平第一个站起来，很夸张地把两手拉开很大的距离，然后快速鼓掌。他的举动带动了整个车间，一时间，车间里响起了“啪啪啪”的掌声。

侯晓东转轴儿更快，一边鼓掌还喊了一嗓子：“刘主任千岁！千千岁！”刘志民瞪他一眼，侯晓东马上把目光移开，冲别人快速地挤眼。

下班时间到了，刘志民在车间里巡回检查，这是每天必须有的例行工作。

这时，柳莎莎打来微信电话：“刘主任，你怎么看待自己的违规。”

刘志民问：“你怎么知道我违规了？”

柳莎莎笑了：“我是记者、编辑、作家，耳目必须灵通，再说，你是特色人物，是我观察关注的对象，你的一举一动都在我的视野之内。”

刘志民说：“那以后我可要提防你了。”

电话那头传来“咯咯咯”的清脆笑声。

第七章

刘志民挂断柳莎莎的电话后，注意力马上就回到车间。他心里正乱着呢，这几天因为红包事件，他可没少费脑子，供应商改由凯通基业商贸公司供货。厂长不放心，亲自到车间询问供货质量，王和平正急赤白脸地发火呢，因为轧辊出现了断辊现象。轧辊是轧机上使热轧卷板产生连续塑性变形的主要工作部件和工具，材质是高强度合金钢或铸铁，通常由多个金属辊轴组成，用于向热轧卷板施加压力以改变其厚度、形状、表面光滑度，实现热轧卷板的冷轧、压延、拉伸的加工工艺。轧辊的种类和材料需要根据不同的轧制要求来选择，在轧制不同的材料时，须采用不同的轧辊材料和设计。首先，轧辊的好坏将直接影响产品的机械性能、尺寸精度，板型以及表面质量。其次，轧辊的好坏也将直接影响生产的产量，如轧辊换辊次数的增加将使产量直接下降。轧辊重车率在轧制过程中，因轧辊辊面工作磨损，需不止一次地重车或重磨。轧辊工作表面每次的重车量为0.1~5mm，重磨量为0.01~0.5mm。轧辊直径减少到一定程度后，即不能再使用。经化验发现，应有的高强度合金钢不足，肯定是改制辊。改制辊就是用直径粗的废辊经过车床改制成为直径小的辊，这种改制辊的表面硬度达不到，再有就是辊的强度达不到，容易出现剥落或者裂纹的情况，甚至会有断裂的情况。这个问题不是小事，引起了厂长的震怒，轧辊质量决定产品质量，怎么能如此操作？为此，厂长宣布停工一天，召开全厂大会，打算当场揭露有人从中牟利，损害工厂利益的行为。

厂长脸色阴沉，愤怒地说："这件事的出现，给全厂敲响了警钟，管理上有漏洞，就会伤害企业的根基甚至影响企业的生命，我们绝不姑息，必须进行深度调查！一查到底！"

大会后，职工们议论纷纷，有的猜测谁谁谁是害群之马，有的背后嘀咕某人具有嫌疑。修配车间更是炸开了锅，因为进货是修配车间的职责，出了问题，修配车间难逃责任。整个车间里互相猜疑，侯晓东就成了众人怀疑的对象。还有另一种声音，就是嘀嘀咕咕地议论刘志民，说他表面正经，背后龌龊，胆大妄为，刚进厂就惹了大祸，等着看厂长怎么处理吧，到时候，真相出来，看刘志民的脸往哪儿搁，看他怎样灰溜溜地卷铺盖走人。

就在人们议论纷纷的时候，厂长的一个决定打破了人们的猜测，因为厂长采纳了刘志民的建议，由厂里统一购进发放零部件和易损件及劳保用品等，供货商要通过招标确定。于是，在一些自媒体和微信群里发布了招标广告。侯晓东又马上给表哥老宋打了电话，告诉他赶紧重新注册，改换法人，准备参与盛宇峰招标。老宋心领神会，立马进行了周密安排。

一周后，到了招标会的日子，会议室里总共来了五位代表，他们好像谁也不认识谁，都在翻看自己的手机，等待招标的开始。厂长走进会议室，采购科科长先将五家单位做了介绍，然后把报价单发给各家供应商，让他们先填报价。标价很快填好，科长把报价单收了回来，对各家代表说："今天的招标会是第一次，就不当场宣布结果了，各位回去听消息，厂里根据各家报价进行研究，完后通知中标单位。"

供应商们走后，厂长打开报价单，发现一家比一家高，最后还是凯通基业商贸公司中标，价格和原来的相差无几，说明以前修配车间还是经过比价后寻找最低价格购买的。厂长点点头，突然问科长："参加招标的单位都是哪里的，你查一下公司注册地址。"

科长心领神会，马上通过软件查询，很快就查明了几家供货商注册地址都是本县城的，并且注册时间都是在本周，这说明这几家公司就是奔着这次招标来的，属于典型的围标行为。厂长又问科长："这几家公司的情况是通过什么渠道来的，有没有厂内因素。"

科长说："咱就在一些公众号、自媒体上发了招标公告，没有别的宣传渠道，几家供货商都是自己找上门来的，都说自己的公司规模很大，很有实力，都想和咱们厂合作。"厂长点点头，这个关口一定要把好把严。

经过反复筛选，大家一致认为凯通基业商贸公司的报价最为合理，就通知这个公司的负责人来厂进一步洽谈。令人没想到的是，来人竟然是那位老宋。见了厂长，他远远地就打招呼："亲戚近来可好，没想到咱们又合作了。"厂长有些诧异，心想，刘志民已经和他断绝关系了，怎么他又来了呢？这里面肯定还有内幕。

厂长干咳一声，对老宋说："你们中标也好，咱们合作时间很长了，彼此都了解，尤其是你们的供货质量有保证。"厂长哪里知道这里面的猫腻，别看侯晓东只是个普通职工，他脑子里转轴儿可多了，听说要招标供货，就在背后给老宋出谋划策，让老宋快速注册了几家公司，专门盯着盛宇峰的招标，因为盛宇峰用料年消耗量很大，是块难得的肥肉，怎能轻易丢开。所以，五家竞标单位其实就是老宋一家。老宋自然少不了侯晓东的好处费，侯晓东得了外快，心里美，没事就坐在椅子上跷起二郎腿，哼着小曲。

第八章

值班喝酒被处罚，这对刘志民来说，简直就是最大的羞辱。因为他对自己的名声看得特重，也知道这种行为实在是自己的失职，确实与自己的身份不相符，虽然出发点是为了化解与侯晓东的矛盾，但还是违反了公司制度。他一直在反思，不停地思考，想找到更好的方法化解矛盾，让整个车间形成一支团结有凝聚力的团队。他思忖良久，直到深夜也没有困意，便拿着手电筒向车间走去，想借着巡视透透气，换一下思维模式，看看有没有新的思路。突然眼前一个黑影快速闪过，这让刘志民顿时警觉起来，这是谁，半夜里偷偷摸摸的，想干什么？

直觉告诉他，这黑影有些神秘，又快速消失，估计不是好人，不然为什么走路那么快，就像逃避什么似的。于是，不假思索，他便向黑影追过去。为了弄清这人到底是谁，到底想干什么，他故意把脚步放轻，同时在心里告诫自己要多加小心，以防被这人偷袭。瞄着追着，那黑影却在车间拐角处不见了踪影，车间后面便是铁艺围栏。他停住脚步，猜测黑影很有可能从围栏处翻越逃出了工厂。刘志民到了围栏前，手扶围栏向外面望去，街道上空荡荡，一个人也没有。昏暗的路灯散发着微弱的黄光，在大雾中眨着疲倦的眼睛，仿佛快要被夜雾吞噬了一般。他感觉有一股凉意从心底慢慢升起，他更加清醒了，他推断此人肯定不一般，很有可能是有经验的小偷。有了这种想法，刘志民就更加小心了，他摸索着，寻找着，坚信这个黑影不会从围栏处逃跑，按理不可能有如此快的身法。即便是从这逃离也不会短时间内消失在街道上，除非外面有接应的人，那不就成里应外合了吗？如果真像自己所想的那样，事情可就大了，就不是简单的盗窃行为了，而是有预谋的团伙作案。

这让刘志民想起前些年隔壁工厂团伙作案的案例，一股凉气不由得从后脖颈往上钻。那是一起工人和保安串通的作案，保安人员为作案者通风放哨，几名工人明目张胆地将工厂里的铜锭子装到面包车上，一溜烟儿地消失在黑夜中。虽然后来全部被抓，也得到了应有的判决，但这种行为会不会被效仿，会不会发生在盛宇峰呢？他不知道自己的猜测是否准确，但他认为里面肯定有原因，即便不是小偷也是违反公司制度的行为，不然不会偷偷摸摸的，更不会看到自己就迅速逃离。刘志民带着这种想法在工厂内转了两圈没发现任何异常，他又怀疑自己刚才的判断，是不是太过敏感了，总爱把事情往坏处想，根本没有的事也会让自己杜撰成故事。也许是这段时间自己过于疲劳，精神上压力太大，总怕再出现什么意外，值班喝酒已经是违规了，千万不能在自己值班时出现意外，那样还怎么面对厂长。刘志民回到值班室更没有困意了，就连思路也被打断了，本来想换个环境厘清管理思路，想想下一步该怎样做才能提升团队合作力和凝聚力，这可好，脑子都被刚才的黑影占据了，他躺在床上翻来覆去，始终也没有找到答案，猜测不出这个黑影会干些什么，就这样迷迷糊糊的天亮了。

上班后，刘志民又来到昨夜那个黑影闪过处，仔细查找，希望能找到些蛛丝马迹，可找遍了车间周围也没有发现线索。就在他往回走的时候，突然发现料场的野草有些异样，像是被人踩踏过一样，断断续续有倒伏的痕迹，他顺着痕迹慢慢寻找，终于在一大丛半人高的野草中发现了两桶油漆。他的脑子里马上产生了很大的问号，谁会把油漆放到这里，这很不正常，也证明了昨夜他的猜测是正确的，有人想偷盗油漆，被自己发现了没来得及偷走，就顺手藏在了草丛中。刘志民断定这个人肯定是本厂员工，不然不会对厂内的道路这么熟悉，也不可能在短时间内藏起来。刘志民想，只要这人想偷，肯定还会再来，不可能把好不容易弄出来的油漆扔到这里不要，他决定下功夫蹲守，一定要把这个贼抓到。他把周围的草又向油漆桶上捋捋，掩盖好后从外面看不出任何痕迹，然后迅速离开。

说来很怪，自从发现有人盗窃后，刘志民就像得了一种怪病似的，他在车间里看到谁都会有种不一样的感觉，好像谁都有嫌疑。他那双怀疑的眼睛时不时地扫过车间的每个人，扫过侯晓东的时候，被侯晓东发现了目光里的内涵，他感觉刘志民有些不对劲儿，好像有什么事情瞒着大家，又好像在找什么东西一样，是不是厂里发生了什么大事。侯晓东不愧是猴精，眼珠儿一转就来了想法，他悄悄地走到刘志民身后，突然说："刘主任，你找什么呀？"

刘志民没有察觉，被侯晓东大声询问吓了一跳："你小子想吓死人呀？一惊一乍的。"

"看你今天有点不对劲，是在找什么东西吗？告诉我，我帮你找。"

"我就是看看，最近大家的工作状态较以前有明显提高，再看看哪里还需要完善管理，你最近的表现也有很大进步，继续努力。"刘志民说完，假装还在检查似的，到处看看，心想："侯晓东这小子敏感性太强了，我尽力压着，不让心思表露出来，还是让他发现了不对劲儿，难道他身上有特异功能，看来我得对他多加留意。"刘志民走后，侯晓东在工作台前用锉子磨着刚卸下来的那根轴，表情木讷，心不在焉又若有所思的样子，突然停下手里的活儿，走到王和平面前说："你发现主任今天有点不对劲儿吗？"

"没有，很正常呀。"

"不对，我总觉得他今天怪怪的，是不是又要整事？"

"不会吧，他才被处罚过，怎么也得消停几天。"

"越是这个时候他越得表现，好将功补过，总之你小心点儿。"

侯晓东走后，王和平也回忆了下刚才刘志民的表情，是有点不对劲儿，可也不算不正常，管他呢，干好自己的活就行了。

这时，侯晓东又走过来说：“你问问主任有什么事，看看需要咱们帮忙吗？”

“我才不问呢，要问你自己问。”

“我刚问了，他说没事，但是我感觉有事，你再问问。”

“干好自己的活就行了，别没事瞎猜了，还嫌不乱吗？”

“你这话说得就不对了，都在一个车间工作，谁有事大伙儿一起帮忙多好。”

“你小子什么时候觉悟提高了，说人话的时候还真有人味儿，你看还讲起团队来了，你呀，少给大家惹点祸，修配车间就烧高香了。”

“怎么又到我这儿啦？就说你问不问吧？”

“不问。”

侯晓东没趣儿地走开了，但他还是有点不死心，心里琢磨着再去找谁问，可转念一想，到处让人打听这事会不会让刘志民多想。在他心目中，刘志民那可是眼睛里容不得沙子的人，万一让他知道自己在背地里找人打听，那不就成了此地无银三百两了吗？还是先观察观察再说。王和平嘴上说着不管这事，但心里也是痒痒的，越闹不清就越想弄个明白。看着刘志民转了回来，就迎上去打招呼：“刘主任你看看这个辊的磨削量对吗？”王和平故意找话问刘志民，就是为了给后面的问话做铺垫。

刘志民说：“没问题，按图纸磨就可以。”

“好嘞。”

王和平又说："主任，看你今天脸色不好，是不是昨晚没睡好？"

刘志民很是惊讶，"王和平怎么会问我这个，难道昨夜那个黑影是他？他在试探我？还是关心我？"一连串的问号在刘志民脑海里瞬间闪过。他想试探下王和平，就说："还真是没睡好，昨天刚睡着，屋里跑进来一只老鼠，吱吱叫，吵醒了我，我再逮它滋溜一下子跑了，我的盹儿也没了，再想睡也睡不着了。"

"你真逗，拿我寻开心呀。"

说完，王和平就自顾自地去忙手里的活儿了，不再和刘志民打趣。刘志民通过与王和平的对话，也没有发现异常。这时的刘志民就像警察破案一样，好像大街上所有行人都有作案嫌疑似的，对谁都不放心，心想王和平不是这样的人啊，今天怎么突然关心起自己来了呢，这让刘志民百思不得其解。但是有一样让他弄清了，自己今天的表现有些过了，让侯晓东和王和平都来问他，是不是其他人也看出来了，只是不好意思问，这样会让那个小偷更加小心，也增加了他调查的难度。"这样不行，我得外松内紧，不能表露出来。"想好后他也回到自己的工位上了。就这样一天过去了，没有出现什么异常，下班后刘志民又到藏油漆的草坑里看了看，油漆还在，他想今夜来个守株待兔，不信贼不来。吃过晚饭，刘志民早早地来到车间办公室，透过办公室的窗户正好可以看清藏油漆的地方。时间还早，刘志民顺手拿起那本翻卷了边的机械原理书，刚刚打开，电话突然响起，是柳莎莎打来的，随即按下了接听键："刘主任这两天怎么没有你的消息，是在酝酿什么大的动作?”

刘志民回答:“正常工作哪能天天都有特大新闻，你这职业习惯都快成病症了。”

“职业习惯和捕捉新闻的敏感神经总提醒我关注你，因为你的言行暴露了你的性格，你的性格决定了你是有故事的人，有什么料别自己爆出来，先告诉我，我好采访你。”

“哎哟，小报记者都快成精了，我就一土包子，哪有你说的什么性格、什么故事啊。”

“哎，刘主任，你这意思是推辞啊?”

刘志民赶紧回应:“不不不，不是，好好好，有事我第一时间告诉你。”

挂掉电话，刘志民想，他就是操心的命，什么事都让他遇到，好的坏的一波一波来，总也解决不完似的。但他心里装着一件事，他想揭开谜团，决定今晚“潜伏”下来。

此时，天色渐暗，不大一会儿，夜幕就笼罩了整个厂区，路灯早早地亮了起来，但在夜幕中发出的光很微弱，整个院子一片寂静。刘志民在办公室窗后选了个角度，还不错，可以观察到隐藏两桶油漆的地方，他感觉自己此刻就像战场上潜伏的兵一样，一丝一毫都不能大意，他屏住呼吸，好像听到了自己的心跳声。他怕小偷从外面看到自己，就这样目不转睛地盯着那个草坑。过了好一会儿，一个黑影倏地蹿出，迅即便隐藏在草丛中，随之传来一连串的猫叫，是母猫叫春的声音，那声音在寂静的黑夜里传得老远，听得让人烦躁。他想用石块赶跑它，可又怕惊动小偷，就这样强忍着。难听的猫叫不间断地传来，却抵挡不住刘志民的困意来袭，昨天他几乎一夜没睡，今天一整天的精神又过于紧张，眼睛一个劲儿地盯着一个地方也容易视觉疲劳，他感觉眼睛有些累了，眼皮不停地打架，但他提醒自己，不能打盹儿，一定要坚持等待。就在他昏昏欲睡的时候，突然有一道黑影出现在草坑那边，刘志民顿时困意全无，迅速蹿出值班室，向料场奔去。黑影好像也发现了刘志民，抬腿就跑，当他来到草坑时黑影已经拐过车间。他也顺着黑影的方向拐了过去，迎面正好碰到侯晓东迎着他走来。刘志民问："你怎么在这里？"

"我今天值班，听到这边猫叫得厉害就过来看看。咦，你怎么会在这里？"侯晓东充满疑惑地问刘志民。

"你值班？今天不是王师傅值班吗？"

"王师傅家里有事，我俩倒班了。"

"哦，那你值班不在值班的地方，跑到这儿来干什么？"

"我听见猫叫得牙碜，出来轰猫，你又在这儿干什么呢？"

"我发现有人偷东西，在这儿蹲守。"

"逮到了吗？"

"没有，这刚追到这儿就看见你了。"

"哎，刘主任，你什么意思？怎么，你怀疑我是小偷？没证据可别乱说啊。"

"我只是说追到这儿碰到你了，没说逮到你啊，难道你做贼心虚？"

“哎哟，我的大主任，瞧你这反正话说的，我学问浅，说不过你，但是你不能乱怀疑我，抓贼是要人赃并获，你没有证据，要是胡乱猜疑我，无缘无故地让我倒霉吃亏，我可不会放过你！”侯晓东扔下狠话转身离开了。

侯晓东走后，刘志民在周围搜索着，他想要是侯晓东偷的油漆，赃物肯定就在附近，因为时间太短，他来不及藏起来，要是找不到赃物，真有可能是冤枉他了。但是这种猜想很快得到了证实，就在车间拐角处的雨水管下方倒着两桶油漆，分明有人是来不及放好，直接扔在了那里，这更说明是侯晓东所为。

第九章

第二天刚上班，刘志民就到厂长办公室说昨夜的事，厂长回看监控，可料场附近的摄像头是坏的，无法显示。两人分析了下当时的情况，基本可以确定是侯晓东，但缺少的是当场抓住现行，缺少有力的证据。厂长说："既然没有人赃俱获，这事就到此为止吧，以后我们加强管理就是了。"

刘志民说："不能这么轻描淡写地就过去了，即便是没能亲眼看到他手里拿着油漆，也很明显就是他干的，现场不会有第二个人，而且赃物就在附近，喊他来一问就清楚了。"

"有很多事不能弄得太清楚，清楚了也没法办，有时会更坏，还不如稀里糊涂的好。"

厂长这话说得让刘志民摸不着头脑，他不相信自己的耳朵，更不相信厂长会说出这种话来。虽然这个厂子不是厂长一个人的，可他是有大股份的，怎么会有这种想法呢，刘志民真弄不明白。他不知道以后的方向在哪里，又想做好自己就行了，管那些闲事干什么，可又有些不甘心，自己熬了两宿竟被厂长轻描淡写的一句话就结了。当他走出厂长办公室时正巧遇到柳莎莎，柳莎莎看见刘志民满脸憔悴的样子便问："刘大主任，这是怎么了？满脸的疲惫和怨气，像是受了迫害？"

"没人迫害，都是我自找的。"说完继续向前走。柳莎莎紧走几步拦住了他。

"有话可以跟我说清楚，也许我可以帮到你。"

"没有人可以帮到我，只有我自己可以帮到我。"

"那不见得，说来听听。"

"真的不用，以后做好自己分内的事就好了，总之少管闲事就行了。"

"你看这是谁把我们刘主任惹得这么大火气，还动真格的了。"柳莎莎笑着说。

"算了吧，多一事不如少一事，别把你也牵扯进来。"刘志民消极地说。

"我才不怕呢，只要是正义的，是好事我就帮你报道。"

柳莎莎话语中带着满满的正义，让刘志民觉得有诉苦的人了。就说："大记者，你不是想知道我这几天在忙什么吗？我告诉你。"

"好呀，快说。"柳莎莎兴奋地追问着。

"前天我值夜班发现有个黑影在车间周围打转，可是当我追到跟前就不见了……"

刘志民把这两天抓贼的经过和柳莎莎讲了一遍，听得柳莎莎仿佛进入了侦探小说中。当刘志民说到追踪黑影拐过车间和后来侯晓东的出现时，她大致明白了事情的经过；当厂长说不再追究这事时，她就完全明白了这事。因为她知道侯晓东是廖副厂长的亲外甥，这个关系只有不多的人知道，难怪刘志民不知道。厂长也是顾及廖副厂长的面子，更是因为廖副厂长是董事长的表弟，他的股份就是董事长送给他的。据说在董事长家困难时他姑妈经常送来的一些米面，才让他们不至于挨饿，后来有钱了，就念当年的情，送给了表弟一些股份，还让他到盛宇峰这边就职，考虑到他不懂管理，就安排了副厂长职位给他。刘志民听柳莎莎说完，感觉这个厂里的重要岗位都有亲属关系，这种家族式企业内部关系更不像他想象得那样简单了，要想在这里干出一番事业就要有超出平常人的能力，不只是在专业上，还要注意不要卷到矛盾的旋涡中。柳莎莎劝他不要往心里去，干好自己分内的工作就好，其他事由她来帮忙处理。第二天，集团报纸登出头条，刘志民深夜蹲守盗窃嫌疑人，成功追回企业财产。这次的报道在全厂引起了轰动，刘志民无疑成为人们心中的英雄，罩上这个光环，最起码会让侯晓东在一段时间内不敢报复他。

柳莎莎的报道从表面看是给了刘志民一个很大的光环，其实这件事在刘志民心中一直没能化解。这种处理方式让他更加耿耿于怀，更让他对这种家族企业管理模式心存怨气，只是目前自己没有能力扭转这个局面，虽然不能改变，但又在他心中总有一种想解决这件事的冲动。刘志民想盘点一下库存备件量有多少，看看是否需要补充库存，便让材料记账员把库存台账拿过来，他打开账本仔细地核对着，台账上面歪歪扭扭的数字让他越看越头疼，心想，就这个水平还安排她做记账工作，真是没办法。若只是字写得潦草还能凑合，可当刘志民翻看几页后就让他气不打一处来，明明昨天领用防油服时库内一件都没有了，可账上还记着12件，这是多久没有登记台账了，如果今天再有临时维修工作那不就没有一件可穿了吗？再往后看还有轧制油库存也没有了，可账面上还记有六桶。这是什么工作态度？可他又能怎样，这类事情又不是第一次发生了，为这事他曾找过厂长，厂长让他严加管理，有空多检查。这不但没有解决，还给自己增加了工作量。此刻的刘志民真想发火，想把材料记账员喊过来批一顿，但又一想，还是算了吧，厂长都拿这些事没办法，自己一个外人，没根没叶，真要是闹起来最后能有哪位厂领导可以帮自己说话。可不说出来，这口气又怎样咽下去。

就在刘志民不知所措时，透过办公室玻璃，刘志民看到侯晓东吹着口哨，佝偻着背，左右晃动着肩膀，迈着他标志性的独特步伐从他眼前走过。嘿，这是哪一出？难不成把车间当成了菜市场，又好像是来收保护费的，完全一副痞子的模样。当侯晓东朝办公室里面望去时，正巧与刘志民的目光碰到一起，就见侯晓东嘴角往上一翘，露出一丝嘲笑，那笑容里充满了对刘志民的不屑和无视，然后玩世不恭地举起右手，蜷起中指、无名指和小指，做出似手枪的姿势，对准刘志民，嘴里还发出“啪”的一声，仿佛是想一枪击毙了刘志民。侯晓东放下手，再次用桀骜不驯的眼神朝刘志民瞪去，然后迈着嚣张跋扈的步伐离开了。

本来刘志民就是一肚子的气不知朝谁发，又受到侯晓东这般狂妄的操作刺激，他实在控制不住内心的怨气了，正想大吼一声让侯晓东回来教训他一番，可就在话要说出口时电话突然响了，他一看是办公室主管打来的，只得先把怨气给咽了回去。接通电话就听办公室主管说："刘主任，厂长让通知你现在到会议室开会。"

刘志民问："什么会议内容，我需要提前准备吗？"

"不用，厂长说得挺急，怕是有什么急事，你先过来再说吧。"

办公室主管的语速很快，像是通知完他还要通知别人的意思。刘志民挂断电话拿起记录本，朝办公楼快速走去。进了会议室，他看见几位股东早就先到了，听到厂长说："廖副厂长怎么还没到，办公室再去催。"

话音未落，廖副厂长也进来了，厂长瞅他一眼，立马宣布："现在开会，今天召集大家来，有个急事要说。这几天我一直在集团开会，研究去德国采购一台八轴车床，今天和集团领导先去考察下，预订的是中午12点的机票，集团的大巴车已经在路上了。我离开的这些天，厂里的事就由廖副厂长和刘主任主持，有什么事你俩商量着办。"

廖副厂长接话茬儿说："昨天刚定下来今天就去？有必要这么急吗？"

厂长说："集团的决定，我也是刚接到的通知，我走后你就多费心吧，生产方面的事多听听刘主任的，他会很好地配合你的。"说完又对刘志民说："刘主任，你也多听取廖副厂长的建议，和他配合好，我离开的这段时间你遇事要多几个角度考虑，千万别出什么乱子。"

"好的，我会好好配合廖副厂长工作的。"刘志民说完朝廖副厂长看了一眼，见他根本没用正眼瞅自己，再看其他股东的脸上都挂着一种漠视的表情，刘志民知道这是大家对厂长的安排不服，这种大事怎么能交给一个外来的车间主任呢，明显是没把他们放到眼里。

见大巴已经停在了厂门口，厂长接着说："就这样吧，没时间再和大家交代了，在座的各位有事就找廖副厂长和刘主任吧。"说完，让办公室主管帮他把行李送到了大巴车上。

厂长走后，刘志民的思路还停留在刚才的时刻，他在想，厂长为什么把如此重要的工作让自己来负责，这里有很多老的主任，甚至还有很多股东都可以做这项工作，而厂长偏偏交给自己这个新人，这无疑是把自己推上了风口浪尖。他不想接这项工作，可厂长早已在去机场的路上了。要是和廖副厂长说自己不能胜任这份工作，让他全部代劳，这样正中廖副厂长下怀，他等的就是这个，这样他就可以大权在握了，等厂长回来，他可以说是自己不能胜任请他来管理的，那样不就辜负了厂长对自己的期望了吗？厂长之所以安排廖副厂长和自己共同代管就是怕廖副厂长独断专行，让自己来分散他的权力，从而达到平衡的目的。刘志民好像突然想通了厂长的用意，但是怎样服众，则成为他下一步的主要工作。

就在刘志民默默思索时，人们已纷纷走出了会议室，空荡荡的会议室中就剩下他一人。柳莎莎的出现打断了他的思绪。

他赶紧起身打招呼："柳大记者周末也没休息呀？是不是又发现了有价值的信息？"

"还真让你说对了，我刚到健身房就接到电话说今天去德国考察的团队要出发，这不连衣服都没来得及换就匆匆忙忙地赶了过来，可还是晚了一步。"柳莎莎遗憾地说着。

"那就回去继续锻炼吧，难得今天有这兴趣。"

"不去了，现在最大的兴趣就是想了解下厂长走时的工作安排，听说让你和廖副厂长代替主持工作，这是真的吗？"柳莎莎的脸上露出一丝意外和惊喜。

"是的。"

"你觉得自己能够完成好厂长交代的任务吗？"

"说实话不知道，压根儿就没想到厂长会有这个决定，提前也没和我透露，弄我个措手不及。"

"机会总是留给有准备的人，我相信你能够干好，而且会干得非常出色。"

"你这是在表扬我还是在捧杀我，我自己还不知道自己几斤几两，这临危受命的事不就是把我架到火上烤吗？"

"你怎么会有这种想法？"

"不是吗？从上次你说完厂里这帮人的裙带关系，我就留意了，但凡是有点关系的就从不同程度上偷奸耍滑，要不就是能力不足还放到关键岗位，净耽误事，特别是廖副厂长那人多难处，让我和他组建临时班子，一想头就疼。”刘志民仿佛找到了出气筒，一口气把刚才的担心都倒了出来，说完后，他感觉轻松了很多。

“你不是一直想整顿纪律吗？正好就此机会可以大显身手了。”

“就怕还没出手就被扼杀了。”

“太没自信了，这可不是你的风格。”

“我是什么风格，你怎么知道？”

“我这职业敏感度和我这双眼睛怎么会看不出来，你太小瞧我了。”

“我可不敢，你是大记者、大作家，具有丰富的想象力和洞察一切的敏感度。”

“知道还问我。”

“哈哈哈哈。”刘志民明显有些局促，只好勉强地假装笑着。

“又用你那种标志性的假笑来搪塞我，说说你的具体想法吧，别总是牢骚和担心了，那些对你开展工作根本起不到作用，反而会让你束手束脚。”

“你说得很对，我是要好好地计划一下，虽然只有短短的七天时间，但是保证在这段时间内不出现突发事件也是很不容易的。”

“要是你这次能够完成好厂长交代的任务，会给你的将来打下很好的基础。”

“话虽这样说，但也不是容易的事，但愿不会出乱子。”

“是，都盼着不出乱子，可这只是想法，并不能控制事情的发展，再说，没有乱子怎么显示你的能力。”

“我还是不要显示的好，但愿别出乱子。”刘志民用一种祈祷的语气说道。

可没有乱子怎么增加丰富的阅历，怎么让他在这个人员结构复杂的厂子站稳脚跟？

第十章

办公室主管看刘志民还在会议室，就说：“刘主任还没回去呢，正要电话通知你下午两点在这开会，这回省事了，直接就通知到了。”说完又对柳莎莎说：“柳记者也在呀，一会没事到我那坐会儿，上次你说的那个化妆品真的非常好，我用后皮肤光滑细腻了很多，有种极致的舒适感，你们聊完一定到我那儿，我还要好好地跟你学几招保养的秘诀。”

“行，一会儿我去你办公室找你，你先去忙吧。”柳莎莎回应着办公室主管。

刘志民说：“看到了吗？说来事这不就来了，我还没离开这事就来了，这速度太快了吧？”

柳莎莎说：“你怎么就知道不是好事，别乱猜了。”

“我的直觉没有你的灵敏，但往往也是很准的。”刘志民很自信地说。

“那你还不赶紧做准备，把你预感到的问题提前想出解决的方案。”柳莎莎提示他。

“是，你说得很对，我是要好好地分析下，做个预案，避免杀我个措手不及，那我先回车间了。”

“好的，再见！”柳莎莎一边说着，一边向刘志民挥手。

刘志民也说：“再见，谢谢你帮我做了细致的分析。”

刘志民回到车间想：“廖副厂长召集会的议题会是什么呢？为什么也不和我先沟通一下？明明厂长在会上宣布的这些天厂里的事由我们俩代管，他这分明就是没把我这个外人当回事啊。”想到这儿，心里有些愤懑，但他立马嘱咐自己要冷静，脑子不能发热，他强迫自己冷静下来，又提醒自己从另一个角度想一想，心情好像平复了许多。是啊，廖副厂长就是这种人，永远高高在上，不可一世，这是他的风格，如果和自己沟通那就不是廖副厂长了。他歪歪脑袋，笑了，因为他想通了。他再次叮嘱自己，不管怎样一定要控制情绪，避免和他争吵，这是保证在厂长回来前内部和谐的最好办法，可他又怕廖副厂长自作主张乱拍板，万一拍出乱子来怎么给厂长交代。他是第一次被推到这个位置上，心里有些诚惶诚恐，让他不能静下心来再看材料台账，合上账簿他来到了车间。

刘志民转了一圈没看到侯晓东，就问王和平：“侯晓东去哪儿了？”

“那个‘刺猴儿’就是卧不住的兔子，谁知道又跑哪儿去偷懒了。”

听王和平这样说，刘志民想起开会前侯晓东对他做出的动作和脸上的表情，顿时气就不打一处来，心想，刚才自己还没找侯晓东，这会儿他又不知道跑去哪儿偷懒，要都是这种工作状态，盛宇峰不就等着破产了吗？等会儿他回来非得好好地批他一顿。刘志民哪里知道此时的侯晓东正躲在车间外没人处给供应商老宋通风报信，侯晓东告诉老宋，厂长出国了，现在厂里的事都由他舅舅主持，现在他们说了算。老宋也是恭维着，把侯晓东捧上了天，让侯晓东有种在云端的感觉，飘飘然，如沐春风。就听侯晓东在电话里说："都好办，有事只管来找我，修配车间的事我说了算。"

老宋说："真的吗？那可好，正巧有个事跟你说，我最近又搭上一个做轧制油的工厂，刚刚拿到华北地区代理权，看看你们厂可不可以打进去，要是能成，好处费肯定少不了。"

侯晓东一听好处费就两眼冒金光，爽快地说："你先送二十桶过来，如果用着好，我保你以后就是盛宇峰的固定供应厂家。"

老宋听侯晓东答应得如此快，有点儿不敢相信，厂长是出国考察去了，毕竟还有副厂长和主任，他一个技术员能做主？即便有廖副厂长给他作靠山，但那刘志民可不是省油的灯。侯晓东见老宋没有接他的话，就猜到了对他的表态有些质疑，便又补了句："厂长临走时已经把厂里运营管理权交给我舅了，一会儿我和我舅打个招呼，你就把心放到肚子里吧。"

老宋听侯晓东这么一说，心里也就有了谱，马上就改口笑着说："好好，你先和廖副厂长打个招呼是最好的，省得刘志民那家伙从中作梗，事成之后我会好好地谢谢你。"

“怎么谢我？”

“肯定让你满意。”

“和你开玩笑了，别当真，谢不谢都没事，咱哥们儿不讲那些，义气才最重要。”说完，呵呵地坏笑着挂断了电话。挂断老宋的电话，侯晓东立马拨通了廖副厂长的电话，接通后满脸堆着坏笑说：“舅，有个事向您汇报，早上车间提报采购轧制油，正巧老宋现在也做这个，我比了下价格，比现在咱们采购的价格便宜，您看咱是不是换他的试试？”

“一桶差多少钱？”廖副厂长问。

“一桶便宜两百块，这一年下来可就不是小数目了。”

“那你先按使用量订一些，等用着没问题再多采购。”

“好嘞，舅。”侯晓东挂断电话高兴地平地蹦起半米多高，打了个响指，自语了一句：“还是亲娘舅好啊。”然后吹着口哨回了车间。

一进门，看见刘志民和王和平在说话，他假装没看到，转身到了自己的工位，拿起锉，在一根轴上磋磨着，可是一双小眼睛却偷偷瞄着刘志民的一举一动。其实，侯晓东一进车间刘志民就看到他了，就是没搭理他，想看看他的举动，没想到还挺老实，进车间就回了工位，快速拿起锉刀噌噌噌地锉了起来。因为惦记着老宋许他的好处费，他的脑子早飞到老宋那里去了，以至于那把锉刀只在一个地方没完没了地锉着。刘志民冲着侯晓东大喊一声：“侯晓东！你在干吗？是想把那根轴锉报废吗？”

侯晓东听刘志民喊他，突然打了个激灵：“哎哟，主任你是想吓死人吗？我又不聋，小点声儿不行吗？”

“你从早晨一上班就到处闲逛，现在又心不在焉，消极怠工，还想让我慰问你吗？”

“我可没闲逛，也没消极怠工，你可千万别冤枉好人。”

“你是好人？你要是好人，那就没坏人了。”

“主任你说话注意点儿，不是我没提醒你，你这是诽谤我。”

“我诽谤你？你说这一上午你都干了些什么？”

“我干了些什么你无权过问，你说我闲逛和消极怠工有什么证据？”

“这大白天的，谁都不瞎，都看见你到处乱转，还用什么证据？”

“我闲逛？我那是给厂里干大事去了，为厂里作贡献去了，等厂长回来都得给我发奖金。”侯晓东理直气壮地回怼刘志民。

刘志民看他这副嘴脸，好像他还真干了些什么对厂里有利的事一样，就问道：“那你说说，也让大家听听，你作的贡献是什么？”

“呵呵，你们不够资格听。”

“那就是没有，就是闲逛，就是消极怠工。”刘志民气得脸色铁青，全身颤抖，想把满腔的怒火一下子喷射出去，把侯晓东打个灰飞烟灭。可是他还是控制住了情绪，他知道让侯晓东如此猖狂的是他背后的廖副厂长，他只不过是台前的一个小丑演员罢了。他稳了稳情绪，接着说：“够不够资格你说了不算，在这个车间我是主任，我有权力管理每位职工，除非你离开修配车间。”

“离开修配车间？恐怕你说了还不算，只要我不想走谁也动不了我，你还是想想自己能在这干多久吧。”侯晓东有恃无恐地说。

王和平见两个人争执不下就过来打圆场说：“侯晓东你还真是个‘刺猴儿’，主任问你话你就实说不就完了吗，非得找别扭不行，不然就显不出你有本事是吧？”

“哎，我说王师傅，这哪里都少不了你，你又算是哪根葱，千万别把自己看得太高了，不然会摔得很惨。”侯晓东完全一副谁都不怕的表情，谁来就和谁杠上了。

王和平见侯晓东油盐不进，就又和刘志民说：“主任，你别和他一般见识，他就是一痞子，跟这种人生气不值，你先回办公室，等他冷静下来，我再找他谈谈。”王和平拽着刘志民进了办公室。

王和平回到车间对侯晓东小声说：“今天你可厉害。”说完还抿嘴一笑，并偷偷地竖起了大拇指，给侯晓东一个大赞，当起了两面派。

侯晓东说：“都知道我是狠人，跟我斗，我弄死他，不信，不出一个月让他滚蛋！”

王和平说：“你小子可要稳着点，别让他抓住把柄，他也不是吃素的。”

“管他吃素还是吃肉，在我这儿都不灵。”

“他之所以可以竞聘上主任的职务，肯定有他的独到之处，有句老话叫外来的和尚会念经，你还是小心为好。”

“外来的和尚会念经，我给他来个水土不服，让他拉稀滚蛋。”

两个人正你一言我一语地侃着，柳莎莎来到了车间。侯晓东一见是自己心中的女神来了就屁颠屁颠地跑过去，离老远就高声打招呼：“大美女，大记者来啦。”

柳莎莎回了声：“你好，我是来找你们刘主任的，他在吗？”

侯晓东朝办公室里努努嘴说：“犯病了。”

柳莎莎很疑惑，就问：“犯病？犯什么病？”

“无药可救的病，也算是有日子的人了。”说完对柳莎莎挤了下眼。

柳莎莎平日里最讨厌侯晓东这样的行为，所以对他这种说话的方式和挤眉弄眼的表情不屑一顾，厌恶地瞥他一眼，朝办公室走去。

刘志民见柳莎莎来了，好像看到了救星，从办公室里迎出来，笑着说：“柳记者好，好久不见了，是不是又采访到了什么大新闻？”

“对呀，我发现了大新闻，就在刚才。”柳莎莎调侃着说。

从柳莎莎的话语中听得出，刘志民感觉到是在说他，不好意思地说：“让你见笑了，这点小事儿都处理不好。”

柳莎莎说：“我只是闻到了大新闻的味道，至于具体内容还需要你来帮我解答，怎么样？可以说吗？”

“我正犯愁呢，看到你来了，我就知道这个难题算是解开了。”刘志民有点兴奋地说。

“那就说说吧。”

刘志民把从早晨到刚才的经过和柳莎莎说了一遍，柳莎莎边听边点头，听得很认真。等刘志民讲完，她说：“这个事情看似很棘手，但是当你冷静下来再考虑就很简单了，侯晓东的猖狂无非是背后有廖副厂长，你问问他不就都清楚了吗？”

“对呀，我是有点被他气晕了。”

柳莎莎说：“那我就不打扰你了，你去和廖副厂长聊聊，我还有事就先走了，有新闻及时告诉我。”

刘志民说：“好，我去找廖副厂长，正好一起走。”

刘志民和柳莎莎并肩走出车间，这可把侯晓东气坏了，嘴里嘟囔着：“你柳莎莎有什么了不起的，竟敢不用正眼瞅我，不用正眼瞅也就算了，还和他刘志民一起出双入对，就算我不忍心对你下手你也别逼我，再敢小瞧我，就弄点绯闻给你们俩脸上抹点儿色儿。”

刘志民把柳莎莎送走后，迎面进来一辆小卡车，上面装着20桶油，是那种180公斤的大桶。刘志民想着这两天没听说集中采购这么多油，他拦住小卡车问：“送的是什么油？”

司机回答：“是轧制油。”

刘志民问：“哪家的？”

司机答：“凯通基业。”

“凯通基业不是老宋的公司吗？他又增加新产品了？我怎么不知道他送货的事？”刘志民对着司机发出一连串的疑问。

司机说:“你说的我都不清楚，我就知道送货。”说完把车停到了仓库门口。

刘志民在楼道正巧遇上廖副厂长，就开口问道:“廖副厂长，我刚看到老宋送来20桶轧制油，你知道这事吗?”

“知道。”廖副厂长几乎都没回头，更没停下脚步，就是在行走中说出来两个字。

刘志民接着问:“他以前没有这个产品，现在突然供应，产品质量有没有保证，是不是考虑下再用?”

廖副厂长依然昂着头说:“没事，都一样的。”说完他已经走出了办公楼。

刘志民紧追几步说:“廖副厂长请你慎重考虑，我们对这批油的成分还不清楚，大批量换可能影响咱们厂的产品质量。”

廖副厂长打开汽车门时说了句:“这个油每桶比以前的价格低了两百块，都是侯晓东的功劳，记着在下个月发工资时给他加些奖金。”说完后便钻进了汽车，一溜烟儿地开出了厂。

通过与廖副厂长的对话，刘志民算是明白了侯晓东上午干什么去了，也弄清了他狂妄的根源了，不只是有廖副厂长给他撑腰，主要是这次买到了价格低的轧制油，让他有了吹牛的资本。但是，这种资本是他自己认为的，因为在这批油使用之前，谁都没有把握确定这个油不会出现质量问题，所以他认为的资本只能是他自己猜想出来的。突然，一阵手机铃声打断了刘志民的思绪，电话是王和平打来的。他说:“轧机班长让他们去给换轧制油，还说再不换新油，产品质量就不好保证了。”

刘志民说："我早晨看了，库存没有油了，通知供应去采购了，到现在还没来，你再催催供应。"

王和平说："问过仓库了，刚新送来一批，因为换了新厂家，我这才打电话问你换不换。"

刘志民说："不换，新送来的咱们都不清楚，更换后很有可能会出现质量问题。"

侯晓东听王和平说刘志民不让换新进来的轧制油，气得他在车间暴躁地大喊大闹，嘴里全是一些污秽之语。王和平就在一旁旁敲侧击地说："你还是嫩了点，别看刚才你闹得欢，好像是把刘志民给压住了，可是权力在人家手里，你想露脸，你想给厂里降本增效？不行，这些功劳都得是他刘志民的，你想挣功劳？别想了，想瞎你的眼也实现不了。"

侯晓东被王和平用话一激更是火冒三丈了，他掏出手机给他舅打了电话。廖副厂长说："真是无法无天了，敢阻挡降本增效工作的推进，我马上回厂。"

在路上，廖副厂长给办公室主管打了电话，让她组织中高层管理人10分钟后到会议室开会。廖副厂长回到厂里直接赶到会议室，参会人员早已到齐了，因为大家都知道廖副厂长的风格，厂长在时他都是一副贵族的面貌，更是保持着家族重要成员才有的特权思想状态，现在厂长不在，又明确了让他代理主持工作，他肯定会借机发挥，会把权力运用到极致。廖副厂长坐稳后说："在厂长出国考察期间大家要团结，更要从多方面为公司增加效益，如降本增效、提质增效、提产增效、技改增效等，而不是相互拆台，相互打压，到处标榜个人，以权谋私，你那个小官还算不上什么，千万不要自以为是，拿着鸡毛当令箭。”廖副厂长越说声音越大，最后便是大吼，嘴角冒着白色的唾液，他大吼的声音在会议室回荡。会议室里一阵死寂，所有人大气不敢出，唯恐被这个无情的家伙一眼看到，当场被没鼻子没脸地大批一顿。这时的刘志民早就坐不住了，因为他从廖副厂长的口气和语言里听出所有的话都是冲着他来的，那些话如一把把锋利的小刀，而且刀刀见血，想让他体无完肤，他的血液也随着廖副厂长越来越高的音调在逐渐沸腾，现在就只差一个爆发点，一旦这个点重合了将是刘志民的爆发之时。廖副厂长接着说：“比如侯晓东同志这次表现得就很好，当他得知库存轧制油没有时不是简单地申报采购，而是多方渠道寻找更低价格的产品来替代高价油，这就是需要你们学习的，如果都能像他这样，我刚说的几项增效的目标还怕完成不了吗？话又说回来了，也不是所有人都具备侯晓东的这种能力，即便你没有这种能力也不要紧，你要是虚心接受也好，可有的人就偏偏看着眼红，利用手里的那点儿权力给他制造阻力打压他，你们说这种人是咱们企业需要的吗？”

刘志民听到这儿，实在压制不住心中的那团怒火了，他一拍桌子大吼一声，“噌”的一下站起来对着廖副厂长说：“廖副厂长你今天把话说清楚，谁给谁制造阻力，谁利用权力之便打压下级？”

廖副厂长说：“就是你。你还敢当众问我，你那点儿小心思我看得很清楚，大家也都看得很清楚，装不下去了就想撕破脸跟我闹，真理可能迟到，却绝不会缺席，今天就是你现原形的日子。你闹得越厉害说明你越心虚，越想隐藏你的缺点就暴露得越快，越没有你的容身之地。”

刘志民在廖副厂长高压打击下有些语塞，一时竟无言以对，气得脸色铁青，全身颤抖，用手指着廖副厂长结结巴巴地说：“你……你欺负人、你……你欺负人。”说话的声音逐渐减弱。

廖副厂长见刘志民说不出话，更是来了本事，语气变得缓慢而狡黠地说：“你说说我怎么欺负你了？我哪点儿说错你了？还是冤枉你了？怎么，说不出来了？还是我说的全对？”

“你……你说的都不对，你……你就是诬陷我。”刘志民似乎比刚才好些了，随着他心情的平复，可以说出句整话来了。

廖副厂长一听刘志民敢反抗，还想争辩就又想用他那吼叫来压住他：“我看你是在自取其辱，那就别怪我了，我说的都有证据，有证人，没有一句对不上号的。”

刘志民这时已经完全缓了过来，他头脑逐渐清醒，语言表达能力也恢复到了最佳时刻，他开始反击了，他用带有穿透力很强的嗓音对廖副厂长说：“廖副厂长你先别急，声音大也不见得占理，如果声音大能解决问题，驴早就统治地球了。”

在场的人们听刘志民这样说也都回过味来了，没有了刚才的压迫感，当听到刘志民说到最后时，会议室内竟然响起了满堂的大笑，没有人再把廖副厂长放到眼里，人们已经打破了他制造的紧张气氛。刘志民继续说：“你说我打压的人是侯晓东，在座的各位都知道他侯晓东是个什么样的人吧，我会打压他，我打压得了他吗？时不时把他舅是副厂长挂在嘴上，那种姿态简直是难以形容，你说侯晓东为厂里降本增效，这个话还算贴题，不过前提是得有可行性报告，最起码也得有个分析吧，不能老宋说什么就听什么吧，把一个不知道质量如何的新品油与自己厂的产品质量捆绑在一起，这是什么操作？难道是为了盛宇峰好？”

廖副厂长见不能像开始时那样控制会场了，从心底就有些起急，当刘志民步步紧逼时，每句话都让他无言以对，再有就是刘志民那张铁青的脸已经变成一张严肃而威严的脸，全身透着一种不可战胜的气息。当刘志民再次提到如果用了老宋送来的轧制油出现质量问题时，由谁来负责？廖副厂长大吼着说：“我负责，我是第二大股东，我是副厂长，无论什么后果我一人承担，和其他人没有任何关系。”

“你负得起这责任吗？虽然你是第二大股东，但是其他人也是股东，你怎么能拿着别人的钱去做实验呢？再说还有第一大股东厂长了，你的损失远远没有厂长大吧？”

廖副厂长被问得哑口无言，顿时语塞，就见他拿起会议桌上的纸杯用尽全力地向刘志民丢去。刘志民说话时就发现廖副厂长不对劲儿了，早做好了准备，就在廖副厂长举起纸杯时，刘志民已经躲闪开了。纸杯越过人们的头顶朝墙上砸去，当纸杯与墙面撞击时水花四溅，在阳光中散射出七彩的光，然后“啪”的一声落在了地上。会场的人们都被廖副厂长这突如其来的举动吓到了，短暂的沉默后，大家纷纷上前阻止事态的再次恶化，有的拉着刘志民走出会议室，还有几个人去拽住廖副厂长。在大家的努力下会议室终于恢复了平静，刘志民也回到了车间办公室。

第十一章

刘志民满脑子都是廖副厂长和修配车间的事，总觉得这个盛宇峰关系太复杂了，想一门心思干好工作都不容易，根本没有清静和谐的氛围，他不由得叹口气。

早晨上班后，刘志民在车间巡视，听交接的工人说："昨夜我们班换轧制油耽误了产量，但为你们做好了准备工作，今天你们可以大干一场了。"

刘志民一听就明白了，这是夜班时换的轧制油，昨天为换油的事和廖副厂长争吵起来甚至差点动手打起来，他想弄明白是谁主张换的，就问刚才说话的那个职工："是你们夜班换的轧制油吗?"

职工说："是。"

"谁让换的?"

"侯师傅。"

又是侯晓东，对，昨晚是他值夜班，他有这个时间。想到这儿，刘志民快步回到修配车间，正看到侯晓东和王和平说着夜班换轧制油的事。侯晓东还说这油换完后钢带质量明显较以前好了，刘志民当时还不让换，这下子他可丢脸了，等廖副厂长到了就去汇报，看他刘志民怎样下台。刘志民听后心里开始有些发毛，因为他知道这批轧制油也不见得就真有毛病，他没有确实的把握就不能用，只是存在怀疑。当时与廖副厂长争论也是说需要化验后再用，而且是先小批量试用，如果没有问题后再大批投入，但看现在的结果是自己多想了。这下子廖副厂长肯定会抓住自己不放的，等侯晓东汇报完肯定又是一场“批斗会”，到时自己该怎样应对廖副厂长咄咄逼人的气势。

一想到廖副厂长那刁钻刻薄的语言和蔑视的眼神，刘志民的后脊梁就有些发凉。难道自己的小心有错吗？做事不应该先有预案？对新产品的使用不应该先有检测？他在问自己，想通过这种方式找到应对廖副厂长的答案，可反复换了几套思路也没想到好方法，这让他感到一种难以预料的危机正像一片黑云压顶般朝他涌来，这个危机对他来说弄不好就是致命的。因为从昨天开会时就可以看出来，廖副厂长想置自己于死地而后快，他离开盛宇峰或许才是廖副厂长最高兴的，或许是自己竞聘主任挡了他外甥侯晓东的路。想着这些，他拿上记录本走进会议室。

会议室里已经有人先到了，他们在猜测廖副厂长今天的会议主题是什么，就听有人说起换轧制油的事，使用效果非常好，这下给厂里省了不少钱；还有人说刘志民今天可要遭殃了，廖副厂长肯定不会放过他的；也有人说都是刘志民自找的，看他平时总想出头就来气，这回好了玩砸了，总之说什么的都有。刘志民不想再听下去了，走到会议室门口，故意用力干咳一声，大家闻声也换了话题。刘志民坐到自己的位置上感觉全身不得劲，好像所有人的眼睛都在看自己，他们眼神中有幸灾乐祸的，有漠不关心的，也有打抱不平的。他环视一下，人们好像已经换了话题，都在说着与自己无关的话，还有默不作声玩着手机的，看来是自己想多了，没有人在乎现在的自己。会议室就差廖副厂长了，人们也安静了下来，刘志民知道很快就是一场疾风暴雨，他也清楚这场暴雨就是冲着他来的。

这时，廖副厂长来了，走进会议室面西而坐。他神采奕奕地说：“都到齐了？”然后把手放在嘴角吭吭两声，“昨晚我睡得很好。”没人理他，他自顾自地说，然后打开笔记本放到前面，又清了清嗓子说：“人都齐了，咱开始开会，昨天会上我提出的降本增效、提质增效、提产增效、技改增效这几个话题，大家回去都又琢磨了吗？这些增效的办法可不能只停留在会议室，一定要到实际中去寻找，想方设法地找，绞尽脑汁地找，不管用什么方法也要做到增效的目的，没有效益企业就不能生存，为了企业的长远发展，这是我们必须做到的。大家也都说说自己的想法，别只是听着。”

首先发言的销售部门负责人，他从市场行情到产品做了分析，主张从新产品上下功夫，找附加值更高的产品，拉大成品与原料价差为企业增效。第二个发言的是负责生产的主管，他从怎样降低成本说起，他负责的这块不能像销售一样去挣钱，但从省钱的方面还是有很大提升空间的。轮到刘志民发言，他说修配车间对设备技改研发方面也有很多工作可以做，备品备件的申报采买和使用都有降低成本的空间。刘志民按着自己的思路继续说着。

廖副厂长好像没听到刘志民的声音，转头对销售部门负责人说："现在市场上有什么高附加值成品吗？"

销售部门负责人说："太钢最近研发成功了'手撕钢'，填补了国内空白，以后就可以用自己生产的钢了，改变完全依赖进口的局面。不过目前核心技术只有太钢有，再加之投资过大，不是咱们所需研发的项目。"

"那其他产品有吗？"

"再就是镀铝锌板，这个产品成本比镀锡板要低，用户是镀锡板的中低端客户，很明显对镀锡板是个不小的冲突。"

"不进则退，逼着我们改变，从不同角度改变，从速度上改变，不能天天喊着改变而不付之行动。"廖副厂长夸夸其谈地讲着，把刘志民当成了空气，好像他根本就不存在。

刘志民虽然早有预料，但还是始料不及，没想到这次廖副厂长一改往日作风，给刘志民来了个视而不见、听而不闻。虽然他很讨厌廖副厂长大呼大吼的风格，但是这段时间以来也有些习惯了，突然的改变这倒让刘志民有些不自在了。会议开得很长，开始的会议内容价值很高，对企业存在的问题和长远发展做了规划展望，可慢慢地就变成廖副厂长的个人演讲，他反复唠叨着他自认为重要的事，一旦有人接茬儿他就会顺着这个新话题展开，继续说下去。

就在这时，办公室主管敲门进来问：“廖副厂长，会议餐是送到这里来，还是请各位领导去餐厅用餐？”

“送到这儿吧。”廖副厂长答了句，就继续他的个人演讲。

办公室主管把会议餐送了进来，小心翼翼地放到会议桌上，蹑手蹑脚地退出了会议室。

廖副厂长的演讲大概又进行了四十分钟才停了下来，对大家说：“先吃饭吧，吃完咱接着开，看看今天给咱准备的什么饭？”

本来送来时是刚出锅，热乎乎的，菜的品相也挺好，但是经过这么长时间在快餐盒里闷着，都变得像剩菜一样，也有些凉了，可看廖副厂长吃得好像很香，就听他说：“不错，这米饭挺好，挺香的，什么牌子的？”

有人附和着说是不错，是挺好。刘志民心里想，好个球，都冰凉了。

用餐的时间前后也就二十分钟。餐后的会议主题好像有点向着刘志民来了。廖副厂长问生产负责人现在成本情况，生产负责人做了简单的汇报。可廖副厂长说不行，这样太简单了，要深入分析找原因才行，不然就还是浮在面上，起不到降本增效的作用。生产负责人说这是月度大会，这个话题不适合展开过细，要想分析还有成本分析会，在那个会上可以针对性深挖，把成本细化分析，究其原因。这明显是对廖副厂长权威的挑战，果真不出意料，他开始发飙模式，先是对生产负责人一通漫无边际的教育，从家国情怀到家长里短的一顿唠叨，还好没动怒，这让在座的都感到意外，廖副厂长怎么换了秉性。慢慢地，话题就转移到轧制油上了。刘志民心说，这才来，最后的时间是留给自己的，来吧，不就是“批斗”吗？

廖副厂长又对生产负责人说：“不要学习坏毛病，以前你是个很好的人，看看现在你成什么样子了。这也不完全怪你，跟什么人在一起久了就会受到影响，以后多注意些分寸，对某些负能量的人要保持距离，越少接触越好，实在避不开的可以电话说，尽量少见面，也可以让下边人传话的尽量不要打电话。”

“是，是。”生产负责人硬着头皮点头答应着。

廖副厂长说：“昨天会上我发脾气很不好，今天向大家道歉了，以后我会改改这个坏脾气。不过，昨天的事也是太让我生气了，我是真心为企业好，看不得那些沽名钓誉之辈，更瞧不起以嘴皮子混饭的人，看不得别人比他强，这就不行。人要有空杯的心态，这样才可以进步，不空杯就会溢出来，就会让头脑发热，狂妄自大，不空杯就会卑鄙（杯壁）下流。就拿昨天会议上的事来说，你们都说说侯晓东提议换轧制油的事是对？是错？难道他一心想着开源节流还有错了吗？”

刘志民没有发声，因为他来之前早就做好了思想准备，今天他无论说什么都让他说，反正自己不还口。

廖副厂长看没人答话，就用带有讽刺腔调语气问：“刘大主任你说说，你最有发言权。”

刘志民还是没说话，他也没法回答。因为昨天他说的是化验后分批投入使用，也没说就是不行，要是再强调以前说的话，就还得起冲突，所以他选择了沉默。

廖副厂长接着说：“声音大统一不了地球，这不说话更统一不了地球了。”这讽刺的回怼其实是冲刘志民昨天对他说的话，说完，那张肌肉臃肿的脸上露出得意的表情。接着他又说：“咱们请刘主任起立。”

刘志民不知所措，看看廖副厂长，就见他满脸堆笑，向自己打了个起立的手势。刘志民有点摸不着头脑跟着手势站了起来。

“咱们今天立个规矩，以后谁的指标完不成或者工作中出现失误时就请他站着回答问题，今天刘主任就先打个样儿吧。”

站着回答问题实际不算什么，但是以惩罚的形式而站着回答问题这让人有些接受不了。更何况是刘志民，他把自己的脸面看得比什么都重要，对于这种侮辱性的方式他更难以接受，何况从他自己内心不认为自己是错的，如果真是自己的错误，那又另当别论。

刘志民终于忍不住了说：“廖副厂长，我觉得不妥吧，先不说你定的规矩是对还是错，咱就今天的话题说说。”

廖副厂长说：“好，那你就说说吧。”

“我今天要说的和昨天说的是一样的。”

“说的一样就不要说了，没什么意义。”刘志民刚开口就被廖副厂长怼了回去。

“我没有不同意使用新轧制油，只是想化验后先小批量投入使用，而不是所有的设备全部更换，那样风险过高。”刘志民补充着说。

“你这是狡辩，原来刘主任还有这本事，白的可以说黑了，没有的可以说有了，把过错可以当功劳说。”

“我不像你说的那样，我就是凭本事干事。”

“我看是凭嘴把式吧。”廖副厂长用轻蔑的眼神瞅着刘志民。

“嘴把式还是什么把式都要以结果为导向，把事情干好了，干成了是目的。”

“你还以结果为导向，结果是你的话是错的，你白在这个行业里干了几十年，都是骗人的吧。你把大丰公司搅和黄了，又跑到盛宇峰来搅和，你存的什么心，有什么不可告人的目的？”

廖副厂长一通侮辱性极强的语言让刘志民实在接受不了了，他扭头就走，还没走出会议室，就听廖副厂长说：“走了就不要回来，你可要想好。”

刘志民听他这样说更是来了气：“离开这儿我就没饭吃了吗？就得在这棵树上吊死？”

就在这时，负责生产的主管拽住了他：“刘主任冷静些，别忘了厂长临走时对你的嘱托。”

这句话让刘志民如醍醐灌顶，对呀，差点儿一激动耽误了大事。厂长临走时把厂子交给的是他们两个人，可不是他廖副厂长一人，这么多股东和中高层干部都没托付，厂长对自己是何等的信任，自己这一走是痛快了，等厂长回来会怎么想，不能走，自己要为厂长看好家。他又重新回到了座位，可屁股还没沾上椅子，廖副厂长就又开说了：“刘主任，刚才咱们定的规矩这么快就忘了？”问话里充满了阴阳怪气。刘志民只好重新直起了腰，但是面无表情，一句话也没有，只是用一双直勾勾的眼睛瞪着廖副厂长。刘志民这一回来，廖副厂长笃定他完全没有了抵抗力，可以任由自己摆弄了，就说：“你想在这儿干就要服从厂里的规矩，不想干可以随时走，没有人留你，不要用你那跟牛蛋子似的眼珠子看我。对你这次的错误，我认为没造成实际性损失，先不做处罚了，不过通知还是要下的。”

廖副厂长猜对了，刘志民在决定回来的那刻就打算好了，就是骂他八辈祖宗他也不再还口了，他选择了容忍。会议继续开着，但从刘志民站起来到散会的这段时间里，没有说一点儿正事，直到下班后才结束，摆明了就是给刘志民难看，羞臊他一下。

刘志民第一个走出了会议室，像个战败的逃兵落魄地逃离了办公楼。他闭上眼，深吸一口气，朝车间走去。

第十二章

正要进门时，电话响了，是柳莎莎打来的，那声音如山谷清泉流淌，清脆悦耳，让刘志民感到放松，刚才压抑的感觉消散了大半。柳莎莎问："大主任，你没事吧？"

"我能有什么事？挺好的。"刘志民强装着很高兴的样子说。

"你被通报批评的通知我都看见了。"

刘志民感觉这声音除了电话里好像身后也有，他下意识回头看了眼，柳莎莎就站在不远处，朝他微笑着。刘志民突然觉得很不自然，心想，刚才会议室的事要是让她知道多丢人呀，但听她说话的语气好像已经全知道了，自己该怎么说呢？正在他犹豫时，柳莎莎已经走到他身旁了，对他说："你今天顶住了入职以来最大的压力，如果你的猜测是对的，那你以后在这个厂里将不再有人敢轻视你。"

刘志民听她这样说自然很高兴，但是那只是稍纵即逝的欣喜，脸上随即露出了尴尬的苦笑："别宽慰我了，今天是我入职最尴尬的一天，把半辈子的脸都丢尽了。"

“你没想过怎样可以翻身吗？就这样稀里糊涂地过去，把包袱留给厂长？”

刘志民听她这么一说，感觉是自己考虑得不够周密，只是想自己说的有道理，但不敢保证说的会发生，只有时间可以证明这一切。听柳莎莎这样说，他觉得她已经帮自己想出办法来了，就问：“你的意思是你有办法了？”

“让你猜对了，我下午来找你，是看到了通知，就知道廖副厂长想就此事打压你，拔拔你身上的刺儿，就算你不辞职，以后也不敢再和他唱对头戏了。”

“你有什么好办法可以改变眼前这一切？”

“很简单，只要你证明你的说法是正确的不就行了吗？”

“那得等这批料涂镀后才可以证明，需要时间，如果真有问题，这么长的时间会干出几千吨的料，到那时，损失可就大了。”

“要是这样，你更应该快速证明你的猜测，即便你的猜测是不对的，最起码不会给厂里带来损失。”

听柳莎莎这样说，刘志民感到有些自愧不如，遇到过激的场合自己还是不够冷静，只是去和廖副厂长争论，并没做出相应的工作。他对柳莎莎说：“你说得很对，我是没考虑到这点，走，我们现在就去化验，看看这批油的成分是否达标，要是能达标就不会出现大问题。”

刘志民经常到化验室查看检验结果，这里的化验员他都很熟悉。化验室里值班的化验员正忙碌着，见刘志民和柳莎莎一起进来，便停下手里的活儿，站起来问：“刘主任来检查呀？”

“新送来的轧制油送过来化验了吗?”

“不清楚，我的班上没有，你等下，我查查记录。”化验员翻阅着化验结果登记本，查了最近一周的记录也没看到，就对刘志民说:“没有，记录都在这了，要是化验过都得登记。”

刘志民了解了情况，对柳莎莎说:“看来这批油送来后没做任何化验直接就投入了生产，我担心的就是这个，可我只顾和廖副厂长争论先化验再使用的事，却忽略了他压根儿就没化验。你在这儿等我，我去取些样品来。”很快刘志民拿着试杯回来了，里面装着这批轧制油的样本，对化验员说:“你化验下这批油的成分是否达标。”

化验员很麻利，不一会儿，结果就出来了。化验员对刘志民说:“刘主任，这个有点儿问题，有几项指标不合格，你看看吧。”

刘志民接过化验单一看，有的成分过高，有的则过低，这样的质量很不稳定，极有可能会对钢卷产生反应。他对柳莎莎说:“我的猜测是对的，这批油应该立刻停止使用，不然会造成更大的损失，我先去车间找负责生产的主管。”

柳莎莎说:“好，你先去处理，我也该回去了，明天听你的好消息。”

刘志民把化验单交给生产主管，让他看看这样的油是否能用。从主管的表情可以看出，他对这个化验单的结果很意外。就见他脑门渗出了汗珠，用手抖动着化验单对刘志民说:“这样的结果怎么还使用，我是真不清楚。”说完就对工序上的职工大声喊道:“停，把机器停下来，停下来。”机器在主管的命令下逐个停了下来。

刘志民对主管说:“你赶快把化验的结果汇报给廖副厂长,看他怎么处理?”

廖副厂长今天很高兴,总算把刘志民收拾得服服帖帖。

办公楼就剩下他一个人了,他靠在沙发上听着音乐品着茶,很是享受的样子。就在这时,电话响了,生产主管把化验单的结果向他做了汇报,并且说明了这个指标的油肯定会对钢卷生产不利。廖副厂长听生产主管这样说,感到非常震惊,这是他万万没有想到的,刚才的得意烟消云散,他很清楚要是有问题,肯定会给厂里带来很大的损失。他感觉脑袋发晕,天旋地转,一下子倒在沙发上,手机也掉在了地上。整个人胸口发闷,喘不上气来,黄豆大的汗珠顺着脸往下流。就听电话里生产主管还在汇报,廖副厂长强忍着疼痛对电话说:“你快来我这儿,我难受,喘不上气来。”说完他想去拿速效救心丸,可怎么也站不起来,只能在沙发上蜷缩挣扎。

生产主管听廖副厂长说话突然气力不加,估计出事了,挂断电话对刘志民说:“廖副厂长好像犯病了,咱赶紧去看看。”说完两个人慌慌张张地直奔办公楼。

此刻,廖副厂长正咬牙扶着沙发站起来,可身子不听使唤,试了几次还是站不起来,就在即将再次倒下的时候,生产主管和刘志民跑了进来,生产主管赶紧上前扶住:“廖副厂长,你怎么样?”

廖副厂长有气无力地说:“好像心脏的事,我办公桌抽屉里有药。”

刘志民迅速从办公桌抽屉里找到速效救心丸，吃下药后几分钟，廖副厂长渐渐地稳定下来，就对生产主管说：“赶紧打120叫救护车，我感觉还是不行，我得去医院。”然后，又紧闭着双眼，一言不发，脑门的汗珠慢慢地没有了，可是脸色变得蜡黄，嘴唇发紫，胸口上下起伏，一只手紧攥着生产主管的手。刘志民站在远处不知道该做点什么，只是愣愣地站着。三个人都不说话，屋里显得格外的静，只有廖副厂长短促的呼吸和偶尔发出的呻吟。救护车很快就到了，护士麻利地给廖副厂长输上氧气，经过救治和简单的检查，确定廖副厂长不会有生命危险。来到医院后，大夫说他是心脏病，不好治，一旦出现问题就晚了，需要住院详细检查。廖副厂长脸上现出很无奈的样子对刘志民说：“厂里的事就交给你了，一定要处理好。”

刘志民从医院回来后就给侯晓东打电话，让他联系老宋赶快到厂里。侯晓东说：“我正在吃饭，不能去，有什么事明天上班再说。”

刘志民说：“来不来由不得你，你让老宋送的轧制油出现了问题，现在生产线已经全部停机，你必须马上和老宋到厂里。”侯晓东听刘志民说油出现了问题心里一惊，顿时没有了刚才嚣张的气焰。

侯晓东挂断电话后就赶紧拨通了舅舅的电话，这时的廖副厂长正躺在医院，夫人陪着打吊针睡着了。他是个粗中有细的人，听到生产主管的汇报着实把他吓到了，心脏病复发，可经过抢救已经没事了。但他转念一想这个烂摊子怎么收拾，后面就是和老宋谈判，还有已经生产出来的有质量问题的钢卷怎么处理。更不好解决的是刘志民，连续两天对他的打压看来都是自己的错，怎么和大家交代，实在是不好解决。于是他选择不好解决就不解决，正好利用心脏病躲避一下，这团乱麻就让刘志民去撕扯吧，自己在医院清静几天。

廖副厂长的电话一直在响，夫人一看是侯晓东就接通了，侯晓东一听是舅妈的声音就问："舅妈，我舅呢?"

"你舅心脏病犯了，正在医院输液，不方便接电话，你有急事吗?"

"刚才刘主任让我去厂里，说我办理的轧制油出现了质量问题。"

"刚才听你舅说他知道这事，你该去就去吧，你舅这儿我照看着，没事。"

侯晓东是多么猴精的人，听舅妈说舅舅住进了医院，还知道轧制油出事了，就全明白了，这问题大了。挂断电话，眼珠儿一转，他立马又拨通了老宋的电话。老宋刚接通，侯晓东就是一顿劈头盖脸的责怪，让老宋没有解释的机会。

等侯晓东发完火，老宋才说："这批油是他新联系的一个生产厂家，你说的这种情况他也要反馈到厂里才知道问题在哪，他只是做经销，不懂技术。"

"不懂技术不是理由，你卖的产品必须由你负责，你赶紧联系那家厂子，派懂技术的一起过来。"侯晓东像疯了似的吼着。

“好好，你别着急，我现在就联系他们过来。”老宋低三下四地说。

侯晓东把和老宋通话的内容向刘志民做了汇报，说明天早晨老宋就带着厂家技术人员到厂里。刘志民一看时间已经是晚上十点钟了，只能先这样了。

第十三章

天空皎洁的月色和昏黄的路灯相映成趣，构成了夜晚独特的风景，刘志民推着自行车默默地走在这满月的光里，他此时的心情非常复杂，不知道是高兴还是难过。油品不合格，终于可以证明自己是对的，也让大家看到了他的能力，但代价是生产了大批的产品，到现在还不清楚有多少存在问题的钢卷，要都是降级出售的话，那盛宇峰的损失就大了。想着想着就走到了当时救厂长的地方，耳边似乎又响起厂长的声音："志民，大胆去干，不要有顾虑，再有两天我就回国了。"刘志民脑海中再次浮现出厂长的笑脸，那是一张让人感到温暖且可以依靠的笑脸。刘志民心说："厂长，我一定会处理好这件事，请你放心。"

第二天，老宋带着供应厂商技术人员早早地就到了，刘志民问了相关信息，技术人员说："我们这批油主要应用于彩钢的冷轧钢板，从质量上不能满足你们厂的高端冷轧板，用这种轧制油的产品后道工序都是上彩涂的，就会把你们怀疑的质量问题盖在下面，可你们的产品后道工序镀锡，不能把板面全部覆盖，这样就会出现白色污迹，影响板面效果。”

听技术员说完，刘志民让后道工序拿些样品过来，果然出现了白色污迹，不过不算太明显，就告诉化验员随时跟踪。厂家技术员说：“当时和你们说得很清楚，这批油只能用于彩钢板轧硬卷使用，你们说就是做这个产品用的，只要价格低就可以，所以就给了你们这个批号的油。”

刘志民说：“我们没有和你们直接采购，是通过老宋采购的，不知道你们是怎样谈的，无论是你们两家谁的责任，都需要有人为这事承担责任。”

技术员说：“这个我们肯定是不负责的，因为我们没直接对你们，当时也和你们说清了使用范围。”

这时的老宋一句话也插不进来，就在一旁听着，就怕刘志民问他谁负责，便想找个空子趁机溜了。怕是没用的，而且越是怕，刘志民就越问他：“宋经理，你看这个由谁负责？”

老宋有些结巴地说：“这，这，这个，可以协商解决。”

“怎么协商？”刘志民紧追不放。

“我也是第一次做这个产品，还不是很清楚产品应用方面的具体情况，特别是对它们有的成分一窍不通，以为都是一样的，看谁的价格低就买谁的，你可以看看我给你们的价格就知道。我在里面没挣钱，就是想为你们降低成本。我也不想弄成这个样子，要真是损失大了，我也承担不起。”老宋满脸惆怅，看上去都要哭了。

刘志民说：“等这批产品都出来看看有多少问题，折合经济损失再定你赔付多少，你看这样可以吗？”

老宋不情愿地点点头说：“可以。”

技术员看刘志民说话办事很正气，也很讲究，就说：“刘主任，这个事我回去会向我们厂长汇报，如果将来我们可以合作，我想我们厂长会对这事有个态度。”

刘志民听技术员这样说，心里就开始盘算起来了，要是和厂家直接签订合同，把老宋这道中间商撇开，这样有技术问题就可以直接与厂家沟通，也省得让老宋在中间挣差价了，这样既能保证油的质量，也可以降低更多的成本。想到这儿，刘志民说：“好，那你就回去汇报吧，我真心邀请你们厂长来我们厂考察，洽谈合作。”

后面连续几天出现了大批带有白色污迹的卷板，经过销售人员和客户沟通大部分可以接受，少部分不能使用，客户做了换货处理，剩下的只能降价销售。最后核算损失二十多万元，老宋对这个价格很不认可，他一再强调没赚钱，是给盛宇峰帮忙，这帮忙倒帮出去几十万元。就在双方争执不下时，轧制油厂长来了，进屋后老宋向刘志民和厂长分别做了介绍。

厂长说：“我的技术员回去把事情都和我说了，其实问题不是出在我们的产品上，是出在咱们的沟通上。我也看到了贵厂的实力，也非常愿意和贵厂合作，如果能给个机会最好。”

刘志民说：“你说的问题出在沟通上，可我们始终就没沟通过，都是通过中间商宋经理与你们联系沟通，而且这批油也没经过正常程序就进入了车间使用。”

很明显，这事的主要责任人就是老宋，可老宋一直在耍无赖，就是不想赔钱。最后，轧制油厂的厂长说了话：“刘主任，为了表示我们合作的诚意，我们愿意送给贵公司20桶适合你们产品使用的油，作为我们对这事的态度，也作为我们进入贵厂的诚意和决心。你们试用后咱们再谈合作，如果试用我厂产品出现了任何损失，都可以由我们承担，这个咱们可以签订协议。”

刘志民觉得厂长的说法很实在，就同意了合作意向。经过几轮磋商，老宋最终也同意了承担十五万元的赔偿。这样算下来不但没有赔钱还赚了，只不过在客户那边的声誉受到了影响，需要慢慢地恢复一段时间。刘志民最好的习惯就是举一反三，对什么事都会从多个角度思考。通过这次事件，他又对轧机进行了分析，发现轧制油在使用过程中存在多台供乳泵的扬程不统一，这样就会在两台泵转换时出现空转现象，从而增加电费。他统一了供乳泵的型号，并且都做了编号，避免以后拆装时混乱，再次出现错误。又结合廖副厂长会上提出的提产增效，他对轧机的电机经过检测分析，测算出更换电机后可以增大压下力来缩短轧制过程，从而降低成本，同时也可提高产量。经过和几人讨论，他打电话把这个想法向廖副厂长做了汇报。廖副厂长还躲在医院呢，听刘志民汇报轧制油的处理结果和进一步发现的问题，现在改造方案也出来了，经过论证可以实施，现在请示他批准。廖副厂长听到刘志民说请示他批准，心里很高兴，那么心高气傲的刘志民能说出对这个副厂长这么尊敬的话，已经十分难得了。同时他也感到很愧疚，愧疚当时的鲁莽，主要是开始对刘志民存在的误解导致先入为主，才做了出格的事，现在想想也有些后悔，就对刘志民说：“好，你看着办，我同意你的决定。”

虽然只是简短的两句话却让刘志民感觉到廖副厂长不再和他对立了，最起码一段时间内不会了。得到廖副厂长的批准后，他开始进行改造。虽然这个小技改工作量不大，投入资金也不多，但是成效很明显，投入生产后经过一卷料的测试，果然达到了预期效果。可到了第二天，再看产量记录却没有显著地提高，这让他很不理解。他找来王和平问原因出在哪了，王和平说：“我早晨在车间里就听到他们在议论这事，说多干了也不多给钱，差不多就行了，估计是职工思想的问题，缺乏竞争力，不愿意多干活。”

“多干了不还可以多挣钱吗？”

“多挣那点钱起不到激励作用，关键是人的思想出现了问题，得解决脑袋的问题。”

刘志民听王和平说得有道理，就自己去车间看看真实情况，向职工了解他们的想法。但是，职工们对他存有戒心，都觉得一个主任临时主持工作，说了肯定不算数，等厂长回来不认可，就白玩了，因此谁都不愿意讲真话。经过他与班长的再三交流，班长讲出了真情：“现在咱们厂的管理出现了问题，很多领导的亲戚在这上班，干的都是不累还挣钱的工作，受大累的活出力大又挣不到多少钱，所以多干点和少干点差不了太多。”

刘志民了解了情况，他开始分析怎样才可以调动起职工的积极性，机械地提高工资待遇不能激发职工的工作热情，实现不了有效管理。唯有给他们一个心灵的高度，创造一个迸发潜能的平台，工人们才能奋发向上。他让办公室做了一块牌子，每天各班下班后都将本班产量登记在上面，让车间的所有职工都能看到，每天有排名，每周有排名，月底还要有排名，每周的前三名在厂内发表扬通知，月度第一名发奖金和表扬通知。这样一来，大家为荣誉而干，都想在信息栏上露个面，车间内掀起一股赶超比拼的工作氛围。

这些信息哪能瞒住记者柳莎莎，很快她就找到刘志民：“你有好的素材怎么不知道通知我？”上来就是直截了当地问。

这一下子让刘志民有些语塞，他挠挠头说：“一赶活儿就给忘了，真是不好意思。”

“逗你了，还当真了？说说吧，说全点。”

刘志民把从开始与卖轧制油的供应商谈起到他的技改，说了技改设备虽然具备提高产能的能力，但职工很消极，又讲了他的解决办法。柳莎莎飞快地在本子上记录着，恐怕落下一个细节。

第十四章

自从配件、辅料由厂里统一招标采购后，刘志民就开始梳理供应商名录，他按会计提供的数据做性价比排名，从优到劣地整理出最优的供应商单位。今天他又在研究怎样把配件、辅料库存降到最低，他的想法是做到零库存，这样就可以减少资金占用，可以让减下来的资金发挥到最大价值。他看了几遍方案，觉得没有太大问题，就去找厂长汇报，想让厂长给些建议。厂长听着刘志民的汇报心里美滋滋的，我没看错人，这个刘志民还真有一套，从管理上，从降本增效上都有独到之处。厂长放下方案说:“不错，你能在短时间内发现这么多问题，并且都能拿出解决方案，真不错，我建议你再结合一下网上的采购平台，这样价格会更清晰，还有现在兴起的做供应链配送的企业，他们垫付资金的实力很强，如果可以谈成月度按实际使用量结账，自然咱们就成零库存了。”

就在这时一曲《爱拼才会赢》响起，那是刘志民的手机铃声，他对厂长说:“侯晓东打来的，我先接下。”厂长点了下头。

电话刚接通就听侯晓东急促地说，应该说是喊："主任，出事了，我把送货的司机从车上碰到地上了，好像肋骨折了，他正躺地上打滚儿呢，你快回来吧。"

"别慌，先稳住，我马上就回去。"

刘志民挂断电话，匆忙地对厂长说："侯晓东在卸货时用天车钩把送货的司机从车上碰下了车，好像挺严重，我得马上去现场。你刚说的我回去再琢磨下，这个方案你也再看看，什么时间研究，我等你消息。"

"嗯，你先去，赶紧送医院，别耽误。"

"好的，有事我再给你打电话。"说完后，刘志民一路小跑回车间。

老远就看见一个人躺在地上，不断发出哎哟、哎哟的呻吟声，挨摔的司机见刘志民来了，哎哟声变成了杀猪般的号叫。这个司机是经常来这里送货的，他知道刘志民是这里说了算的主任，就故意装出特别痛苦的样子。刘志民也认识他。这个司机是从东北过来打工的，落户在唐山，给一个车队开车。他长得很魁梧，一身肥肉，留着短寸，秃眉毛、小眼睛、塌鼻梁，两片厚厚的嘴唇向外噘着。他双手抱着胸，手上布满了皴，每根手指和手背都黑黑的，还带有细小的裂纹。

司机见刘志民来了就说："主任，我的肋骨好像折了，快送我去医院，太疼了，我坚持不住了。"

"好，晓东你去办公室要车，赶紧送他去医院。"

"好的，好的。"

侯晓东走后，刘志民就问司机是怎么摔的，司机说：“侯师傅开天车卸货，用天车钩子拍到我肋骨上了。我还算机警，没等钩子第二次撞击，我就从车上跳下来了，要是钩子再荡回来，非得把我拍死不可。”

“你可以站起来吗?”

“站不起来，动都动不了。”

“那一会儿车来了，你不站起来怎么上车?”

“等车来了再说。”

这时，侯晓东和办公室司机开着一辆桑塔纳赶了过来，刘志民招呼着把车停到司机身边，对他说：“你试试，看可以站起来吗?”

那司机龇牙咧嘴地说：“还是不行，一动就疼。”

刘志明和侯晓东两人架起司机往车上送，司机嘴里不停地唠叨着轻点、轻点，总算是上了车。汽车在人流中穿梭，很快来到县医院。侯晓东挂了急诊号，三人就坐在楼道的长椅上等大夫叫号，大约半个小时轮到了他们。大夫问了下情况，直接开单子检查，一通检查用了大半天时间。拿到CT片子后，大夫说：“没看出骨头受伤，住院观察，先交住院费去。”

侯晓东问大夫：“用住院治疗吗？是不是在家里静养就可以。”

司机听侯晓东这样说很不痛快：“侯师傅，不行我就撞你一下，咱俩都回家静养，也正好扯平。”扭头对大夫说：“我肋骨疼得厉害，你当大夫的可要对病人负责啊!”

侯晓东说：“没大病就不必住院，回家静养足矣。”

司机怒目圆睁，冲侯晓东说："那好，咱回你们厂，撞你一下，看你疼不疼？"

侯晓东还要怼，大夫用手摁住他的肩膀说："住不住院听我和病人的，病人要是实在不想住，可以签字不住。"

刘志民一看要闹僵了，就从中调和，该住就住，听大夫的，让侯晓东去办住院手续。等手续办好，司机躺到病床上给老婆打电话说自己受伤了。司机老婆找到车队队长，一起赶到盛宇峰公司办公室，司机老婆冲办公室主管大声说道："你们得负全责，要是有大事，和你们没完！"

办公室主管说："你先别着急，听说出事后刘主任就陪他去了医院，你可以在这儿等他回来再了解情况，也可以现在去医院。"

"我去医院！是哪家医院？"

"县医院，在城里，你可以导航去。"

两人急匆匆地上了车。

第十五章

刘志民和侯晓东安排司机住下后，问他还有什么要求，他说："现在没有，有了再找你们。"

"看你的样子比刚才好多了。"

"是，我观察两天没事就出院，你们先回去吧。我感觉不影响活动，都可以自理。"

这时的司机好像变了个人，变得通情达理，说话也不像开始那样冲了。

刘志民安慰着说："那你就先在这儿观察，有事就给我打电话，我来不了会安排其他人过来，什么事也没有这事重要，你放心。"

这时，司机老婆和队长来了。那女人看了看躺在病床上的男人没有说话，却直接问谁是刘主任，刘志民说："我是。"

"这事你要负全责，要是有什么后遗症，都得你们负责，还有误工费、陪伴费、营养费，都得你们出钱。"

"这个我们肯定会负责，现在最大的事是先治病，只要人没事，其他都好说。”

女人阴沉着脸说道：“只要有问题，就等于毁了我们家，我不会放过你们！”

司机见老婆说话刺耳，就说：“刘主任，你们先回去吧，有事我找你。”

“那好，我们先回去。”

女人抢前一步：“不能走，住院费都交齐了吗？”

女人板着脸问刘志民，刘志民回答都交齐了，该检查的也都查了，再查就是两天后的复查了。

“这人也不能只是吃药治，还得从营养上补补，你先给点营养费。”

“好，我没带太多现金，先给你一千块吧。”刘志民说着从口袋了掏出现金。女人看到钱，脸色似乎有些好转，拿到手里数了数，说：“行，你们先走吧，有事再找你。”

刘志民和侯晓东离开医院，侯晓东说：“主任，这个人怎么这样，这不明摆着讹人吗？”

“先别说这个，刚才一直忙，也没问你事情经过，你先说说到底是怎么回事？”

“主任，不是我碰的，他的车没有车帮，上车时就用手去拽钩子，好借力上车，可是他用力过猛，正好钩子在运行中，他一拽钩子就改变路线了，被他拽到怀里了，就拍到他肋骨上了。”

“按你说，是他的失误？”

“就是，我都开这么多年天车了，还会出这事。”

“你们俩各说各的理，还有谁在现场？”

“没有了。”

“没有第三人证说不清，回去看下监控。”

汽车刚进院子，柳莎莎就迎着走过来，看见刘志民从车上下来便热情地打着招呼。

“刘主任回来了，听说有个外来司机被撞了，是怎么回事？”

“还没弄清楚，侯晓东说是司机上车时拽钩子，让钩子拍上了。”

“那责任在司机了？”

“现在说不清，司机说是侯晓东没看好给拍上的，这不我俩正想去调取监控。”

“我也和你们去。”

到了监控室才发现，好几个监控摄像头是坏的，从上次蹲堵偷油漆小偷后刘志民就提出过维修计划，可是到今天还没修好，这下谁也说不清了。如果拿不出有力的证据，这起事故厂里要负全责，不但要付医药费，还要付误工费、陪护费、营养费，等等。这时，刘志民的电话响了，是司机老婆打来的，接通后就听里面开口就说：

“大夫让交费，不然明天就欠费了，要是欠费就停药。”

刘志民说：“才刚交的几千块钱，一天都没用下来？”

“怎么着，你们是不想交钱吗？”

“不是不想交，我就是觉得这钱花得有点快。”

“你不信，可以自己来医院查，你们如果不安排好，咱有说理的地方，到那时的结果，恐怕就不好说了。”

这女人说话就是戗茬儿，好像是刘志民谋害她老公一样，话里话外透露出只要不按照她的意思处理，就去厂里闹，就去应急局举报，就去县里上访，让你们无法正常工作。刘志民心想，看来这个女人是个典型的“坐地炮”，给人感觉好像她盼着老公在外面出点事情，借机讹一笔钱财似的。由于没有监控，也没有第三人证，厂里最终选择让刘志明和侯晓东代表厂里花钱了事。

到医院后，司机老婆迫不及待地让他俩去交费，还说出院也得带些药回家吃。侯晓东去交费并办理了出院手续，女人转而又不让出院，说事情还没彻底解决，达不到满意是不能出院的。刘志民无奈，只好让侯晓东先交费，出院手续延后再说。不知什么时候，她女儿也来医院了，跟着侯晓东去交费。

侯晓东说：“你不用跟着我，难道还怕我跑了不成。”

本来是句玩笑话，可她女儿就当真了，说：“就是怕你跑了。”

侯晓东这么猴精的人也感到可笑，又很无奈，就说：“刘主任不是还在这吗？我跑了，他跑不了。”这两个人就这么杠上了，争来争去，侯晓东说：“你不相信我就是侮辱我的人格。”

她女儿说：“像你这样的人还有人格？”

这句话把侯晓东惹火了，大声地说：“你年纪轻轻怎么说话的，十几年的学白上啦？”

司机听到俩人争论，就从病房出来，一个箭步蹿了过来，用手指着侯晓东的鼻子说：“你想怎么着，敢欺负我女儿，你试试，敢动她一下试试。”

侯晓东一看，司机这动作好利索啊，哪是肋骨受伤的样子。侯晓东的脑瓜此刻飞快地转了一下，心想：“哼，跟我玩这套。”走上前，冲司机说：“你真伤肋骨了吗？我看你简直就是一个小混混儿！”

司机本来就不是善茬儿，见侯晓东这样说话，立马脸红脖子粗地吼道：“你小子没人性，伤了我，还要逃避责任，遇上我，你就认倒霉吧，别想脱了干系，哼！”

这时，临近的几个病房里的病人听到楼道里吵吵闹闹就纷纷走出来看热闹，他女儿看人多就更来了劲头，嚷嚷着：“都给评评理，伤了人还不给治病，这是什么单位呀？并且掏出手机来录像，说要发到网上去曝光。

刘志民心说，这家人还真不是省油的灯，按CT片子，按大夫说，都没大问题，顶多就是肌肉疼，回家养些天就没事了。他又寻思，调解需要过程，闹是解决不了问题的。他走过去，把俩人分开，冲侯晓东努努嘴：“快去交费。”

侯晓东气哼哼地冲司机和他女儿瞪了一眼，不情愿地去交费了。司机女儿也没再跟着。

刘志民趁这当口儿，跟司机说：“咱们商量商量怎么了结。”

司机说：“好啊，只要达到我满意，好说。”

司机女儿抢过来说：“最少赔偿五万块，少一分也结不了！”

刘志民说：“这个数字我做不了主，得请示厂长。”说完，他拿出手机给厂长拨通电话，跟厂长说明了情况，厂长表态：宁可多花钱，尽快结账，厂里还有推动改革方案等重要工作呢。

这时，侯晓东交完住院费用回来了，对刘志民说：“这医院够黑的，就这几天两万块，在天津大医院做个手术也花不了这么多钱，像他这种病，几百块钱，贴两贴膏药就好了，这医院真不是一般人可以来的。”

经过再三讨价还价，最后和司机女儿达成协议，除了医院花销，另外补偿三万块钱。司机带着坏笑点点头，他女儿脸上却依然挂着愤怒，随后他们父女俩离开了。

刘志民说：“咱赶紧回厂里吧，厂长那儿还有好多事等着办呢。”给厂里造成这么大损失，猴精似的侯晓东陷入了愧疚中，一路上没说一句话。

第十六章

中午，刘志民刚进车间就听见侯晓东的大嗓门，嗷嗷地喊着，看见刘志民进来赶紧跑过来说："刘主任，这老家伙背地里瞎白话你，说你这主任当得有问题。"

刘志民打断他的话："被人议论很正常，你们哪个不被人议论？议论人都是背后的事，见不得天，你们议论我，我来了接着跟我一起议论我，行吗？议论人的毛病不好，瞎嚷嚷不能解决气不忿的问题。我竞聘成功，肯定被厂长认可，你们没成功也不是因为我。如果你们老把这个事情当话题，会影响心情，影响团结，影响工作，要不然，咱一起去厂部跟厂长交流交流？"

王和平见刘志民训斥侯晓东，脸上现出尴尬的表情，因为他在刘志民面前说的都是恭维话，现在让侯晓东把自己卖出去了，便很不自在，耳根子都红了，无话可说，就回到自己的工位，低头开始干活儿。大伙见戏散了，也都散开了，侯晓东冲刘志民一笑，也去干活儿了。

刘志民一脸严肃地到各个工位走了一遍，人们见他满脸冰霜，都不说话，只在他走过后，都把目光追着，看他会跟谁释放火气，但最终也没见刘志民跟谁说话，车间里除了机器的声响，没有任何人发出半点儿动静。刘志民心里有事，他要去资料室查阅电气化改造资料，刚到资料室，侯晓东就打电话来，声音有些颤抖："刘主任，出事了，我把王师傅的手给轧了，你快来看看吧。"

刘志民说："你小子成事不足，败事有余，净添乱！"刘志民回到车间，王和平的手已经用绷带裹上了，鲜红的血透过绷带往下滴。刘志民说："赶紧送医院，先治病，其他事回头再说。"派车送走王和平，他把侯晓东叫到办公室询问情况。

侯晓东说："刘主任，你刚离开车间，我就想跟王师傅解释两句，不是为了化解矛盾，以利团结嘛。哪知道王师傅的疙瘩扣不好解，认死理儿了，咬住一句话，认定我出卖了他，说我从一条龙变成一条虫了，说我是哈巴狗，在你面前摇尾巴讨好。刘主任，你说他这不是给我脸上抹狗屎吗？再说我要是会讨好人，车间主任早当上了，怕是连你都没机会来管我。后来，这老家伙干脆不搭理我，但我得配合他啊，毕竟在一起工作。王师傅不让我参与，自己装辊，我觉得他装好了，就按了电门。王师傅的手没来得及抽回，就挤在里面了。我听到他大喊才回过神儿来，赶紧关了电门。就这样，他的手指就挤在了里面，这事怪我。"

刘志民心里在思索如何处理，他知道这是他上任以来又一件棘手的事，处理重了，影响与侯晓东刚刚热火起来的关系；

处理轻了，影响自己这个主任的威望，人们会说他没有原则，意志不坚定，影响整个车间的各项制度的落实和管理。他决定先去医院看看王和平的病情再说。刘志民赶到医院，得知王和平的手指没伤到骨头，他让王和平先回家休息几天，晚上他又喊着侯晓东买了水果去家中探望。王和平的家属很通情达理，对工伤没有过多的追责，侯晓东也一直在揽责任。王和平一双眼死死盯着侯晓东问："我只问你一句，你是成心还是失误?"

侯晓东满脸堆笑："怎么可能成心? 纯粹是失误，失误。"

王和平压住心里的气愤，他想在刘志民面前做出一副高姿态的样子，转而把语气变了："嗯，那就行，咱哥们儿一起混了这么多年，谁爱吃咸，谁爱吃淡，谁有几两几分沉重还不都清清楚楚?"

侯晓东听出话里有话，但他还是谦恭地说："王师傅，这次纯粹是我的失误，绝不会再有下一次，要不然，你明天也失误一回，让我的手指头也受伤，咱俩扯平，行吗?"

刘志民听了这话，差点儿笑出来。王和平倒是不爱听了："合着你认为我会报复你，是吗?"

刘志民赶紧打圆场："王师傅，你看晓东也来看望你了，也诚恳地认错了，咱就给他个下不为例。这次呢，按照制度规定，该罚款的罚款，该处理的处理。"

王和平转而又替侯晓东说话："话又说回来，既然侯晓东说他不是成心的，那就是失误，他也不是故意的。咱们修配车间天天跟机器打交道，难免受点儿伤。不过，侯晓东你以后如果再这样粗心，我就认定你是成心害我，我可不饶你。”

侯晓东嘻嘻一笑：“王师傅，我说句玩笑话，你别计较。”

王和平撩起眼皮，这小子又倒什么坏水。

侯晓东把眼挤了挤：“其实咱俩是乌鸦跟黑猪……”话没说完，王和平就捅出一拳，侯晓东慌忙后撤，用手推挡着说：“不是说了不许计较吗，你就这么小心眼儿吗？”

王和平瞪他一眼：“我不可能跟你画等号，你是腌臜人惯了。咱修配车间好几茬儿主任了，我腌臜过谁，别当着刘主任的面给我上眼药。”说着把眼扭向刘志民，意思是让刘志民知道自己跟侯晓东不是一路货色。

刘志民心里在琢磨，这俩“鬼难拿”一个是时不时当大拿的技术权威，另一个是人人烦的“刺猴儿”，必须把他俩拿下，这样整个修配车间就一呼百应了。他又一想，事故不大，就不上报厂部了，不然厂里会追加惩罚，但修配车间以后必须要加倍严控，不允许再出现此类事件。他也想借机会考验侯晓东，就高声嘱咐所有人，把嘴捂起来，消息不许外露。安排妥当后，他让大家按部就班地开始工作。

让刘志民没想到的是，当天下午，厂长就把他喊到办公室，一脸严肃地问：“修配车间出了事故，为什么不上报？”

刘志民心里一惊，厂长怎么知道了？是谁透露的消息？修配车间里有叛徒？但他知道，不能在厂长面前露出半点马脚，有什么事回车间后再说，先应付厂长。

刘志民严肃地说：“厂长啊，我们车间确实出了点差错，但不是什么大事故，王师傅的手指被碰破了皮，医生检查后说没什么问题，放心吧。”

厂长说：“小事故也是事故，怎么能隐瞒，你这车间主任可不能这样当啊。”刘志民心想，本来以为是小事，自己刚上任，尽量不要出毛茬子，哪知道刚想压下，却被人捅到厂长那儿，说明修配车间里还是有人想制造乱象。就在他沉思的时候，厂长又说话了：“你新到修配车间，有些情况还不熟悉，尤其对职工的了解需要有个过程，出问题很正常，谁当主任也不敢保证不出问题。所以，你不必背包袱，该怎么干就怎么干。不过出工伤这件事必须在全厂通报，为的是给大家提个醒，不是单纯地打你脸，你要明白。”刘志民点点头。厂长接着说：“还有一件事，我最近查看录像，看到有一回你在车棚给侯晓东的气门芯拔了，你也真行，做那种事与你车间主任的身份相符吗？”刘志民脸“腾”的一下就红了，半句话也没说，扭头离开了。

回到车间，刘志民把厂长的谈话跟大家进行了传达。让他没想到的是，侯晓东反应最强烈，他疾恶如仇地说：“谁是叛徒？有种站出来，跟我一对一，出卖大家，讨好厂长，就是叛徒，叛徒！可耻！可耻！”

刘志民呵呵一笑：“侯晓东，你别高声大嗓地嚷嚷好吗？咱修配车间以后必须团结，团结得像个铁桶才行。这次王师傅受伤的消息被透露出去，我觉得是好事，对咱们是个教训。”他把侯晓东拉到一旁，悄声问：“我问你，把工伤事故报告给厂长是不是你的事？”侯晓东把胸脯一拍：“主任，工伤是我造成的，我能自投罗网打小报告吗？”

刘志民嘿嘿一笑：“你小子那点儿鬼画符瞒不了我，你知道事故小，不会处理你，但我作为车间主任隐瞒不报，就属于违规操作，这点你是懂的。你打报告，有两层意思，一是取得厂长的好感，二是暗刀伤我，对不对？”

侯晓东一听，把嘴咧得老大，腮帮子都歪了，那双眼睛急速地眨巴眨巴，反问一句：“主任，你是诸葛亮再世还是刘伯温重生啊，我这肚子里转多少弯，你都看得一清二楚啊？”

刘志民顿时把脸绷了起来：“我警告你，下不为例，以后再干下作事，有好果子等你吃。”

侯晓东不好意思地咧嘴笑了，说不出话。就在这时，王和平来了。刘志民走过去抓过他的手，反过来正过去地看了看，问：“好利索了吗？”王和平没说话，伸出手指抓挠几下，意思是痊愈了。刘志民说：“既然王师傅上班了，平整机张力控制系统进行改造工作马上恢复。”

侯晓东假装没看见王和平，王和平却拍了拍他的屁股，走到自己的工位，很快就进入工作状态。

第十七章

几天后，调试工作进入最后阶段，刘志民站在王和平背后，看王和平对平整机做最后的调试。突然，刘志民的电话铃声急促响起，他一看是妻子李霞打来的，心里一沉。他叮嘱过妻子，没有急事，不许在上班时间给他打电话，既然李霞来电话，肯定有急事，于是心里就忐忑起来，脸上带着疑惑地接通了电话，里面传出李霞急促的声音："你赶紧带两万块钱去医院，咱妈病了，看症状需要做心脏支架，现在在去医院的路上。"

刘志民的母亲一直和他弟弟刘志刚生活，刘志刚住在离县城不远的农村老家，刘志民曾多次提出让母亲到县城来住，可是老人家离不开那几间老屋，更舍不得那些鸡鸭鹅，说到了县城就像坐监狱，和谁也不认识，住长了她怕闷死。刘志民由于平时工作原因回去的时间也不太多，突然听说母亲病了，感觉自己亏欠母亲太多了。他来不及思索就向车间外跑去，刚跑了两步就又停了下来，车间也走不开呀，设备调试进入关键的最后冲刺阶段，如果放下，那么前期工作就等于白干了，或者说，工艺改进不知要往后推移多长时间，节能降耗目标就会受到影响。刘志民急得直搓手。真是越急越出岔子，脑门儿出汗了，他在想，是哪里的调试出现问题了，按图纸和方案钢带表面应该不会出现冲压“滑移线”，钢带的屈服极限就是不能降到最低。刘志民想有可能是压下量造成的，他试着将压下量调至1%，果然滑移线完全消除。

王和平说：“我还是第一次遇到这种问题。”

侯晓东最会钻空子说话了：“刘主任，厂里的事重要，但你娘的病耽误不起啊。”

王和平问：“发生什么事了？”

刘志民就把母亲病倒的事说了，王和平让他赶紧去医院，这个病可不能拖，一旦出事就是人命关天的大事。

刘志民说：“现在这个时候，我不能离开，剩下王师傅一个人调试就要后延，那可就耽误进度了。”就在左右为难之时，侯晓东凑过来说：“刘主任，你老娘的病比咱的工作更重要，工作丢了还可以再找，娘只有一个，没了就永远没啦。”这句话有些刺激意味，刘志民的心咯噔一下。侯晓东说得有道理，娘就只有一个，在娘最需要他的时候，他不在娘跟前，那是最大的不孝。

于是，他对侯晓东说：“也好，我走后，你来配合王师傅做好最后的调试。”

侯晓东笑了，一摆手：“你放心去医院，这儿的事交给我了。”说着话，侯晓东灵机一动，去车棚把刘志民的自行车推了过来，看似无意，其实是预谋，他把装着两个新领来的轴承的塑料袋放进刘志民车筐里，然后用一张旧报纸盖上。刘志民正跟王和平交代工作事项，没注意车筐里还有两个新轴承。接过自行车，骑上就走，没承想到厂门口时，他被保安科的人拦住了。

刘志民不解地问：“为什么拦住我？”保安说：“接到举报电话，说你带走两个轴承。”

刘志民大吃一惊，撩开旧报纸一看，可不是嘛，车筐里真有两个新轴承。他马上意识到，又是侯晓东做的缺德事。他又一想，也许是侯晓东忘记了。可为什么还要盖上旧报纸呢？他决定回车间，把轴承送回去，到底是侯晓东成心陷害还是无意忘记了，为什么还有举报电话？他思来想去，认定还是侯晓东做的局，不过眼下没时间跟这小子斗智斗勇，只能等他从医院回来再说了。这么想着，他就调转车子，刚要走，保安抓住后座说：“不能走，这事得调查清楚，不然我们失职，厂长要追究的。”

这时候厂长来了，刘志民赶紧申辩说：“我娘有病，我急着去医院，哪知道侯晓东把新领来的轴承放在我的车筐里，保安不放我走。”

厂长笑了：“来，把轴承给我，你赶紧去医院。”

保安拦住说：“厂长，不行啊，刘志民带轴承出厂，有盗卖嫌疑，不能放他走。”

厂长板起脸：“我刚才查看监控，正巧看见侯晓东去车棚推车，也看见他把两个轴承放进了刘主任的车筐，你没有调查，不能乱下结论，不过你认真履行职责还是值得表扬的。另外，举报电话是谁打的？”

保安说：“是修配车间的电话，谁的声音没听出来。”

厂长嗯一声，转脸对刘志民说：“你赶紧去医院，有什么需要直接给我打电话。”

心急火燎的刘志民把车骑得飞快，不太远的路程，他其实骑得算快了，但他还是嫌慢。然而，当他风风火火地跑到急救室的时候，还是来晚了，没能见到娘的最后一面，娘因心血管大面积堵塞去世了。

刘志民像梦中惊醒一样，突然大哭，想到自己未能尽孝，悔恨的泪水就哗啦啦地流下来，所有的亲人都哭得死去活来，楼道里乱作一团。刘志民哭了一阵儿，潜意识里有个声音在提醒他，老娘已经去世，眼下就要给老娘操持丧事。这时，厂长赶来了，拿出一沓子钱，塞给刘志民，让他回家抓紧处理老太太的后事。

第十八章

处理完丧事，刘志民就来工厂上班了。一进车间，侯晓东第一个走上前来说：“刘主任忙活丧事辛苦啦，应该多歇几天，你这一来，王师傅的事要黄。”

刘志民心里有数，对侯晓东的话要在脑子里多咂摸咂摸，他听出话里有别的意思，是不是自己几天没上班，车间里有什么变化，或者又发生了什么事件？侯晓东的话外音是自己如果晚上几天班，王和平的目的就实现了，王和平能有什么事呢？刘志民就装出一副疲惫的样子，不动声色地说：“好事必须办好，不是好事坚决不能办，你说呢？”

侯晓东用手捋一下头发，又张开手指在头发上挠了几下：“嗯，就是，就是，不过好机会也不能总给一个人。”

刘志民有点明白了，看来王和平有什么好机会，让侯晓东吃醋或者忌妒或者想跟王和平竞争了。他微微一笑：“大家快干活儿，我去厂长那儿报个到。”

此刻，厂长正为一件事发愁，什么事呢，就是集团总经理办公会通过了购买德国最顶尖的八轴车床的事，就放到盛宇峰，那么去德国培训让谁去呢？按道理说，刘志民应该去，他是车间主任，本身就是技术出身，平时还要指导管理职工操作，应该掌握最新技术，技术上应该领先。但他走了，车间主任的角色怎么办，让谁当临时主任？刘志民培训回来，临时主任怎么安排？再一个人选就是技术人员，那就是王和平，可是修配车间技术人员不止王和平一个，况且有这好机会，还不争红眼，尤其是侯晓东，还不知会要什么手段争取呢？

厂长站在窗前，隔窗远望，见一群鸽子正从厂区飞过，几声鸽哨传来，让厂长心里敞亮了许多。按道理说让王和平去比较合适，但刘志民是车间主任，除了管人，更要掌握技术，才能镇得住某些职工。估计刘志民不会反对，但也要征求他的意见，他会不会有别的想法，若指定让王和平去，他会不会有情绪。正这么想着，刘志民推门进来了。厂长起身说："累了吧，本来厂里应该派人去帮忙，可正赶上任务急，没派人，你多理解吧。"

刘志民说："厂长言重了，我初来盛宇峰，厂里很多人还都不熟悉，在老娘的丧事上，您带头随份子，已经让我过意不去了，谢谢厂长。"

厂长说："来，坐下，我正有事跟你商量。"厂长就把集团订购德国八轴数控车床，并决定派人去德国培训的事说了一遍。

刘志民听后高兴地说："太好了，据说那玩意儿两个同步轴可以在同一个工作区域增加更多的工序，从而实现了高效率、高度灵活地批量生产小型和复杂的零部件，这样就解决了人员技术问题，只要会操作就行。”

厂长说：“也不完全是，只是从某种角度看是简单，这种高科技设备更需要高端人才使用，买这台设备要去德国学习操作和简单的维修，我们几位厂长商量过了，你和王和平二选一，你去，可以树立你在修配车间技术上的威望。王和平是修配车间技术顶梁柱，平时，几乎所有的技术难题都是王和平破解，这种学习的机会也应该考虑到他。再说去德国学习，对于搞设备的人可是难得的机会。”

刘志民说：“厂长说得没错，一个人一生能遇到一次出国学习的机会已经是万分荣幸了，更何况是去德国，那是想都不敢想的事。”刘志民感觉幸福来得太快了，从下岗到现在时间不长，但经历的太多了，竞聘已经是感到很荣幸了，好事不可能都落在自己头上。他觉得像做梦，有点飘飘然的，但他又回到了现实。二选一，他是车间主任，王和平是技术骨干，真正实用，还是王和平最重要。他说：“机会真是太难得了，让王师傅去吧，在修配车间是顶尖的专业技术人员，再说我走了车间管理怎么办？”

厂长想了想，点点头说：“我没看错你，格局够大，遇到好事想着别人，不过领导班子们倾向让你去，你再慎重考虑一下。”其实刘志民心里还是很矛盾的，他是多么想去德国学习啊，可是他觉得必须在厂长面前高姿态，就这高姿态换来厂长的赞扬，他就在这种矛盾交织的复杂心理中离开了厂长办公室。

第十九章

当天晚饭后，刘志民正想写日志，这是他多年的习惯，是跟政府机关的人学的。正写着，王和平突然来串门，手里还提着礼物，这让刘志民很是意外。他为什么给刘志民送礼，这不是他的风格呀。一阵寒暄过后，俩人坐下交谈，王和平这才支支吾吾地说："刘主任，公司购买德国设备，还要培训专门人员，听说厂长推荐咱俩，我是真想去，你肯定也非常想去，就一个名额，必定二选一，你看，能不能把机会让给我？"

刘志民心里不痛快了，这种事厂长不可能事先透露，如果是厂长透露那说明厂长的素质太低了，肯定不是厂长透露的信息。但从这一点来看，盛宇峰领导层还真是良莠不齐。又一想，世界本就是多姿多彩，不可能都是正人君子，有个别漏风豁子嘴也很正常，那不是我的分内事，不操那份儿闲心。就说："派人培训是大事，我小小的车间主任不能决定。说实话，我也特别想去，假如厂长决定让你去，我绝对百分之一万同意，因为你是修配车间骨干中的骨干，是顶梁柱般的技术人。如果厂里安排我去，我会慎重考虑，毕竟机会难得。”王和平心想：“刘志民啊刘志民，时时处处跟我动心眼儿，明明厂里推荐的是咱俩，还假装不知道，哼，骗鬼啊。”于是他颤颤地点点头，算是回应。刘志民接着说：“咱们是同事，你为这事给我送礼，太没必要了，你的心意我领了，我的意思也跟你说了，东西带回去，天已不早，我也不留你了。”王和平客套着把东西放在茶儿下，转身就走，刘志民追上，把东西塞回他手里。王和平一看，刘志民真没有收下的意思，只得拎着礼物走了。

刘志民暗自庆幸，侯晓东很明智，去德国培训的事没跟着多嘴多舌，但他还是多了个心眼儿，别看没风浪，因为没风浪不等于平静。

转天上午，开完厂务会后，刘志民慢悠悠地走进车间，远远就听见侯晓东撒欢儿的声音，就见他站在王和平面前手舞足蹈地说：“如果不让你去德国，我去找厂长，他如果不更改，我就号召工人们罢工，不信他不依着咱。王师傅，你是谁啊，天是老大你是老二，天是王七，嗯……你……你不是王八。”人们哈哈大笑，车间里嗡嗡地回响。

王和平高喊一声：“上班时间，不许喧哗！忘了罚款吗？”

侯晓东说：“这不是刘大主任不在嘛，他要在，咱就装没嘴儿的葫芦。”他的话音未落，王和平就朝他努努嘴。他一回头，见刘志民正站在自己身后，马上一缩脖儿：“主任，你，你走路没声音，不好。哎，王师傅，我听说走路没声音的都不是人类，你听说过吗？”

王和平朝他挤眉弄眼。侯晓东领悟了，马上改口："哦，我说得不对，不对，我说错了，说错了，走路没声音是神仙。"一边说，一边用手轻轻地抽自己的嘴巴。

刘志民笑了："要抽就使劲儿抽，抽疼了才长记性。你刚才说只要我在场，你就装没嘴儿的葫芦，对吗？以后我天天守着你，看你不说话能不能憋死。"

侯晓东嘟囔一句："你守着我干什么，我又不是你媳妇。"

刘志民马上严肃起来："刚才我进门之前，大家议论得很热烈，我也想跟大家一起议论议论，怎样，接着侃呗。"

人们纳闷了，不知刘志民是什么意思。侯晓东直接说了出来："刘主任，你是不是卖野药，给我们挖坑？"

刘志民哈哈大笑："你小子，想得太歪了，我有给人挖坑的本事吗？我是觉得大家议论得很热烈，也很有议论的价值，因为以后还会有这类事情，所以大家议论议论挺好，把心思议论明白，省得解释。不过，我想，机会是特殊的好，但不可能人人均摊，毕竟名额有限，还是要给集团和厂里最需要培养的人。我这可不是唱高调，是掏心窝子的话。"

侯晓东问："那，谁是集团和厂里最需要培养的人呢？王师傅算不算？"

刘志民又是一笑："当然算，王师傅是咱修配车间权威级的技术骨干，本来，厂长们开会倾向让我去，但我在厂长面前表态，必须让王师傅去。我，跟大家一起坚守修配车间的各项工作。"

王和平激动了，上前握住刘志民的手："谢谢刘主任。"

侯晓东把俩人握着的手分开，把眼眯起来：“呦呵，还真高风亮节啊，各位，那咱为刘主任鼓鼓掌呗。”说着带头拍起巴掌，车间里响起一阵掌声。刘志民没想到自己把出国培训名额让给王和平，竟然换来更大的认可，别人胡猜乱想，认为他的背景深厚，他自己则认为是厂长对他的偏爱。

集团报纸编辑柳莎莎的眼睛一直在盯着刘志民，好像刘志民的吃喝拉撒都逃不脱她的眼睛。这天晚上，刘志民感觉有些累了，早早地躺在床上，想让辛劳的心和疲惫身体休息一下。没想到柳莎莎的微信电话又来了：“刘主任，跟我谈谈让名额的事。”

刘志民说：“没什么可说的啊，就是厂里决定让我去德国，我没去，让给王师傅了，他比我更合适，没别的，就这么简单。”

柳莎莎说：“那你思想深处是不是也有过一番斗争？”

刘志民说：“没有。”

柳莎莎马上追问：“不对，你没说实话，肯定在取舍之间有艰难的选择。”

刘志民说：“你觉得我有什么思想你就写呗，不用采访，小说不就是瞎编吗？”

柳莎莎一笑：“你说得不对，小说可不是瞎编，那是寄托了作家思想的塑造。”

刘志民说：“我不懂，也不善讲，你就顺着你的思路去设想吧，只要小说不写我的真名，无所谓。”

柳莎莎说:“你不配合我的采访,我就写你的真名。”

刘志民一笑:“别吓唬我,在让名额这事上我真没得说,很平常,很正常。”

柳莎莎不满地说:“好吧,但愿以后你不要老是这种态度,你给我提供素材,我会谢谢你的。”

转天,柳莎莎又采访王和平,王和平倒说了不少心里话,他说:“我非常感谢刘志民,成全了我出国学习的梦想。”

柳莎莎很满意地说:“谢谢你把刘志民不说的话说了出来。”

不久,王和平就去了德国。说实话,这些天王和平一直处在感动里,他忽然感觉这个刘志民的形象高大了许多,刘志民如果不让名额,自己绝对没机会。让刘志民没想到的是这次培训,间接地给他理顺修配车间关系提供了好机会,也算是终结了王和平的不平和愤懑心理。以至于到了德国之后,王和平的第一个电话就打给了刘志民,刘志民平生也是第一次接到越洋电话,就听王和平在电话里说:“刘主任,你把学习名额让给我,我感动了好多天,但我没好意思表达,今天只跟你说一句发自肺腑的话,我真没想到你这么大度。从今往后,我做你的铁粉,绝不会再给你出半点儿难题,以后你看我的表现……”刘志民接着电话,脑子却走了神,他没想到无意中把王和平感动了,各个击破的目标实现了一个,脸上露出惬意的微笑。

可是,刘志民的耳朵里却灌了不少杂音。有人说,刘志民善于喜怒不形于色,能把千钧怒火压住,还表现得平静如水。有人说,刘志民心怀叵测,有野心,不去德国培训是怕被人取代了车间主任的肥差，他的目标是把小小的车间主任当跳板，进入厂领导班子，不知哪一天，几位副厂长里肯定会有被他顶替的倒霉蛋。还有人说，他善于作秀，欺上瞒下，收买人心，蒙蔽厂长……刘志民每每内心想到这些流言，就感觉头疼，本来没有的事，怎么就在人们嘴里瞎传起来了呢，盛宇峰真是水深之地，真是好也不好，不好就更不知道是什么结果了。他感慨哀叹，这个车间主任真不好干。

第二十章

虽然杂音不少，但人们该干的还是按部就班地干。平淡的日子过得快，一晃就到了年底，集团公司年底评选先进。各厂层层推荐，刘志民在盛宇峰得票最高，到了集团也不出意料地拿了第一，获得了先进中层干部奖和突出贡献奖，他带领的修配车间也被评为先进集体。突出贡献奖按照贡献大小给予个人奖金，公司财务科对刘志民主导技改创造的利润核算后可得奖金九万元，先进中层干部一万元，两项共计十万元；先进集体奖两万元，由车间主任代领后按贡献大小分配。

表彰决定公开之后，修配车间就炸锅了，侯晓东第一个跳起来闹："集团闭着眼瞎表彰，修配车间的技改是他刘志民一个人弄的吗？他中层干部奖，咱争不着，谁让人家在那位置上呢。他一个人得十万块，咱十九个人才两万块，我建议咱以后都消极怠工，谁的好处多让谁多干活儿，你们说对不对？"

一个职工也气不忿地站起来："就是啊，咱一年到头也没闲着啊。"

又一个职工起哄地说："我同意侯晓东的建议，往后消极怠工！"正闹得乱哄哄，刘志民进来了，车间里立马恢复了平静。但刘志民发现，职工们看他的眼神很不正常，甚至有些怪异。侯晓东抖着腿把脸冲着墙吐气，刘志民走到侯晓东跟前，拍一下他的肩膀："侯晓东，我发现你组织能力很不一般啊。"

侯晓东用鼻子哼出一口气说："比二班强一点吧。"说着把脸扬起来，吹了一声口哨。

刘志民挥挥手说："大家请安静，下面听我说几句。你们刚才的话我都听到了，你们说得对，我非常理解，也非常认同。至于奖金呢，虽然落在我的名下，但我不是吃独食的人，心里早有打算，技改不是我一个人的成果，王师傅还有修配车间各位都付出很多。我想好了，九万块钱咱们按贡献大小分，集体奖两万块，平均分每人一千块，这样呢，按平均数说每人差不多五千五百块左右。我那份中层干部奖一万块，说实话，就是给车间主任们的操心鼓励费。不过，我觉得既然当主任，操心就是应该的，要不是大家鼎力配合，哪里有咱们的成绩，更不会有那九万块奖金。我决定，这一万块分一半给大家买份年礼，算是我对各位家属的慰问……"

刘志民话没说完，侯晓东就扭过头来，一副不相信的样子，拧着脖子，把脸凑近刘志民，问："那可是真金白银，你真舍得给大家分了？你这是什么招数，收买人心？还是作秀？"

刘志民笑了："侯晓东，你大脑线路板是不是出错了，怎么把正常的事都看成不正常呢？我能玩什么招术，我是真心实意的，等奖金发下来，肯定照我刚才说的分给大家。”

侯晓东朝大家使了个眼色：“好，咱就等着沾光了。”

车间里，人们开始了悄声细语地议论，大多数人都不太相信刘志民的承诺。有人说，应该是真的，堂堂大主任，怎么能说空话，说了空话以后怎么让人相信他。有人说，奖金是集团奖给主任的，主任要是给大家分了，这不太合适。还有的人说，刘志民是舍小钱、捞大鱼，他到底是什么目的谁也说不清，但肯定不能瞎撒钱，等着看吧，早晚会露出狐狸尾巴。再说，人家既然能当主任，就说明比咱这受累的脑瓜子强。总之，说什么的都有。刘志民心想：“不管你们怎么议论，怎么想，怎么看，到时候，我把钱一分，你们就没话说了。”

厂长正巧来车间找刘志民谈工作，刘志民就把自己的想法说了出来：“集团发奖金，等于给我出了难题，奖金是好，但那是钱啊，我觉得烫手，不能拿回家。因为所有成绩都是大家的努力。所以，我决定把奖金分了，这样对修配车间的工作有利。如果我不声不响地把奖金全部拿回家，人们肯定会议论我，我的形象在人们心里也会打折扣……”

厂长听刘志民这么说，见他的态度很坚决，他相信这是刘志民的心里话，更相信刘志民不是在他面前作秀，就说：“没想到你境界这么高，好，我给你点大赞！”

侯晓东低声说：“哼，厂长被刘志民迷了眼，他本来就是作秀，厂长不但没看出，还当真了呢。”刘志民听后，眉头紧蹙，没说话。

第二十一章

刘志民没想到厂长把他分奖金的事转告给了集团董事长，董事长认为这是绝好的典型，应该大树特树。第二天，集团报纸的编辑柳莎莎就来修配车间采访了。一见刘志民，就笑盈盈地说："刘主任，车间里很吵，咱去你办公室聊聊。"

刘志民踌躇着，只好答应道"好吧。"但他故意放慢了脚步。柳莎莎已经走在前面了，刘志民看了看车间里的人们，大家连忙把追星似的目光收回，继续低头干活儿了，只有侯晓东依然把注意力放在柳莎莎身上，明显就是刘志民对他缺少威慑力。

柳莎莎的采访可以说是深入广泛，完全超出了分奖金的范围。她几乎把刘志民的出身、经历，甚至家庭情况都问了个遍，除了用录音笔录音外，还在小本子上不断地写着什么。最后，柳莎莎说："你把该自己拿回家的奖金给大家分了，你媳妇知道了会不会跟你吵架？万一吵架你会怎么办？你会不会后悔？"

刘志民早就料到柳莎莎会提到这个问题，所以想都没想，张口就说："我媳妇最听我的话，我们家大小事只要我决定了，她绝不会反驳，更不会跟我吵架。假如她想不通，我就掰开了、揉碎了跟她讲道理，她是明事理的人，自然不用费很多口舌，一说就通。至于你问我会不会后悔，既然我决定了给大家分，就绝对不会心疼，更不会后悔。"

柳莎莎笑了："嘿，没想到嫂子如此通情达理，嫂子有福，你更有福，你这家庭让人羡慕啊。"

刘志民挠了挠脑袋："嗨，有什么值得羡慕啊，过日子不就是柴米油盐酱醋茶嘛。"其实，刘志民的心思并没有全部放在采访上，他在琢磨着，王和平经过出国培训一事，其实已经站到了自己身边，看来王和平与侯晓东的同盟已经被瓦解，下一步就是如何收服侯晓东了。

正这么想着，柳莎莎又问："听说你上任后经历了不少波折。"

刘志民说："那就不提了吧，人嘛，毕竟是一群人，不可能是一颗心，想的说的做的不可能都一样，出现波折实在是太正常了。不过说实话，我从一进厂就背负着压力，这压力始终扛在肩头，到现在也没感到减轻半分，反倒觉得越来越重了。"接着，柳莎莎提出要和刘志民合影留念。刘志民有些局促，又不好意思拒绝，只好喊人帮忙拍照。谁知道，侯晓东第一个抢着过来了，不光给他们拍照还对柳莎莎说："大美女，我想沾个光，跟你来张合影，用来做我微信和抖音头像。"

柳莎莎笑着说："那会不会让你媳妇多想，以为你有外遇了呢?"

侯晓东说："嘿，像我这样的人要是有外遇，全世界的男人都得有外遇，哈哈哈……”这时候，车间里其他人也都嚷嚷着跑过来，要求跟柳莎莎合影，说得最多的话就是，不跟大美女合影是一辈子的遗憾。柳莎莎和大伙一一合照后，和他们说了再见。

几天后，以刘志民《不爱金钱爱工作》为题的报道就在集团报纸头条发表了，其中还有柳莎莎和刘志民的合影。柳莎莎这张照片引来人们的一片议论声，有的人还拍了发到微信群里。侯晓东也忘不了添油加醋，在车间里说：“刘主任走了狗屎运，那么漂亮的柳莎莎竟然主动跟他合影，你看，那手还挽着刘主任的胳膊，不知情的会不会瞎猜啊。我估计刘主任媳妇看见这照片该吃醋了。”刘志民狠狠地瞪了他一眼：“你不编排人是不是浑身痒痒得难受，要不要我让哥儿个给你挠挠。”侯晓东耸耸鼻子，冒出一个字：“嗽！”

转天，车间里又有人说，柳莎莎花枝招展，刘志民心猿意马，要有好戏看了。刘志民大吼一声：“没吃饭的去吃饭，吃饱了快干活儿，别没事生事。”但他心里很苦，这叫什么事儿啊，柳莎莎采访一回，就出了那么多没影儿的八卦，怎么做人就这么难啊。

第二十二章

刘志民没想到，集团年会上竟然再次遇到了柳莎莎。年会是一年一次的例行表彰会，柳莎莎是主持人，越发光彩照人。董事长讲话完毕后，进入颁奖环节，柳莎莎手持话筒，庄严地说："下面请董事长为修配车间主任刘志民颁发突出贡献奖。"董事长现场讲话，给予了刘志民很高的评价，肯定了他的工作，鼓励他再接再厉。刘志民谦虚地点了点头，他快走到台阶的时候，柳莎莎走过去："刘主任请留步，您今天是全场的焦点啊，三次上台领奖，想请您分享下您的管理经验，是怎样做到个人执行力与团队执行力巧妙结合的？"

刘志民笑呵呵地说："这个话题一时半会儿说不清楚，还是不在这耽误大家的时间了。"

说着就往台下走，柳莎莎一个箭步到了刘志民前面，伸开双臂说："不说几句不合适吧。"

刘志民难为情地回到舞台中央，稳了稳神接过话题说："那我就说几句，我认为作为管理者一定要注意的是一只'猴子'。"

话音未落，台下一片爆笑。侯晓东以为刘志民说的“猴子”是意有所指，因为他的外号是“刺猴儿”，心里就有了火气，但又不敢当场发作，就暗暗发狠地咬牙：“刘志民，你太不够意思了，在这样的场合说这样的话，哼，我也不是吃素的主儿，咱等着瞧！”这时，刘志民清了清嗓子，接着说：“大家觉得我讲的很可笑是吧，请接着往下听，我们为什么要注意这只‘猴子’呢，因为这只‘猴子’的名字就叫作‘麻烦’。什么是‘麻烦’呢？在工作中，下属不可避免地会遇到很多麻烦，这就是我们常说的问题，我们可以生动地把这些问题比作‘猴子’。很多时候，下属碰到麻烦，会来找你解决。你如果和他仔细探讨，分析解决问题的办法，他心满意足地回去了，这时候‘猴子’还在他的肩上，他自己搞定。可是，如果你说，这么简单的事情都搞不定！你不用管了，我来做！这时，这只‘猴子’就跳到你的肩膀上来了。作为管理者，如果你不懂得管理之道，一天到晚到处逞能，真不知道你宝贵的一天能搞定几只‘猴子’。长此以往，你肩上的‘猴子’只会越来越多，压得你喘不过气来。”此时台下再次响起热烈的掌声，有人喊：“刘主任讲得好，就是这回事，我们经常遇到类似情况，刘主任分析得太准确了，刘主任继续讲。”侯晓东明白了，原来说的不是他，就把脸上的阴天换成了晴天。人们听得入了神，在台下叫着好。刘志民继续讲：“举个简单的例子，小时候，父母溺爱孩子，舍不得让孩子做饭，舍不得让孩子洗衣服，舍不得让孩子收拾家务。结果呢？父母什么都会做，孩子长大后，什么都不会做。这和企业里面，领导者与下属之间的关系是一样的。如果一个领导者什么事情都亲力亲为，那下属就一定不会有很好的执行力。事情你都做了，下属还做什么呢？没事可干，整个团队的执行力也就越来越差，所以我们要做到责权明确，各司其职，还要通力合作，每个人都要扛好自己身上的‘猴子’，这样才可以既有个人的执行力，也有团队的执行力。我就讲到这吧，谢谢大家！”

会场再次响起热烈的掌声。

柳莎莎走到刘志民跟前低声说：“今晚你请客，必须请，我等着听你的招呼。”没等刘志民回答，柳莎莎便对着话筒说：“我们为盛宇峰拥有这样的车间主任感到自豪和高兴，我们为盛宇峰鼓掌祝福。”说着，冲刘志民作出请移步的手势。

晚上，刘志民约了几个人，陪柳莎莎在厂内餐厅吃饭，为防止侯晓东知道了借题发挥，就把他也叫上了。几杯红酒下肚后，柳莎莎感觉头有些晕，她靠在椅子上休息，可是胃里像开锅似的乱翻腾。刘志民小声问：“你怎么了？喝多了？”

柳莎莎手扶椅背，红着脸说：“我酒量不行，头有些晕，想出去透透风。”

刘志民怕她摔倒，就陪着她走出餐厅，外面冷风很刺骨，柳莎莎被风一吹，就感觉天旋地转，酒精从胃里往上涌，一张嘴就吐了出来，差点儿吐到刘志民身上。刘志民赶忙伸手扶住了她，轻轻地帮她拍打着后背，几口吐完，柳莎莎两腿一软就要瘫坐在地，刘志民使劲儿拽起她，把她的胳膊从自己的脖子上绕过去，想架着她回餐厅。又一想，她现在这样子回去也坐不住，让大家看到自己扶着她又会怎样想，干脆直接送到宿舍。好在宿舍和餐厅离得不远，刘志民把她放到床上，拿被子给她盖上，转身刚要离开，柳莎莎一把抓住他的手说：“别走，给我倒杯水。”

刘志民问：“还不舒服吗？要想吐，你说话，可别吐一被窝。”话没说完，再看柳莎莎身子往前一凑，一口正吐到刘志民身上。“哎哟，你吐也要看好了再吐，这一身可怎么办。”刘志民到卫生间简单处理了下，拿着墩布把她吐的污秽清理干净，再看柳莎莎早已进入梦乡，他把门从外面带上，不能回餐厅了。他拿出电话，和侯晓东说：“柳莎莎吐了，还溅到了我身上，浑身都是酒糟味，你们接着喝吧，我赶紧回家换衣服。”

第二十三章

过年放假七天的通知早已下发，人们也早就沉浸在新年带来的喜悦中了，到处都是喜气洋洋的，职工们都在忙着手里最后的活儿。今天这班干完就放假了，有一部分职工已经是人在工厂心已到家，有些外地路途远的职工更是已经请假先走了。

突然，厂内中高层管理群里出现一条信息，是办公室主管发出的，通知所有中高层人员速到办公楼会议室开会。刘志民感觉又有事情要发生，赶紧拿起记录本迅速起身向办公楼跑去。

会议室里已经有不少先到的领导和同事，大家互相用疑惑的目光交流着，却没有一个人知道会议内容，只有等厂长来了才能知道详情。

就在人们猜测议论的时候，厂长和副厂长，以及负责销售的经理进来了。厂长进屋后边走边说："今天召集大家来参加这个紧急会，实在是无奈之举，明天就要放假了，销售部穆经理接了个国外的大单子。刚才他找了我，想听听我的意见，看看这个单子接不接。要是接了，年假也就不能歇班了；要是不接，这个单子的利润又还挺可观，我们俩商量后还是计划接。”厂长说着就到了自己的座位上，站着继续说：“今天请你们来，一是通知你们取消今年假期，过年接着干。二是也想听听你们的意见，都轮流说说吧。”

会议室又像每次遇到大事一样静得让人发毛，不知道厂长随时会叫到谁的名字，安静了大概半分钟，厂长就接着说：“没意见也得说句没意见，不能在这干耗着，国外公司还等回话呢。”

“同意、同意……”大家稀稀拉拉地回答着。

厂长从人们的回答声里听出些意思，就是不高兴呗，想到这儿，心里就来了气，神情不仅仅是严肃，简直就是难看至极了。很快轮到刘志民回答了，刘志民先看了看厂长，然后干咳两声说：“我认为可以不放，但是从职工福利上要多给些，还有加班费怎样给的问题，这些都是需要咱们商量好的。因为正赶上年关，职工回家心切，留下来加班，恐怕不会心甘情愿，所以该给的福利必须优厚，还要公开，不然的话，处理不好就有可能引起职工不满，或者其他想不到的突发事件。”

厂长听了刘志民的发言点点头说：“是，刘主任说得对，春节不休息，福利必须安排好，我们必须把所有的可能都想在前头，做好预案，心中有数，否则的话，还真就有可能发展成坏事，说大了就会影响生产。你们都照着这意思说，别都是同意，我不是让你们来做主审批的！”

刘志民发完言，把后面的人可难住了，不知道该怎样说，有的说同意刘主任的意见，有的说：“我想的和刘主任说的基本一样。”还有的说：“我想说的，刘主任都说了我就不重复了。”这一下子把厂长气笑了：“大过年的我不跟你们计较，可你们的发言过于官僚了。算了吧，既然大家都同意不放假，咱就看看这班怎么上合适，既要合规更要合法，不能让‘人来了脑子没来’的消极行为在咱们厂出现，要让大家拿出干劲儿，拼出闯劲儿来，又快又好地完成这个订单任务，更要让职工们过好新年。”

第二十四章

厂长没想到，刘志民也没想到，不放假的通知会引发一场“骚乱”。

通知下发后，各工序都有职工对不放假不满意，而且在议论中不同意的人越来越多，最后竟然组织了一支请愿队伍。这帮人聚到办公楼下，想找厂长问个清楚。队伍里面就有侯晓东，不过这次他是聪明的，只在幕后鼓捣，搞小动作，没冲到前面。厂长在办公楼上看到职工们聚在楼下乱哄哄的，心里就开始琢磨怎么办。

办公室主管急急忙忙地跑进来：“厂长，有些职工对过年不放假不满，都来找您要说法。”

“你们是怎样和职工们说的，不是让你们处理好吗?”厂长有些着急了。

“听各主任们说通知下去没有太多不同意的，他们都和个别人谈了话，不知道怎么又发展成这个样子。”办公室主管絮絮叨叨地说。

厂长听了不耐烦地说："让刘志民来，让他现在就到我这来。"

"好的，我马上通知。"

刘志民接到办公室主管的电话，得知了情况后，又问了问修配车间有人参加吗？办公室主管说没注意。他这才松了口气，说马上就过去。挂断电话后，他还是有些不放心，因为这个车间有个侯晓东，那小子没事还折腾事呢，更何况有事了，他还不闹腾起来？又问了问王和平，王和平也说没人去，就是侯晓东刚才还在现在不知道去哪儿了，估计他不会参加。刘志民摸清了情况赶紧跑着到了办公楼，他先去人群看了一眼，没看到侯晓东，悬着的心这才算彻底放下。

厂长在办公室等得有些不耐烦了，在办公室里走来走去，看见刘志民进来说："这事你看怎么处理，没想到会这样。"

刘志民说："你先别急，我去摸摸情况，看看他们都有什么诉求，想干什么，咱们做到知己知彼，再做打算。"

"好，这事就交给你去办了。"

"你放心，我必须处理好这事。"

厂长简单的几句话表明了自己的态度，把这事交给了刘志民去处理。刘志民也在心里计划好了该怎样去处理这事。他从容地走出办公大楼，站在台阶上，向人群招招手，用平静的语气说："大家不要乱，有什么诉求可以和我说，我是修配车间刘志民，也是咱们工会的副主席。虽然我这个副主席还在公示期，但我会把握住为全体职工争取权益的机会，当然这些都要在合法、合规、合理的基础上。如果我觉得你们说得有道理，我会向厂领导汇报，给大家一个满意的答复。”

全厂都知道刘志民是厂长的红人，虽然他只是个主任，但人们清楚地知道他在厂长那儿说话的分量，大多数人也对他的人品认可，前些天的职工代表大会上很多人投了他的赞成票。现在听刘志民这么问大家，人们就七嘴八舌地议论起来，现场有些混乱。刘志民虽然听不清他们说的什么，但主要意思明白了，就是想放假回家过年。实际这些在之前早就预料到了，刚才会上也都说得很清楚，就是往下传达时，有些主任没能把握好度，让一些平时对厂领导不满意的职工钻了空子，带头闹事无非就是觉得春节应该放假，不放假就应该拿出加倍甚至几倍的报酬和福利来。刘志民说：“你一句他一句地乱嚷嚷也没法谈，你们出代表吧，我和代表谈怎么样？”

几名代表被人们推选出来，刘志民一看心里就好笑，这事好办了，因为这几人就是厂里总闹事的那几个人，每次他们都会代表职工找到机会带头整点儿事，捞点儿好处。刘志民自从当选工会副主席那天就摸清了这几个人的底细，早就对他们做了预案。他绝不能让这部分人把职工的权利用到自己身上，打着为职工干事的幌子，干着为自己谋利的事，还让职工们认为他们是大英雄，这次就要撕下他们的面具，让全厂职工都认清他们的真面目。刘志民想好后，就说：“你们几个人先去楼上会议室等我，其余的各位都先散了吧，赶紧回去干活儿，这个月任务挺重的。”

大家你看我，我看你，没有人挪动半步。刘志民又说：“你们在这儿等着也没有用，还是先回去干活儿，他们是你们选出的代表，你们不相信他们吗？”

“相信，但是我们就在这儿等。”有人在人群中喊了句。

刘志民这才发现是个戴帽子的人，这人把帽子拉得很低，几乎挡住了半边脸，说话时也用的是假嗓子，掩盖了真实的声音。但这些哪能瞒过刘志民，这不是“刺猴儿”吗，找他半天没找到，还真以为这次他没参加呢，先让他再嘚瑟会儿，看看他到底卖的什么药。刘志民没有揭穿侯晓东，只是对着大家说：“我是工会副主席，有权代表全体职工向厂领导提出诉求和建议，走我这条道才是正确的，你们这样闹不是正当争取权益而是聚集闹事。你们推出的几个代表中没有一个是职工代表，而且他们平时的行为你们也看得到，光荣榜没上过，挨批处罚经常有，难道你们宁可相信这帮人也不愿意相信我吗？”

下面人群有些骚动，有些人小声说不行先撤吧，有的说再看看，最终还是没人挪动半步。刘志民只好说：“那你们就在这儿等着吧。”说完转身上楼。

会议室里，人们七嘴八舌地像打仗一样，吵得乱哄哄的。刘志民推门进来，屋里的争论并没有停下来。他想，这些人的目的基本就是为自己谋利和捣乱，我不能一概而论，必须各个击破，让他们内乱，才有可能平息。那么怎样才可以让他们内乱呢，这是道难题，刘志民大脑飞速地运转着，一个个方案出现，又一次次否定，就在这时，机会来了。

一个结巴代表说话了：“你，你，你，你，到到到底想怎么着？不不不行给给俩钱算，算了。”

刘志民看着他很好笑，刚才还纳闷，要不这半天不说话呢，还以为这人是里面的头儿了，原来是个结巴，这帮人怎么还选结巴当代表呢，真是可笑至极。突然一个念头在他脑海中一闪，不好，遇到对手了，他想起厂长曾经和他说过修配车间俩不好对付的人，一个是侯晓东，一个是王和平。还有工序上有个叫张平的，是个结巴，平时话不多，很少犯错，但是谁要是惹了他就等于惹了阎王爷，非得给弄服了才算完事，一句话不对付就玩“滚地雷”，关键有很多时候他还占理儿，出了事后还不好处理他，慢慢地人们就都不敢惹他了。难道眼前这人就是张平？刘志民来这么长时间还没跟他打过交道，据了解他还是偶尔有些正义感的，更准确地说，应该是讲江湖义气的那种，但很多时候是为了钱，属于见财起意的那种人。今天他出头无非就是奔着钱来的，怪不得一张嘴就是给俩钱算了。刘志民皱着眉头想了想，对结巴说：“怎么给？给多少？”

“三三三倍，这这这活儿过过了年补休，带带薪。”刘志民差点笑了，心想：“你个结巴还跟着搅和干什么，老老实实干点正经活儿比什么不强。”

“不行，这个太多了，我作为企业的中层干部要为企业着想，作为工会副主席还要为职工着想，这两者是分不开的，我不能偏向任何一方。咱们谈的基础应该围绕着法律法规和厂里的规章制度，这些才是摆得上桌面的硬道理，将来有人问起这事都有制度作依托，而不是脑子一热，见鬼打鬼出的土政策。”

另一个从开头闹得最欢的人，听刘志民说起了法律法规，还有规章制度，就坐不住了，他站起来假装接电话走出会议室，时间不长就回来了，进屋就说："刘主任，你看这样可以吗？我们工序上有几个职工申请涨工资很长时间了也没批下来，你看看给批了我们就撤，这不为过吧，几个人几百块钱，一年也就几千块，再说这帮人工资确实也低，也该涨点了。"

刘志民说："你说的问题是实际存在的，可以考虑，但是我得看看为什么没给批，要真应该批，我保证会尽快落实，相反要是不够资格那就不行了。"刘志民又对着结巴问："你是叫张平吗？"

"是……是。"

"我对你有了解，平时不惹事，谁要是惹了你，你就跟他玩儿命对吧？"

"对……对。"

"你最大的优点是干活儿肯卖力气，还讲道理，有正义感。"

张平让刘志民这一顿夸奖，弄得他不好意思了，来厂子这么多年还没人这样夸奖过他，让他美得有点找不到北，这一高兴更结巴了："也也也也也不全全全是。"

刘志民乘胜追击："你看你提的要求是为全厂职工争取福利，并不是为你自己争取，而有的人就属于小团体，是出于自私的目的，即便是对的也不能拿到这儿来当条件，你说对吗？"

张平美到心里去了，他想也是呀。"我刚才怎么说出这么有水平的话呢？我本意也不全是这意思，让他一说我成了为大家着想的英雄了，他们那几个就成了为自己谋私利的小人了。”他越想心里越美，不由自主地脱口而出：“对对！”尽管结巴，但后音还很重。

“要是对，你就和他们不是一伙儿的了，你属于真正的代表，你提的建议我会慎重考虑，一定给你和你所关心的职工们一个交代，你看可以吗？”

“可可可以。”张平脸上露出欣喜。

“那好，今天就先到这里，我去和厂长商量这事。”

“行行行，听听听你好好消息。”张平乐呵呵地答应着。

刘志民说：“好，肯定让你满意。”

说着，张平和刘志民走出了会议室，剩下几人看他俩走了，就在后面喊：“不能走，还没说完呢，还没给说法呢。”

刘志民说：“什么说法，你们还想要什么说法？”

“涨工资的事？”

“我已经说过了，我调查后看情况，该涨的肯定给涨。”刘志民说完对张平说：“你说对吗？”

“对，对。”吐字的后音依然很重。

“那你让他们先回去。”刘志民利用张平来给他们施压，让他们内部起矛盾。

“走走，回回回头再说。”那几个人对视了下点了点头，一起出了会议室。

到了办公楼前，那帮人还都在，他们看见代表们出来了就问：“怎么样？有说法吗？”

那几个人走到人群中，到了戴帽子人身旁，嘀咕了几句，然后对大家说：“他们不同意，你们说咱该怎么办？”

“不给说法就罢工，不用等放假，现在就回家。”办公楼前又混乱起来。

刘志民刚把几个代表稳住，一下楼就又乱了，肯定是得到了“刺猴儿”的撺掇。刘志民想，还得利用张平，人们都对这家伙犯怵，刘志民说：“肃静！安静！我说几句，你们觉得有道理就回去听信儿，觉得没道理你们就在这儿耗着，甚至可以现在就回家，总之你们随便。”刘志民清清嗓子接着说：“我们刚在会议已经谈妥了，张平提的建议很好，我比较赞同。他说要为大家争取三倍工资和带薪补休，这个我觉得可以，可要按劳动法和厂里制度来，不能太随意了。他们几人提出涨工资的事，完全就是谋个人利益，跟你们没有任何关系。但是我也说了，我会考虑他们的建议，不过是在制度内考量，真正需要涨的，肯定不会让他们吓唬住。你们要相信我，相信工会，相信厂长。”说完又问张平：“我说得对吗？”

“对对，赶赶赶紧散散了。”

刘志民一脸严肃地看着人们，全场一片沉寂，有的人已经开始离开了。侯晓东见有人走了，就担心起来，如果再有人走就可能带动更多人走，最后就全走光了，他一着急又用手捧着嘴巴喊了声：“你拿什么让我们相信？”那声音是他故意发出来的怪音，为的是不让刘志民发现他，但他哪里知道，刘志民早就注意到他了。

“就拿你让在场的人相信，侯晓东，你出来说话。”刘志民大吼了一声。

侯晓东见刘志民已经发现了自己，也就不再伪装了，走出人群说：“刘主任，没想到你还真是眼贼耳尖，我伪装得那么严实都被你看出来了，看出来也好，那咱们就明说，这事你打算怎么收场？”

刘志民反问道：“你想怎样？”

侯晓东说：“按国家规定放假，其他免谈。”

“好，你说得很好。大家都看看，这就是你们选出来的代表，侯晓东同志，外号‘刺猴儿’，咱们厂里出了名的祸头，有多少人没被他捉弄过，再说得严重点，有多少人被他打过，他值得你们信任吗？他欺负你们的事你们都忘了？”刘志民话音未落，人群又骚动了起来，有的说赶紧走吧，没意思了，说着又走了几人。

侯晓东一看，照这样下去马上就走光了，连忙说：“大伙儿先等等，再听我说一句，你们都别听他瞎忽悠，我可是为你们谋福利，你们说大过年的，谁不愿意全家团聚，我替你们争取，你们可别都走了，再走就没戏了。”

刘志民说：“同事们，我也是打工的，咱们是一样的，只不过工作岗位不同而已，我也想回家过年。但是订单来了，都回家过年这个单子就会违约，违约不但挣不到钱，反而还要赔违约金，现在接个订单你们知道有多难吗？工厂没有了订单就等于生命线被卡住了，时间一长就‘死’掉了，工厂破产了，倒霉的不只是投资者，还有我们这些打工的。按你们的思维，只要不顺气就罢工，就辞职，反复跳槽换工作，弄破产一家再换下一家，这个社会要都是你们这样的心态不就坏了吗？抛开企业先不说，就拿咱们的家庭说，你不断地跳槽换工作，到哪儿都是新员工，都有试用期，试用期工资都不高，你们拿什么养家？企业少你一个不算什么，但一个家庭你是顶梁柱，钱拿不回家，一家子怎么过？你们都想过吗？千万不要被一些想借机捣乱谋私利的人利用。”

刘志民说完，人群中响起了热烈的掌声，人们喊着说：“我们相信你刘主任，相信你会代表我们要个合理的说法。”

刘志民说：“好，我一定尽最大努力把这事办好，让大家满意，现在请大家先回去工作，车间需要你们。”刘志民是有能耐的，这一通话说得职工们都没话可说了，一下子扭转了局面，就剩下侯晓东和那几个带头的了，就连张平也回去工作了。

侯晓东说：“行，你有本事，千万别让我逮着你小辫子。”说完，他带着那几人也回去了。

平息完现场，刘志民在想，他们讲的不是完全没有道理，自己在这个事上还真是欠考虑，当时想得还是不够深入。

就在这时，柳莎莎急匆匆地赶来，看到刘志民就问：“人呢？”

“什么人？”刘志民说。

“闹事的人。”

“哪有闹事的？”

“不是说过年不放假，职工们都罢工了吗?”

“哪有你说得那么厉害，就是有几个人不清楚是怎么回事过来问问。”

“带头的是谁？我得采访他一下。”

“没有带头的。”

这时，办公室主管凑过来说：“这个领头的人可不一般，是咱们厂的传奇人物，隐藏在人群中，幕后指使，布个大局，可是还没等大戏开演，就被刘主任识破，当众撕开了他丑陋的面具，句句如刀，打得他体无完肤，最后败阵而逃。”

“那，这个神秘人是谁呀?”柳莎莎着急地问。

“要知那人是谁，且听下回分解。”

柳莎莎白了他一眼：“哟，你这是在讲评书吗?”

办公室主管说：“我讲的远比不上现场的情景。”

柳莎莎追问到：“下回分解，那人是谁?”

“其实你们都很熟悉。”办公室主管说了半句话。

“侯晓东?”柳莎莎投过去疑惑的目光。

办公室主管点点头说：“刘主任，咱们快去厂长那儿汇报吧，他还在等咱呢。”

柳莎莎有些失望地说：“真不巧，紧赶慢赶，还是错过了一场好戏，没能看到刘大主任巧舌战无赖的样子。”

刘志民说：“柳记者你想了解的，回头可以深度采访，我还要去厂长那里汇报，你是一起去还是先回去?”

“我先回去吧，不打扰你们谈工作。”说完向刘志民挥挥手说拜拜，快步离开。

厂长在门口迎接刘志民，拉住刘志民的手说：“志民，你还真有一套，这帮难对付的家伙，谁都怵头。”

刘志民说：“对付他们就得对症下药，其实他们说的事，有些我也是赞成的，我既然是工会副主席，就以副主席的身份跟你谈谈吧。”

厂长说：“好小子，跟我也来这套了。”说完哈哈大笑起来。

“我得代表职工说话呀，不然明天他们又来了怎么办。”

“是，必须让你说，咱们厂就得慢慢正规化，从各方面都要正规，也是企业发展的需要。”

刘志民说：“看看这个合同的交货期和生产周期，咱们需要精准地计算一下，在设备不出现问题的前提下，需要多长时间可以完工，集港时间是几号？这样就可倒推出用不用年假加班，还是需要加几天班。”

经过领导和刘志民估算，厂里通知可以放假三天，剩余四天需要加班，加班日工资按国家规定给，并且加班的职工可以在后面申请倒休。这样一来职工们不仅可以在家守岁过年，还可以把这批活儿赶出来，加班费还挺高，后面也可以倒休。职工们看到这个通知后，人人都说盛宇峰够意思，厂长够意思，刘主任给咱们争取的福利太好了。总之，说什么的都有，大部分是称赞和高兴的。侯晓东团伙虽然也享受着同样的待遇，但是却说不出来好听的话。

侯晓东对王和平说：“刘志民这回算是走了狗屎运，这下他在职工心中又多了几分好感，照这样发展下去，真不知道哪天真会弄个副厂长干干，到那时咱们可就受罪了，你说是不是?”

“别把咱俩绑到一块儿，你是你，我是我。再说，人家刘志民是真有本事，不服不行，反正这事让我去处理得把我愁死，最后还不见得处理好。”

王和平决定及时和侯晓东划清界限，保持距离。

第二十五章

转天，是新年假期第一天，刘志民打出租车带着媳妇李霞和孩子去姥姥家，刚出县城就接到厂里打来电话说县安监局一会儿来查安全，让他马上回厂配合检查工作。李霞问：“安全怎么也归你管了？”

刘志民指挥着出租车司机边掉转车头边回答媳妇：“不归我管，但怕我们车间出事啊。”刘志民大脑飞快地运转着，每天下班都彻底检查，这是雷打不动的例行公事。回忆昨天下班时的检查也很细致，没有遗漏。但一个可怕的担忧冒了出来，昨天最后一项工作是补轴，侯晓东用完电焊机拉闸了吗，不会忘了拉闸吧？他让司机开快点儿，司机猛地踩了脚油门，眼见仪表盘的迈速很快超过了100码。

李霞说：“别开这么快。”

刘志民说：“不行，我心里着急。”是啊，他心里惦记着车间的安全，越是容易忽略的细节，就越容易出事，他恨不得马上跨进车间。十分钟后，汽车停到工厂门口，他飞快地跑到车间，里面没有一点儿声响。他迅速到了放电焊机的小屋，电焊机安静地在那放着，他用手摸了摸是凉的，这才长舒一口气，一摸脑门儿全是汗水。

这时候，厂长来电话问："到哪儿了？"

刘志民赶紧说："在车间里检查呢。"

厂长说："检查完马上到我办公室。"

李霞和孩子在车上等了两个多小时，还不见刘志民的身影，她忍不住给刘志民打电话了："快中午了，姥姥家还能去吗？"

刘志民眉头一皱，是啊，临时突击装监控，一时半会儿肯定完不了，就说："媳妇，你让司机拉你先去吧，我回头再想办法过去。"

李霞说："至于吗？都放假了，心思还在车间，难得你这么上心，厂长得给你多少操心费啊。"

刘志民说："你跟司机客气客气，咱耽误人家的行程了，该多付多少钱一分也别少给。"说完，就把电话挂了。

这时，安装监控的人带着设备零件来了，刘志民看到领班的人穿着很讲究，仔细一看，这不是老宋吗？怎么，他又干起电子这一行了？这人经商赚钱无孔不入啊。一想到老宋那次送红包的事，刘志民心里就硌硬起来，这人太市侩，这次得躲他远点儿。没承想老宋迎上前来，非常热情地抓过刘志民的手："哎呀老朋友，咱又见面了。"

刘志民连忙躲开，手却被老宋抓得很紧，就赶紧说："嗯，是啊，是啊，老……朋友。"

老宋说："今晚你赏光，咱俩聊聊天，喝个小酒。"

刘志民心想，自己可不能再吃他喝他的，这个老油条不能沾，顺口就说："啊？不行，不行，我跟媳妇定好了，今晚去看老丈母娘。"说完，自个儿内心觉得好笑，媳妇已经独自去看老人家了，合着自己也学会编瞎话了。

老宋哈哈大笑："我当是什么重要约会呢，丈母娘经常看，不在乎这一回。"

刘志民后悔自己说的理由不硬实，如果说跟某领导聚会或者有重要事情要办该多好，他恨自己的灵活性太差了，随机应变的能力真不行，看老宋的意思，今晚的饭局还不好推辞了。刘志民说："我跟媳妇请假试试，在这点儿上我是跟潮流的，妻管严，如果媳妇答应了，就跟你去，万一她不答应，我就只能对不起了。"说着他给李霞拨通了电话，他还摁下话筒键，故意让老宋听见，他寻思媳妇一定不同意，没想到李霞说："好啊，一年了，好弟兄聚聚，说说心里话很好啊，不过必须少喝酒。"嘿，刘志民心想："媳妇啊媳妇，你真不配合我啊。"转而对老宋说："平时我媳妇总是拦我，不让我去参与酒场，今天她说的是反话，我要是真去跟你喝酒，今夜就别想回家了。"

老宋笑着说："哪里呀，我听得出来，你家属对你十分体贴和支持啊，难得有这样理解男人的媳妇，今晚咱开怀畅饮几杯。"刘志民心想："我开怀个狗蛋啊，一年到头忙不停，好不容易放假了，今天又加班，你是靠钻营取巧，收买人心推销产品，我是靠技术、靠能力混饭吃，走的不是一条路。"

这天晚上，没想到老宋还把侯晓东叫来，说让他陪领导。刘志民明白老宋的意思，因为刘志民刚到修配车间时，把他供货渠道给断了，红包也没让刘志民妥协，他一直记恨在心，只是没机会报复，今天终于有机会了。老宋恨不得三杯两杯就让刘志民倒下，出出窝在心头的恶气。刘志民心里打定主意，最多喝两杯，然后借故离开。

老宋不愧是商场老手，圆滑老到，巧舌如簧，酒菜还没上桌，就对刘志民一通胡吹乱捧，再加上侯晓东的旁敲侧击，续柴架火，两人你一言他一语，话多得密不透风，水泼不进，弄得刘志民都没机会说半句话。他心想："你们就表演吧，你们说我是天神，我不是，你们说我能耐大，也不对，能耐大早自己创业了，还会给人家当车间主任？你们就是把我捧上天，我也还是我，我自有主张。保持清醒，不许愿，不承诺。"

两杯酒下肚后，他假装去厕所，给媳妇打电话说："再过几分钟给我打电话，就说有事，让我马上回家。"

媳妇说："你这样是不是对不起朋友啊。"

刘志民说："你就别管那么多，一会儿打电话就是了。"

刘志民慢悠悠地回到房间，侯晓东赶紧起身把椅子扶正，又扶着刘志民坐下。刘志民用手抹抹眼睛："哎呀，酒量越来越不行了，这才两杯就头晕了，走路都打晃。"

老宋说："那咱改啤酒，晓东，去喊服务员，拿啤酒。"

刘志民正要推辞，服务员已经拎了一提啤酒进来，侯晓东赶紧打开啤酒，给刘志民倒了一大杯。刘志民吹吹沫子抿了一口，咂吧咂吧嘴："嗯，啤酒够好。"心里着急媳妇怎么还不快打电话来啊。正着急的时候，电话猛不丁就响起来了，真是媳妇打来的，他特意摁下免提键，好让他俩听见。就听电话那头说："你赶紧回来，有急事。"说完就挂断了。

刘志民一看来词儿了，赶紧就坡下驴："哎呀，不好意思，你看，媳妇来电话了，家里有事，我得回去看看。如果没什么要紧的事，我再回来，跟你哥俩接着喝。"

老宋两手一摊："你看这……这事，我估摸着，你回不来了。侯老弟，来，咱俩敬刘主任一杯，算是提前拜年了。"

侯晓东笑嘻嘻地说："主任，我还有话没说呢。"

刘志民说："回头打电话说。"说完披上衣服迅速离开了。

第二十六章

由于酒精的作用，刘志民回家后就躺下了，一觉睡到早晨八点还没起床。他听见客厅里有人说话，嗓门还很高，觉得声音好耳熟，很像侯晓东在说话。他赶忙穿衣出来，见茶几上放着两瓶名叫“1573”的酒。

媳妇李霞说：“刚才侯晓东拿来的，见你还睡着，没坐下就走了。”

刘志民心想，这小子玩的又是哪一出啊。他觉得把酒带到厂里退会让侯晓东下不来台，再说也让别人知道了好像老有人给自己送东西似的，再有就是让人们认为自己不通人情，说不定还会生出什么谣言。他嘱咐媳妇说：“你把酒放好，回头给侯晓东退回去。

李霞说：“你退回去是不是伤侯晓东的面子，侯晓东说你们是好哥们儿，仅次于盟兄弟感情。”

刘志民哼了一声：“是，好哥们儿，真好。”

李霞紧接着说：“还有一件事，你必须给我说清楚。”

“什么事你不清楚啊？”

“昨天你睡得跟死狗一般，手机一连来了好几条短信，我看那发信人叫柳莎莎，就把信息打开了，说的话好温柔啊，对你是那样的关心啊，比我这媳妇的关心还到位还热乎呢。你说说，这柳莎莎是怎么回事？”媳妇一双眼睛紧紧盯着刘志民。

刘志民嘻嘻一笑：“柳莎莎啊，那是集团报社的记者，作家，她正以我为素材写小说呢。”

“嘿，刘志民，说得好漂亮啊，还以你为素材写小说，你是什么人物？劳模？英雄？你什么都不是，身上哪儿来的素材？”

“你不信，回头把柳莎莎叫过来你当面问她，行吗？”

“别遮掩，也别打马虎眼，我就问你，问不着姓柳的。”

“她真的以我为素材写小说呢，厂里都知道，但我不知道我身上有什么可写的东西，她就认准我了，你说我怎么办？”

李霞严肃地说：“快别描了，越描越黑。我知道你在盛宇峰是个红人，免不了树大招风，但你必须把握好，不要忘乎所以，更不要被某些人某些事迷了眼，我对你放心，但你必须加倍让我放心才对。”

刘志民笑了：“如果你不信任我，那我有一万张嘴也没用，关键是你对我信得过信不过，咱俩可是真心相爱才走到一起的。”

李霞也笑了：“过去是真的恩恩爱爱，我希望咱俩一辈子都恩恩爱爱，你做得到吗？”

刘志民坚定地点了点头。脑子马上转到眼前那两瓶酒上，他断定侯晓东会利用这两瓶酒大做文章。果真如刘志民所料，侯晓东很快就做起这两瓶酒的文章。

第二天一上班，侯晓东就跟职工们说：“以前我听说刘主任是清水衙门官，想跟他套近乎都难。昨天我试了试，还真就不是那么回事，他不收的都是小打小闹的礼物，那都砸不开他家的门。昨天，我带着两瓶“1573”，那是将近两千块钱的酒啊，你们猜怎么着，收下了。这就是经验，对于黑面、铁面的人，就得用分量重的砸，砸晕他，他就迷糊了，就顺着你的道儿走了。”侯晓东正眉飞色舞地白话着。

这时，刘志民推门进了车间，人们齐刷刷地把目光聚集在刘志民身上，偌大个车间顿时鸦雀无声。刘志民扫视了下各个工位，郑重其事地说：“各位，刚才侯晓东的话我都听到了，他一派胡言，事实是这样的。我当时还没起床，他去了我家，确实带了两瓶‘1573’，跟我媳妇说，他跟我是好哥们儿，仅次于盟兄弟感情，我跟侯晓东的感情有多好你们都是见证人。侯晓东，你那两瓶酒，我没给你带到厂里来曝光，已经给你很大的面子了。我已经嘱咐我媳妇，把那两瓶酒放好，今天下班后你自己去拿走，必须拿走，不然的话，我就送到厂长办公室。”

侯晓东一看，不好收场了，眼珠儿一转，笑嘻嘻地说：“刘主任，其实没别的意思，我就是想炫耀一下咱俩的感情，让你媳妇知道你有我这么个好弟兄。对外呢，给人们造成咱俩关系不一般的印象，将来咱俩别管谁有个马高镫短的时候，互相有个照应，嘻嘻嘻。没想到你不认我这个兄弟，也罢，你是当官的，哪里瞧得起我这种低层次的人。”然后冲大家喊一嗓子：“干活喽。”

刘志民追过去：“侯晓东，以后你必须管好你那张泼尿撒粪的破嘴，不然，我对你不客气。”

侯晓东又是一笑：“不客气？不客气的结果会怎样？”

这时，刘志民的手机响了，是柳莎莎打来的。接通后，柳莎莎说：“刘主任，吃早点时，你们车间的侯晓东给我打电话，劝我以后采访你要多加小心，说你前头那些做法都是有预谋，有目的的，将来就是假典型。刘主任，我不是出卖侯晓东，我就是有些疑惑，你通过这么多手段，给自己换来几道光环，到底目的是什么，能告诉我吗？”

刘志民一听，嘿，这个侯晓东，成事不足败事有余的家伙，一天不生事就难受，就说：“柳编辑，你相信侯晓东的话吗？”柳莎莎没回答。刘志民接着说：“这样吧，你来我们车间一趟，让你知道真相。”

不一会儿，柳莎莎就出现在了修配车间。刘志民对她说：“咱今天来个小人做法，三查对案。”然后，冲侯晓东喊一嗓子：“侯晓东，到我办公室来。”

车间主任的办公室很简陋，只是跟车间有个隔板而已。侯晓东知道自己编的词儿出差错了，这回可要栽大跟头了，一边嬉皮笑脸地跟柳莎莎打招呼，一边斜眼看着刘志民，心里在盘算如何打破这个僵局。刘志民想在柳莎莎面前表现出大度来，但心里的不愉快还是被阴沉的脸色出卖了。柳莎莎眼尖心细，看出了刘志民的心思，也看出了侯晓东心虚，此刻对侯晓东说的话有了怀疑，也对自己冒失地询问感到自责。但她又觉得应该在这两人中间调和调和，就说：“刘主任您心胸宽广，怎么会把鸡毛蒜皮的小事挂在心上，对吗，刘主任？”刘志民一听，心想自己还要三查对案呢，她倒提前下底钉了。刘志民正要对侯晓东发问。柳莎莎又说话了：“侯晓东头脑灵活，能言善辩，有时捕风捉影，把没影的事说得有模有样，这也是能力啊，但以后应该用在正道上。对不对，侯师傅？”

侯晓东赶忙笑着说：“是是是，我一时嘴快，把没有把握的事当真了。刘主任，你资历深，职务高，水平高，肯定不跟我计较。”

刘志民心想，别管怎么说，不能当着柳莎莎的面跟侯晓东撕破脸，于是勉强地挤出笑容：“那，辛苦柳编辑白跑这一趟了。”

柳莎莎也是一笑：“我没事，倒是你刘大主任，笑得那么牵强，我都替你难受，笑，就真诚地笑，不想笑，别勉强，不然笑出来的模样好难看。”柳莎莎一句话把刘志民逗乐了。

第二十七章

最近几日，看见侯晓东心情还好，刘志民趁机提醒说："还有个事，你最近又跟老宋搞什么地下活动了？"

侯晓东又是一咧嘴："你，你是火眼金睛还是千里眼、顺风耳啊，你是不是在我身上安了摄像头，怎么我的一言一行你都知道？"

刘志民嘿嘿一笑："什么都没有，只有一句话，要想人不知，除非已莫为。"

侯晓东见瞒不过，就说："老宋最近是找过我，还请我喝过酒。"

刘志民连忙问道："只是单纯地喝酒吗？我看不只那么简单，因为你是修配车间的人，我给你一个忠告，心不偏，走正路，不然的话，早晚会出事。"

侯晓东眼珠儿转了转："其实真没什么事，就是喝酒而已。"但他心里已经嘀咕起来，那老宋要他做个内应，配合着让厂里把一批不合格的轴承瓦座收下。自打收发零部件制度改革后，仓库保管员对零部件标准还不算太熟悉，有时就请修配车间的人帮忙验货。侯晓东一见仓库保管员来就知道是请去帮忙验货的，总是第一个主动请缨，所以有机会替供货人说话。

刘志民带有警告意味地说：“侯晓东，以后你必须百分百小心，不然你真的会生出祸端。”

还真让刘志民说着了，没过一个月，有一批外加工件送到车间，侯晓东在一次帮忙接货验收时，正好是老宋送货，老宋抓机会跟侯晓东挤眼示意。侯晓东明白是什么意思，但他记住了刘志民的话，心里确实有了点谱，不能为了讨好别人，伤害自己。就假装没看见老宋的暗示，跟仓库保管员说：“这批轴承瓦座比图纸上的规格大了1毫米，不符合要求。”

听了侯晓东的话，仓库保管员打算拒收。老宋见侯晓东今天不够意思，就扯了扯侯晓东的衣服：“我进的货都有合格证，你怎么说不合格呢？”

侯晓东说：“我们厂有明确规定，必须按合同要求收货，没按要求收的，谁收谁负责，你这批货他们肯定不会收。”

老宋说：“侯师傅，咱们是老朋友了，你别这样啊，有想法跟我说，别借机会刁难我。”

侯晓东那是猴精，听出老宋话里有话，就说：“我是帮忙的，忙已经帮完了，我要去厕所然后回修配车间。”

老宋说：“别呀，你把我晾在这儿哪行，快说句公道话。”

侯晓东把脸扭过去：“哼，公道话？有用吗？”边说边去了厕所。

老宋就跟到厕所，把嘴凑到侯晓东耳朵边低声说："你假装再仔细看一遍，说一句刚才看走眼了，产品基本合格，我给你五千块钱。"说着就从手提包里拿出一沓子钱。侯晓东见真给钱，心里就起了波澜，反正轴承瓦座出问题与轴承有关，跟老宋的关系这么多年，这回做个顺水人情，还白得五千块钱，就打个马虎眼吧。侯晓东拿定主意，回到仓库说："要不我再仔细看看。"说着就仔细认真地检查起来，过了一会儿，侯晓东对老宋说："对不起啊，刚才我检查得太粗心，这批货基本合格。"

老宋跟了句："什么叫基本合格啊，就是合格。"

侯晓东呵呵地笑着说："是是，本来就是合格。"就这样，这批轴承瓦座进了仓库。

侯晓东不知道，他贪了五千块钱，将给厂里造成多大的损失。

后来的几天里，修配车间可就忙了。关键出的毛病都差不多，不是轴承瓦座裂了，就是瓦套漏油，或者有异响。一连串的毛病出现，引起了厂长的注意，责令刘志民尽快查明原因，尽快处理。刘志民带着指示到各车间检查，发现几乎所有的轴承瓦座都是上差出的问题，经测量，轴承套明显大了。他让侯晓东赶紧查查看是哪家供货商。侯晓东怕露馅，就说是洪瑞公司的产品。刘志民又问仓库的人，他们说，侯师傅说那些产品基本合格。"侯师傅？难道是他在捣鬼？这小子记吃不记打，这回查实了，非得让他肝儿疼。"

仓储科科长说："这个合同都是招标来的，经过公司评定后才签的合同，程序上没有问题。”

刘志民说：“但是现在这批轴承座比图纸大，工作时就会导致匡动，现在出现漏油情况，如果不能及时解决，随着漏油就会发生更大事故。”刘志民考虑到这件事很严重，就向厂长做了汇报。厂长震怒，喝令严查！结果追根又追到了老宋身上，仓库保管员也反映了那天验货时侯晓东的表现。刘志民怀疑侯晓东又被老宋利用了。厂长得知情况，不仅让侯晓东交出受贿的五千块钱，还要开除侯晓东。刘志民思来想去，对厂长说：“侯晓东虽然犯了很大的错误，按理应该开除，但目前修配车间少了王师傅，侯晓东的技术能力就往前排了，建议下发公开开除的决定，但为了给他出路，暂时留厂察看。”

厂长想了想，没否定刘志民的建议：“好吧，不过以后不许他参与验货。”厂长又很坚决地提出，把与老宋相关的公司从采购、外委加工企业名单中删除，不在招投标名录中。这可好，老宋失去了盛宇峰这个大客户，对刘志民怀恨在心，发誓要给他好看，这下两人的梁子算是结下了。

第二十八章

按照厂长的意思，所有供货商要重新竞标，所有货品一律降价进货，最少的降10%，多的还有降15%的。人们知道厂长的目的是要淘汰一些供货商，但人们也都清楚，盛宇峰的盘子大，胃口大，消耗量大，即便降价，仍有几家供货商舍不得离去，依然坚持供货。厂长又提出要压货压款三个月。这一招儿很重，哪有几个能饿着肚子装胖子的。就这样，仅剩下两家供货商。这些措施都是厂长亲自提出来的，但人们偏偏就把这个办法叫损招儿，愣把屎盆子往刘志民头上扣。有人就说，刘志民是厂长的红人，厂长特别信任他，好多蔫儿坏损的招儿都出自刘志民。这些话传到刘志民耳朵里，可让他茶饭不思了，自己一心一意为盛宇峰，一心一意维护厂长，可从没给厂长出过什么主意啊。再说，还有那个柳莎莎，自己跟她只是采访人和被采访人的关系，不知怎么就有了不着边际的花边新闻。负面舆论给他带来了很大的压力和烦恼，他也担心给柳莎莎带来不好的影响。

思虑多了就睡不着觉，这不，天还没亮，刘志民就拿起手机看新闻，看着看着，就感觉大脑缺氧似的，犯困了，不一会儿，就蒙蒙眬眬地睡着了，并且很快就进入一个梦境。他梦见自己漫无目的在一条大街上走，遇见一辆出租车在前面停下，从车上下来一人，晃晃悠悠，走路不稳，像是喝醉了，定睛一看，原来是那个老宋。刘志民紧跑几步追上他，想跟他解释，连续几次出现问题以至于最终断绝供货关系的责任不在他刘志民。就在这种意识的驱使下，刘志民靠近了老宋。老宋满身酒气地回头看着他，一脸横肉。老宋恶狠狠地大骂："不讲义气的东西，不够哥们儿意思，你害了我，我总算找到你了，我让你赔我损失！"老宋一边嚷嚷一边朝刘志民扑来，他侧身躲开，老宋扑空摔倒在地，再次起身扑过来。刘志民迎上去抓住老宋的胳膊，哪知道老宋挥起拳头用力向他打来，他左闪右躲，想还手，胳膊却抬不起来。他质问老宋："你用次品顶正品，亏心不亏心？"老宋说："我亏狗屁的心，盛宇峰也不是你家的，你操哪门子心，厂长是你爹还是你爷？"老宋这几句话把他气得浑身颤抖，呼呼地喘着粗气。老宋打不倒他，竟然抱住他狠狠地撕咬他的肩膀。刘志民蓦地惊醒，浑身被汗水湿透了。

刘志民坐起来，回忆着刚才的梦，心想："我跟老宋本来就不熟悉，为何梦见他呢？难道是天意让我反省？我做得没错啊，老宋用次品顶正品，蒙混过关，造成停产，结果是咎由自取，怎么会怪我呢？是不是我太敏感了？"他擦擦额头的汗珠，自言自语地说了句："人的命，好多时候都是注定，好多事想躲是躲不开的。难道盛宇峰不是我的吉祥之地？"于是，那种悲观消极情绪便立马像潮水一样漫了上来。但刘志民忽然想起厂长昨天交代的任务，厂里要新上一个项目，让他担任项目小组组长。刘志民不太明白，那些副厂长应该挂帅啊，怎么让他一个车间主任牵头，他不知厂长这样做是什么意思，但不管怎样既然厂长决定了就执行吧。想到这里，刘志民赶紧起床，洗漱完毕后，对着镜子问自己："刘志民啊刘志民，你是对这个车间主任留恋呢？还是想在任何场合都能体现自己能力的心让你不舍这个岗位呢?"他指着镜子里的自己问："你认识你自己吗?"说完，他便骑车奔厂子而去。

过去有句俗语叫"福无双至祸不单行"，厂里刚刚解决了轴承瓦座问题，又接二连三地接到客户投诉，反映的都是板型问题，说板型不直。由于卷板有五六吨重，打开后有上千米长，肉眼是无法看出有问题的，当客户裁剪成一平方米一张时就非常明显了，开头那部分还好，可是到了中间后就开始明显弯曲，一面多一面少，有些像月牙形状。究其原因，还是设备出了问题。刘志民得到销售部门的反馈后就投入了对设备的维修工作中。他一连三天没回家，查遍了设备的每个部件，也没找到问题所在。他怀疑是设备变形导致，又开始测量设备的对中，也没发现问题。

厂长见三天都没有找出问题，有些着急，亲自到车间督战。刘志民理解厂长的心情，停工一天就是很大的损失，厂长的压力也很大。

刘志民发现轧机的传动轴有开裂的痕迹，导致在运动时不同心，还随时都有断开的可能，就戴上手套拿起面罩蹲在地上，将焊条对准两根断轴的缝隙，再将焊条像划火柴似的在断轴上轻轻划擦，引燃电弧，然后迅速将焊条提起点距离，手腕放平使电弧保持稳定燃烧。刘志民焊钳子夹着的焊条末端连续顺时针画圈，并不断向前移动。这个动作能使熔池金属温度高，有利于熔池中氧、氮等气体的析出，便于熔渣上浮，也保证了焊道的力学性能。当刘志民停止焊接后，在两根断轴结合处出现了一道漂亮的鱼鳞纹。

厂长走过来，一边鼓掌一边问："这回行了吧？"

刘志民擦把汗说："不行，还得继续找问题，单纯一根轴的不同心不会造成那么大的问题。"

厂长问："是不是原料又出了问题？"

刘志民说："原料应该没问题，咱们厂一直用的都是首钢料，出现问题前的料和现在的料是一个批次的，而且也向首钢反馈过，经过首钢检查出炉记录和对咱们的原料化验不存在质量问题，可以确定就是设备问题。"说完指挥职工调试设备，大概三个多小时调试完毕。刘志民让开机试车，随着电机飞快地运转，整条生产线也高速运转起来，但穿带运行时发现铁板有不规则的晃动，一卷料下机后经质检测量较以前更为严重，这下没治好反而更坏了，大伙儿的心一下子凉了半截。

第二十九章

刘志民拖着疲惫的身体回到家，一夜合不上眼，厂长焦虑的神情始终在他眼前浮现，他反复思考，到底是哪里出现的问题，明天必须找到根源，实在不行就做一套矫正设备。

第二天早晨，刘志民带着一身疲倦来到维修现场，对厂长说："我建议做一套专门矫正的设备，这样就可以把弯曲和波浪纹都处理了。"厂长表示赞同。

就在这时，有人说话："我回来了。"人们举目一看，是王和平回来了。他的出现，让厂长眼睛一亮，人们的信心也大增。王和平本来就是技术权威，这回去德国学习，肯定又有大的提升。王和平跟厂长、刘志民等人握手，跟其他人挥挥手，戴上套袖和手套马上投入了工作。

刘志民说："王师傅，电气化你是强项，你就负责电这一块，我负责起草图纸，其他人做咱俩的辅助。"

一连停工好几天，厂长心焦，嘴唇都起了泡，天天跟工人们一起检查维修。就在他们专注于设备维修的时候，又传来了不好的消息，说大门口被堵了，有人闹事。厂长一惊，起身就要去现场。

刘志民把厂长摁住："厂长你别去，也不要副厂长们去，我先去看看，实在不行你们领导再出面。"说着，刘志民摘下手套，走出车间。当他来到大门口时，见门口堵着一辆面包车，车身上挂着白布黑字的横幅"还我血汗钱"。门卫见刘志民来了，就像盼到了救星："刘主任来了，他们闹着要厂里给他们结账，说新账旧账要算清，非要找厂长要说法，你再不来我就顶不住了。"

堵门口的人一下子就把刘志民围了起来，这个说："盛宇峰不够意思，供货多年，都是互相信任的，突然就鸡蛋里挑骨头，强行退货。"

那个说："合作多年的老朋友关系，不能无情无义，说断绝就断绝。"

另一个说："盛宇峰马上就黄了，我们不提前行动，怕是连根儿烂了，到时候我们拾砖头砍天啊。"

其中有几个人认识刘志民，都是盛宇峰公司的供应商，知道他不是盛宇峰的最高领导，就说："你能代表厂长吗?"

刘志民说："厂长外出了，他委托我来接待大家。"

有个身材不高的胖子喊："让厂长出来，我们跟他谈，再不给钱我们就搬东西。"

人群又开始了骚乱，有人用身体冲撞栅栏门。刘志民眼看场面即将失控，就大声喊道："好，你们进去搬吧，想搬什么就搬什么，看看有多少值钱的东西。”这一喊，反倒没声音了，这帮人是来要账的，又不是来搬家的，要那些废铁疙瘩拉回去都没地方放。刚才那样说就是吓唬吓唬刘志民，让他知难而退，哪知道他会这样说，一时间这些人倒没了对策。

有个熟人出来打圆场：“刚说了都别闹，听刘主任的，你们非不听，要是刘主任不管了，咱再去找厂长，把这些东西拉回家。刘主任你接着说，我们听着。”

刘志民看现场又安静下来，就开始慢慢地谈，挨个儿问情况，这才闹明白事情的原委。原来这些人都是给老宋送原料、辅料和配件的。前几天听老宋说盛宇峰要与所有原来的供货公司断绝关系，还说盛宇峰欠外债数额巨大，正准备办理破产，以前供的货就赖账不还了，人们担心自己亏本，就过来问问，结果到了一看还真没人干活，老板也不在。大家就互相打电话，聚集了十多家公司的人。

刘志民感觉事态严峻，十几双眼睛正盯着他怎样说怎样做呢。刘志民知道，盛宇峰近年来进货对供货商都有些欠账，不过很正常啊，是他们听到了什么，还是不信任盛宇峰了，还是背后有人鼓捣。刘志民马上警觉起来，他想到了老宋，老宋是横着难吃、竖着难咽的人物。刘志民在人群里搜寻，发现没有老宋，但他告诫自己，即便他不来，也难免背后有他的影子。他干咳了两声，算是清清嗓子，然后很沉稳地说：“盛宇峰一直经营良好，只是前段时间因为轴承瓦座出了问题，导致生产停产，因此影响了资金回笼，同时造成了对相关单位的欠账，其中包括你们几家公司。不过反过来说，干企业的哪有不欠账的，请问在座各位有没有欠过账？”

几位供货商迟疑一下，胖子抢话说：“我们欠账都是合理压欠，你们盛宇峰做事不地道，对老客户不信任，横挑鼻子竖挑眼，本来合格的产品，到了你们这里就硬说不合格，强硬退货，让我们从中倒霉赔钱。还有，盛宇峰马上就破产了，还大言不惭地说恢复生产，哼！”

刘志民越听越觉得这人是在替老宋说话，从他进厂以来，唯独老宋的供货出过问题，断绝供货合同的也只有老宋一人，怎么胖子会说出这类话呢？刘志民走向前，上下打量了一下胖子，问：“你是哪个公司的？你给盛宇峰供的什么产品，盛宇峰退你的货是什么？”

一连串的提问让胖子有点手足无措，他抬手捋捋头发说：“我给盛宇峰供的货是轴承瓦座等产品，你们退的货就是轴承瓦座……”

听到“轴承瓦座”四个字，刘志民心里就像被刀子扎了一样，立马沉下脸来：“停！别说了，说来说去，我知道是什么公司了，你说实话，是不是老宋让你来的？你知道盛宇峰为什么要退货吗？”

胖子不以为意：“你说的老宋我不认识，反正你们退了我们的轴承瓦座，让我们赔钱不少。”

刘志民说：“据我了解，盛宇峰订单很多，货源充足，怎么会有破产一说，你们不信可以跟我进去看看我们的原料库和产品库，也可以看看财务那里的订单。再说，盛宇峰这些年至今只退了老宋一批货，并没有对其他供货公司的产品有什么怀疑，更没有更换一批供货公司的想法，你们肯定是受了某些人的蛊惑。”

胖子说：“我没受谁的蛊惑，说实话，我是别人花钱雇的，不过，我听了他们这些人的议论，觉得你们做事太下作。”

刘志民笑了：“说实话啦？你今天到这儿来，就是被人收买替人说话，对不对？”

胖子咧嘴笑了笑：“反正你们欠账是事实。”

刘志民说：“欠账是不错，但多年合作的老朋友，不能因为偶然因素有了些许欠账就闹翻脸啊。各位，除非你们下定决心从今以后不再跟盛宇峰合作，如果你们还想继续合作，今天这举动就很不够意思。朋友有难帮一把，才是真朋友，朋友有难落井下石，那还是朋友吗？”说这话的时候，他把目光停在胖子身上，胖子也在看他，两人目光相遇。胖子感受到一种无形的压力，他觉得刘志民的眼神异常灼热，似乎烧得他的脸火辣辣的，于是转过脸去。

刘志民心想，给他们来个现场破阵，他便把笑容挂在脸上，走进人群，跟供货商们一边握手一边说：“老朋友，好朋友，以后还是好朋友，相信我们很快就会解决难题，很快就会恢复正常生产，欠账也会很快解决。请你们相信我，相信盛宇峰。”

人们听刘志民的口气很诚恳，也对自己盲目听从老宋的蛊惑和今天参与闹事的冒失行为感到后悔，有人就用力握握刘志民的手，有人把身子往刘志民身上靠靠，以示亲近，然后就悄悄地离开了。不一会儿，现场就只剩下胖子一个人，刘志民看着都想笑，一个没头脑的无业游民，还想当老宋的马仔，看你两手空空地回去怎么拿赏钱。这么想着，就冲胖子一笑，转身回了车间。

第三十章

刘志民用他的伶牙俐齿劝退了闹事的供货商，本来是好事，却引来人们的非议。厂里又传出负面舆论，说什么刘志民越级办事，不该管的事也要管，本来应付上访闹事的职责应该是厂长们的事，与他一个普通车间主任无关，即便厂长有事不能亲自处理，那还有几位副厂长呢，说什么也轮不上他刘志民去显摆啊，他就是出风头，有野心，想挤进厂领导班子，想坐副厂长的位子。

还有人说："他来盛宇峰的时间不算太长，天天都想出人头地，抓住一切机会表现自己，想让自己成为盛宇峰的一棵大树，可惜根还没扎好，就串根长杈，窜得太过了。"这些话传到刘志民耳朵里，让他感到心里发凉。他心想自己本来什么都没想，就一心一意地去劝阻，做第一道防线，不然厂长们去了，解决不好，就没有后退的路了。就这么简单，怎么到了这些长舌男的嘴里就变味了。人常说，唾沫星子淹死人，不知哪天，万一自己有什么失误，这些就会变成罪状啊！自己真没想到，在盛宇峰想做个好人，想当个好车间主任都这么难。

这些情绪就在心里不断累积着，刘志民知道情绪会影响工作，就竭力克制，尽量不表现出来，可是虽然没有消极表现，但遇事还是躲着走，装作看不见，不愿多说话的样子，还是出卖了内心的真实想法。他的变化都被厂长看在眼里，厂长担心他包袱太重，影响工作，就想找个机会跟他好好谈谈。这天开完厂务会，其他人都散了，厂长把他喊住，说有事商量。刘志民心说："尽量别提难事，遇到难事，我又得冲锋陷阵，我就差不多的混吧，夹起尾巴，少出头，少管事，就不会有那么多烦恼和杂音了。"但刘志民的行踪总会引起柳莎莎的关注。柳莎莎出于编辑记者的敏感习惯，听说刘志民舌战供货商，劝退并澄清了谣言，就马上赶了过来，不管刘志民他们有多忙，便见缝插针地进行采访，不仅直接采访了刘志民，还采访了厂长和其他人，甚至还去找门卫，让门卫把当时的情景仔仔细细地讲了一遍。这个新闻稿发出来之后，人们发现柳莎莎对刘志民用了很多赞美之词。

厂长看了也感到惊讶，逗趣地问刘志民："你跟柳莎莎是什么亲戚关系，她怎么这么关注你，这么多的赞美，你说实话。"

刘志民听厂长这样说，浑身都不自在了，感觉特别尴尬，本来很平常的事，怎么就都想歪了呢，甚至堂堂大厂长也对八卦上瘾。他就说："厂长，我认识她才多长时间，她跟我说过，她在写小说，可能我做的事与她的小说人物有关，她才这么关注，这么用心。"

厂长一笑："但我觉得你的女人缘也很不错呢。"

刘志民义正词严地说："厂长啊，你是领导，可不许这样说话，万一形成舆论，我可受不了。"

厂长哈哈大笑："你还当真了？人家柳莎莎有对象，是集团的财务总监，我只是跟你开玩笑而已，哈哈哈。"

刘志民挠了挠头皮，也笑了。虽然脸上笑了，但心里却充满了苦涩，他没想到厂长会跟他开这种玩笑。"难道柳莎莎三番五次来采访我，真引起人们非议了？要不然，连厂长都跟我开不该开的玩笑话。看来以后柳莎莎再来找我，能推的就得推啊。"正这么想着，柳莎莎就来电话了，刘志民迟疑了一会儿，故意不接。但柳莎莎还很执着，一遍遍地呼叫，刘志民只好接起来，声音低沉地问："柳编辑，你，有事吗？"

话筒里传来柳莎莎清脆的笑声："刘主任，新闻稿写完了，但我还想问问，你和供货商们对话时，心里在想什么，想没想到失败，想没想到失败了怎么办，想没想到你失败了，厂长会对你怎么看，想没想到失败了会不会影响你在厂里的形象和威信……"

刘志民望着远方说："这么多想没想到啊，我记不住，怎么回答你。"

柳莎莎又是一阵爽朗清脆的笑声："记不住没关系，为了获得最真实最宝贵的素材，今晚我请你吃饭，你把这些想没想到一一告诉我。"

刘志民在犹豫答应不答应，就听厂长说："大编辑请客，你还犹豫什么，赶快答应啊。”

刘志民吞吞吐吐地说：“那——好吧，我请你。”他没料到这一顿饭又引来了更多的杂音和舆论。

第三十一章

自从刘志民劝退了闹事的供货商后，厂长对刘志民更加欣赏了，同时也得意自己有独特的眼光，庆幸自己发现并重用了一位优秀人才，一有大事、难事他就想起刘志民来。这不，今天召开股东会，他特意让办公室主管通知刘志民列席参会。

刘志民接到厂长的通知有些疑惑，让自己参加股东会这是什么意思，感觉自己又要被卷到什么事件中似的。

股东们陆续都到齐了，厂长清了清嗓子说："今年几条大河上游下了暴雨，山洪下来了，咱们县有几个乡镇是蓄滞洪区，肯定要分洪泄洪，我想以咱们厂的名义给灾区捐赠十万块钱，你们看怎样？"

话音刚落，廖副厂长就憋不住了，直接喊："不行！要捐款我不管，但是需要你自己捐，不能挪用厂里的钱，那都是大家的血汗钱，不是大风刮来的，让你去拿着露脸，钱一捐你名气得了，大家的钱就没了。"

有位股东马上跟着附和："是呀，厂长你怎么能拿大家的钱去换自己的名誉呢？我们都不同意。”

场面顿时乱作一团，有即将失控的样子，厂长说：“大家先静静，听我再说几句。”

股东们不听厂长的话，闹闹哄哄，会议室里一片混乱。

厂长冲着廖副厂长说：“你看看，你一句话引起大家的争论，我提前说明了，是以盛宇峰的名义捐款，不涉及个人。虽然我是厂长，这个工厂也不是我一个人的，是咱们大家的，是全体股东的，捐款也是全体股东的心意。我只是提出我的想法，让大家表态。”

“不论怎么说你是厂长，社会上都认为盛宇峰是你的，有谁会知道我们这些小股东。”廖副厂长又补充着说。

“捐款大事，咱们不能和个人荣誉挂钩，应该以全局为重，你看看那些受灾的人们无家可归，看看那些武警战士，他们在家还是孩子，到了部队就成为顶天立地的英雄。看看那些志愿者，我们这里受灾关他们什么事，他们却没日没夜地参加抢险。可我们呢，又在干什么？我们捐点款还在为个人荣誉争论不休，你们还有心吗？”厂长语重心长地说。

厂长一番话语让在场的人安静了下来，说得廖副厂长也哑口无言，像泄了气的皮球一样，低头不语。的确，在创业阶段，大家都在拼命努力，当和个人利益、荣誉联系起来时一切都变了味儿，人们卸下伪装，只知全力保护自己的利益，为一些虚名争得脸红脖子粗，根本不顾及多年的友情甚至是亲情。

厂长对刘志民说：“刘主任，你不是股东，今天让你列席会议就是想听听你对这件事的看法。”

“既然是股东会，我还是不说了，我不是股东，没有说话的资格。”

“你是这个厂里的一员，也有代表性，你就代表没有股权的大多数职工说说。”

“我还是不说了，因为这话一说涉及面太广，会影响个别股东的利益，也不利于队伍团结。”

廖副厂长听刘志民这样说，以为是和他站到一起的，毕竟钱捐出去，整体利润会受到影响，也会影响到中层干部的奖金，在金钱面前他刘志民也和自己是一样的。

想到这儿，廖副厂长说：“刘主任，没关系，你是局外人看事情更清楚，大胆说，把你的想法说出来。”

“那我就说几句，对于捐款的事我认为厂长的决定非常正确，在大灾大难来临之时，我们唯一可以做的就是捐款，因为我们企业不能停下来都去援助抢险，我们还要保生产保稳定。我们每个人身后都有一个家庭，家里人还需要我们工作，但是，一旦到了需要我们上的时候，我们必然会义无反顾地冲在最前面。目前还没到那个时候，只能捐些款，我举双手赞成厂长的决定，并且我个人捐款一千块，不要写我的名字，和厂里的捐款放到一起。”

刘志民说完后从兜里掏出一千块现金放到会议桌上，这时会议室里响起了掌声，全体股东为刘志民鼓掌，为他的一番肺腑之言鼓掌。那些持反对意见的股东们也变了脸色，随着鼓掌声有人说："我同意捐款，我也捐款两千块……" 在第一个股东掏出现金后，其他股东也纷纷进行了捐款。这下子可让廖副厂长大失所望，本以为可以借刘志民这张嘴打压厂长，哪知道他竟说出这样一番话语，让在座的股东立马都站到厂长那边去了，他狠狠地瞪了刘志民一眼。

接着刘志民又说："厂长这项捐款活动应该从全厂开始，前几天我们车间的师傅还在议论这个话题，有想捐款的人，但是不知道去哪里捐，要是厂里举办捐款活动，肯定会有很多人参与。"

"好，通知办公室主管组织大家捐款，所得捐款和厂里捐款全部以盛宇峰全体员工的名义送到灾区。"

一场看似为捐款而引起的争端，实质是权力的斗争，厂长和廖副厂长平日就不和，廖副厂长想抓住机会给自己立威，让厂长失去在股东心中的地位，他好取而代之，没想到让刘志民给搅和了，反而让厂长在股东面前更有威信了。厂长回味着刘志民刚才的发言，看着股东们改变了态度和抢着捐款的场面，他激动了，眼眶里有一汪光亮在闪动，一下子模糊了场面。厂长抹了抹双眼说："大家请安静，刚才刘主任的发言让我很感动，他的发言代表着我们厂里几百名员工，我相信大多数人还是有爱心的，以后厂里还要多举办类似的活动。不只是对社会上的捐款，还要对厂内有困难的员工给予帮助，这项活动就交给我们的工会组织吧，让工会参与企业文化建设，通过这类活动增强员工的凝聚力和归属感，提升员工对企业的满意度和忠诚度。这个话题就先到这儿，我想就今天这个机会再听听刘主任对企业内部管理的建议。”

“说起管理，我在各位股东面前哪有话语权，在座的各位都是高层管理者并且有多年管理经验，任何一位都是我的老师、前辈，我还是别在关公面前耍大刀了。”

“你在基层肯定会有些不同的见解，把你见到听到的事件和声音说出来就很好，无论是正面还是反面的都可以说，即便是反面的，我们也应该在里面找原因，把它转换成正能量。”

“那，我就说说，不对的地方请大家及时叫停。咱们厂是股份制企业，有好的地方也有不好的地方，好就在于能够灵活地掌握市场，在大多数事情上可以迅速解决，避免内耗。不好的就是个人利益太重，面子、情分比工作要紧，比如我们车间的材料记账员，听说是集团大股东亲戚，小学生的文化安排记账工作，本来不是很复杂的账目，却天天出错，经常弄得账目和实物对不上，竟然有个别领导让她按实物更改账本，那还要账本有什么用，像这类人员，集团要是想养着，可以直接开份工资，别让她在这添乱了。还有三车间那几位上年纪的，他们是来这儿养老的吗？什么也干不了，还不服从管理，就是倚仗着和厂里领导或是集团领导有亲戚，没人敢惹，便倚老卖老，整天混日子，这种行为影响了很多年轻员工，使基层管理者很为难。”

廖副厂长听到这里站起来摔门而去，整个会议室变得鸦雀无声。刘志民也感觉到了空气中的火药味，这下子算是把廖副厂长得罪到家了，以后的日子不知道会出现什么样的“惊喜”。

会议随着廖副厂长的离开而结束。

厂长说：“今天的会议就先开到这儿，大家先回各自岗位工作吧。”

刘志民情绪低落地走出办公楼，刚回到车间就看见侯晓东手舞足蹈地连说带比画，这次刘主任算是彻底凉了，在会上把廖副厂长给得罪了，廖副厂长是什么人，厂长都不敢正面和他对着干，这次让主任当了炮灰，他的好日子也算到头了，估计离辞职不远了。

侯晓东看见刘志民进来幸灾乐祸地吹着口哨到自己工位上去了，大家看刘志民阴着脸也都随之散去了。这时，车间门口一道靓丽的身影出现在大家的视野中，是柳莎莎。

她一进门就说：“刘主任，我看你从会议室出来就追了过来，现在可以接受我的采访吗？”

“采访啥呀，我都快离职了，怕是你的小说要结尾了，估计结尾更会是个悲剧。”刘志民边说边请柳莎莎到办公室坐。

“这是怎么了，看你挺消极的。”

“不是我消极，是我没法积极，我在会上得罪了廖副厂长，气得他摔门而去。”

“就为这事呀，你心眼儿太小了，你又没犯错，他能怎么着你。不过，你可以从头给我讲讲经过，我也好整理下素材，要是他真给你穿小鞋，我就报道他，让他吃不了兜着走。”

第三十二章

刘志民正坐在办公室里检讨自己，自从他进厂以来，遇到的这些事，是不是自己太过于执拗，还是死板的思维方式让别人认为自己是一根筋，尤其是自己只是一个打工者，却站在股东甚至厂长的角度去思考问题，处理问题，尤其是在这种家族式管理的企业中，做得不恰当立马就得罪人。他问自己，以后怎么办？还坚持老作风吗？就在这时，厂长来电话了，让他下午到厂长办公室商量修改内部改革的推动方案，并让他提前准备准备，看看先从哪方面入手，如何保证顺利推动改革，如何获得股东和全体员工的认可。

厂长的电话给刘志民增加了压力，他平时只是对公司的一些制度和管理上的漏洞不满，看不惯股东和他们的亲属在厂里没有规矩，对随意破坏制度感到气愤，还没真正从整体考虑过应该从哪里入手解决这些问题。他清楚要想彻底解决这些问题就要从根子上解决，可哪里是根，即便找到根又应该如何解决？刘志民感觉头大了好几圈，越想越感觉迷茫，捋不清思路，他的眉头不由得紧蹙起来，头也开始疼了。他站起身走出办公室，想换个环境，思考问题也许会有答案。他面对着运转的机器陷入了沉思，很多企业的兴衰都是成在经营，败在管理，我从哪里突破才能找到符合盛宇峰的管理模式？

这时王和平喊他："主任，你看这台磨床需要大修了，浑身都是病，如果再不及时维修恐怕要散架了。"

这句话让刘志民顿悟，他猛然感觉脑袋里投进一丝光亮，对，就是这个道理，企业就像这台大磨床，每位员工都是磨床上的一个零件，只有大家都爱岗敬业，充分发挥自己的长处，相互补漏，企业这个大磨床才能良性运转。要想让企业这台大磨床良性运转就必须分工明确，让所有人都知道自己是干什么的，明确了岗位职责才不会推诿、扯皮。他心里如明镜一般，改革必然会触及某些人的利益，但为了企业长久生存发展，必须改革，不然，盛宇峰就会夭折在发展的路上。

刘志民迅速回到办公室，拿起笔，顺着这个思路全部写了下来。办公室里很安静，外面车间的噪声仿佛一下子隔绝了，把时间和空间都交给了他，屋子里的空气好像也凝结了，只听见他手中的钢笔与纸摩擦发出的沙沙声，仿佛打开了他的灵感库存，他一口气把整套思路写完。然后又从头到尾审视自己这突如其来的灵感之作，这一刻，他感到吃惊，很佩服自己，情急难耐之下拨通了厂长的电话。厂长正在开会，同样是研究改革的事，但是这些股东已经聚在会议室快一上午了，也没有讨论出半点思路，人们沉浸在愁眉苦脸的沮丧情绪中，没有一个人说话，整个会议室死气沉沉。就在这时，刘志民打来电话，本来厂长不想接听。在这个氛围下，有谁会想接电话呢，愁都快要愁死了，哪有心情谈其他事，但他犹豫片刻还是接通了电话。

“我正在开会，有急事吗？”厂长小声地问着。

“有，我突发奇想，思路大开，厘清了管理要点，做了个简单的方案，现在想跟你汇报，你有时间吗？”

厂长听到这个消息就好似“久旱逢甘露”，觉得眼看就快要世界末日了，所有的草木快要枯萎，这时突然来的一场及时雨，有拨云见日之感，看到了光明。他激动地站了起来，大声说：

“有，有时间，你现在就来我办公室。”

五分钟后，刘志民气喘吁吁地站在厂长面前，上气不接下气地说道：

“这是我的方案，你先看着，你看的同时我也给你说说。改革要有标准，要以数据为标准，结合实际情况制定可操作性的标准，有了标准，员工就有参照物。有了参照物再有目标，要制定可行性目标，让员工看到希望，而不是遥不可及的目标，尽量让企业目标和个人目标统一。领导也要有表率，正人先正己，做事先做人。管理者要想管好下属必须以身作则，严格要求自己，‘己所不欲，勿施于人’。还要责、权、利分明，不能稀里糊涂，这也是现代管理的三根支柱，缺一不可，缺乏责任，公司就会产生腐败，进而衰退；缺乏权利，管理者的执行就变成废纸；缺乏利益，员工积极性就会下降，消极怠工，更要纪律严明，纪律可以促使一个人走上成功之路。领导者的气势有多大，就看他纪律有多深。一个好的领导者必定是懂得自律的人，而且也一定是可以坚持及带动团队遵守纪律的人。火炉面前人人平等，谁摸谁挨烫。良性竞争也是企业必不可少的，人天生有惰性，没有竞争就会故步自封，躺在功劳簿上睡大觉。制定好激励政策，奖勤罚懒，末位淘汰。最后还要落在利润分配上，怎样让付出者不能白干，不能让任劳任怨者失望，企业有了利润应该拿出一部分作为奖励分配给有贡献的员工。只有利他才能利己，让员工和企业绑到一起，才可让员工以厂为家，才能实现企业和个人双丰收，才可以打造百年企业。”

厂长听刘志民汇报完毕，一拍大腿说：“你说你是怎么想出来的，我们几个人一上午也没有半点思路，你这一说我觉得很有道理，结合你上次说的亲属在企业供职的方案一起推行，我想一定会有一个不同凡响的结果。”

刘志民脸上洋溢着荣光，自己的方案得到厂长认可，也算脑子没有白费。但他转念一想这个方案涉及面太广了，不仅仅是盛宇峰厂内的问题，一旦推动势必会有连锁反应，到时牵连出集团领导就会停滞甚至会流产。想到这，他对厂长说：“厂长这个方案我还有些想法，还需要再斟酌。”

厂长说：“是，这活不小，多斟酌是好事。你把方案再细化，做到万无一失，大的前提不能有问题，就算有些瑕疵也是可以随时调整的。”

“厂长，这些我会再次组织论证和推行前测算，但我目前担心的主要是人员问题，你看，就拿厂内亲属供职这个说吧，这些人不是股东就是高管，甚至是集团高管的亲属，这个方案一旦推行势必涉及集团高层领导，是不是提前和集团那边打个招呼?”刘志民讲述着自己的担忧。

厂长说:“你说得很有道理，这一点上是我没你考虑周全，你先听我消息，看看集团的意思再推行。那你现在回去把技改方案拿来咱们碰下，这个也是刻不容缓的，早一天改造成功就提前一天见效益。”

厂长对刘志民的想法很满意。刘志民非常感谢厂长对他的信任和高度的评价，让刘志民全身充满了干劲儿，他觉得时间总是不够用，走路也总是快步如飞，甚至有时是小跑状态。

第三十三章

刘志民匆忙来到厂里，立即召集项目小组人员开会，成员中有修配车间的王和平和侯晓东。刘志民对方案、图纸再次深入研判，研究后确定没有遗漏，便对小组成员说：“我去厂长那里汇报，你们再想想还有没有漏洞，等我回来做最终决定。”

刘志民向厂长汇报了研发方案和投资预算情况。厂长觉得可行，又询问了报告中的几个细节，最后对投资和施工周期提出了要求，这类技改方案就是在原有设备基础上提升产能或者质量的，这次属于新上设备，所以在投资方面要精打细算，还要对投资收益、收回周期，核算准确，施工不能太长，越早投入使用越早受益。厂长又让办公室主管通知高管团队，半小时后到会议室开会。同时让刘志民赶紧回去再准备下，一会儿带着项目小组成员在会上向大家做报告分析。

在刘志民回车间的时候，柳莎莎来电话了“昨天你忘了咱俩的约定，放我鸽子吗？”

刘志民赶紧辩解：“不，绝对不是，昨天我真的忘记了，对不起啊。”

柳莎莎说：“谁要你道歉了，今天晚上美食广场，必须兑现承诺。”

刘志民无奈，失信就是自辱。他闷闷地回答：“好，咱带家属去好吗？”

柳莎莎马上反问：“你什么意思？哦，我明白了，咱俩一男一女，你是怕遇上熟人，怕被人偷拍，怕有桃色新闻影响家庭，影响前途，对不对？”

刘志民赶紧说：“不，不是，不是，我的意思是……”

柳莎莎抢过话头：“不是什么啊，你那点儿小心思，逃不过我的分析。你要觉得不合适或者有压力或者想躲避，可以取消啊，你就明说呗。其实，我就是觉得你身上有很多东西可以深挖，我主要就是想从你身上得到更多素材，一个作家获取素材的机会很多，除了观察体验，更多的是与有故事的人接触交流，看到有故事的人的内心，把目光投进有故事的人的骨子里。”

刘志民的脸红了：“嗨，我又不是有故事的人。”

柳莎莎说：“你的故事你不知道，可我是在你身上发现了故事。”

放下电话，刘志民赶紧带着项目小组成员到了会议室，他先打开PPT检查了下，确保资料齐全。厂长带着高管团队也来到会议室，厂长简单讲了两句就让刘志民做汇报。

刘志民清了清嗓子说：“我分三部分向大家汇报，第一部分是项目研发的可行性，第二部分是项目建设周期情况，第三部分是投资和投资收益情况。”接着刘志民开始汇报：“我们这次研发的项目是一种拉弯矫直机，包括工作台、设置在工作台上的放料辊及收料辊；放料辊与收料辊之间设有多个传送辊及多个矫直辊，矫直辊位于传送辊的正上方；收料辊由第一电机驱动；拉弯矫直机还包括第二电机、齿轮及能够传送金属带的啮合的传动链条，传动链条与齿轮啮合，齿轮由第二电机驱动；传动链条上设有能够夹紧金属带的固定夹。这台拉弯矫直机方便对不同卷的金属带进行矫直，将金属带放置在放料辊上再用固定夹将金属带夹住，并在传动链条的带动下向后传动直至收料辊上，方便对不同卷的金属带顺利进行矫直，具有结构简单，实用性强及操作效率高等优点。整个项目从基建施工开始大约需要45天，设备投资可以利旧，我们已经协商过，都写在投资报告中了。特别是几台电机，仓库也有库存，整体算下来，如果不计算利旧的配件需要投资二十五万元，按现在饱和产能计算两个月就可收回投资，以后每年大约可创造收益近二百万元。汇报完毕。”

现场很安静，大约持续了半分钟，厂长鼓掌说：“好！其他人如果没有另外的意见和建议就按计划实施吧，我们等着给你们庆功。”

散会后，刘志民心里一边想着施工的细节和人员安排，一边收拾散乱的办公室，然后洗脸换衣服，去美食广场请柳莎莎吃饭。

刘志民和柳莎莎一前一后，走进美食广场的时候，刘志民突然发现有双眼睛贼溜溜地注视着他们。刘志民把柳莎莎安顿在一个座位上后，自己特意四下巡视一番，没看见一个熟人，他放心地转身回到座位。刚要落座，侯晓东突然从厕所里走了出来，猛然就看见了他们俩，脸上现出一副吃惊的样子：“哎呀，真不巧，我可不是故意跟踪啊。”说完，他还摇晃着脑袋，眨眨眼，好像还不好意思，唯唯诺诺地说：“对不起啊，你们说悄悄话应该要个单间，大厅里人多太乱。”

刘志民很尴尬，站起来，想说什么，但张了张嘴，又不知说什么，木在那里了。

柳莎莎一见，心想刘志民还真不是江湖人，没有社会经验，这么想着，就很平静地站了起来，一双杏眼怒视着侯晓东说：“我邀请刘主任到这里进行采访，你不要干扰。”

侯晓东看似仰头又似点头地说：“好好好，我马上离开，不耽误你们的好事。”

柳莎莎站起来：“对，你赶紧消失，别耽误我们聊天。”

侯晓东离开了，但刘志民的心思立马乱了，因为他太了解侯晓东了，等着明天听谣言吧。

第三十四章

转天早晨刚上班，刘志民走到车间门口，就听见侯晓东像演讲似的说：“刘志民长得不帅啊，比我差远了，怎么柳莎莎偏偏就像苍蝇一样盯着他呢？有事没事俩人就见面，昨天我还发现人家俩人去酒店对饮美酒呢，不知道的那简直就是一对情侣啊，长了会不会……说着，把两只手的大拇指并列起来，翘动着。”他的意思人们能不明白吗？

有人问：“你又看见什么了？”

侯晓东神秘地说：“细情咱不能说，刘志民就是个招风的主儿，你们就等着看好戏吧。”

刘志民推门进了车间，刚要发问，采购员来找刘志民核实项目采买清单，大部分配件在前几天已经比价完成了，今天主要是做最后确定和签订合同。刘志民没顾上回怼侯晓东，只用刀子似的眼睛剜了他一眼，赶紧对照图纸和公司已有旧配件最终确定了需要新采购的配件。然后喊来项目小组成员对旧设备进行再次实地检查，组织人员把有再利用价值的配件拆解后进行保养备用。小组成员如面临一场决战，都在各自岗位上做战前准备。因为厂长下令，要大干苦干40天。今天是第一次试车，十分关键。刘志民带领项目小组对全线做了最后验收，各连接处均已正常。刘志民从修配车间带来王和平和侯晓东，叮嘱王和平和侯晓东配合操作工穿带试车，刘志民发出一声开车号令，王和平按下了电源开关，设备纹丝未动。“怎么回事?”刘志民问，电源是不是没接好。王和平检查后一切正常连接。刘志民说:“再开。”结果还是和刚才一样，机器安静地卧在原地。侯晓东嘀咕一句:“主任心思要集中啊，心猿意马就坏事了。”

刘志民听出话里有话，就追问一句:“侯晓东你瞎嘀咕什么，谁心猿意马? 你自己吗? 赶紧检查电路!”

侯晓东撇撇嘴，赶紧去检查电路，仍没发现任何问题，设备、电路都没有问题，机器就是不转。人们都像泄了气的皮球，没了精神头。刘志民让王和平再检查下电气化程序。王和平干事一向认真细致，检查程序又是个慢活儿，一上午也没找出原因。折腾一天，也没找到原因，急得刘志民吃不下饭，又和人们研究分析到半夜，还是没研究出个一二三来。

刘志民心情沮丧地回了家，躺在床上，两眼胀得难受，他真的很困，但就是睡不着，他感觉“压力山大”。厂长那么信任自己，本来应该由一名副厂长挂帅的，厂长却让他担任组长，统管这个项目，自己也十分渴望干一件漂漂亮亮的事，露个大脸，没想到刚迈步就被石头磕绊住了。他觉得对不起厂长，又觉得每天都有几百双眼睛盯着他，那些眼睛里包含着疑惑，包含着期待，包含着嘲讽，包含着冷酷，甚至还有恨意。他曾听见侯晓东冷嘲热讽地说他是暂时借风上天的风筝，成了人们关注的人物，就怕是早晨的露水，太阳一出来就消失了。是啊，他自己也感到每当他做完一件事，无论成功还是失败，都会引来一片负面的议论声，这种氛围让他很不适应。就这么思来想去，到天亮也没睡着，不过他心里却萌生了一个念头，实在不行，就辞职。

但刘志民又觉得，即便辞职，也要把这件事做完，应该做得完美才好，因为他很在乎自己的名声，他永远不承认自己是懦夫，也绝不会遇难而退！自己这些年始终保持一种信念，干事从来不是沽名钓誉，更不是有名无实，他要用事实证明自己是有能力真干事的人。难的是设备的每一个细节都检查好几遍了，还是找不到根源，他买了一大箱方便面，把被褥也搬了过来，每天吃住都不离开现场。刘志民下狠心，不成功不回家。于是，他就算是躺下睡觉也要苦思冥想，他的眼睛熬红了，脸明显瘦了很多，胡子也顾不上刮，整个人好像苍老了许多。时间一天天过去，距离交差的时间还有一天，但问题依然没有解决，究竟是哪里出了毛病？真是火烧眉毛啊，刘志民不断叮嘱自己，越是在关键时刻，越要沉稳，不能乱了阵脚，越是困难，越要坚持，只有坚持，才会成功。他刘志民绝不是认输的人。

第三十五章

刘志民表面平静，其实已经急得百爪挠心了，哪知道侯晓东又添乱。这不，上班后，刘志民接到侯晓东的电话，侯晓东说盟兄弟的父亲去世了，他要去吊唁随礼，完后就来上班。一直到下午三点，侯晓东也没来。这时厂长来现场了，刘志民赶紧跑出去给侯晓东打电话，问他何时能回来，厂长在这里呢，万一问到他去干什么了，不好回答。

侯晓东说："我也不是神仙，去了又能干什么，还不是像你一样，跟一帮人像守灵一样围着坏设备转，有意义吗？我又不是关键人物，你告诉厂长，我拉肚子，在厕所呢，厂长不可能老在那儿，一会儿就走了。"

谁知道，厂长见侯晓东老长时间没出现，就问："侯晓东呢？"

刘志民说："闹肚子了，可能正在厕所呢。"

又过了老半天，还不见侯晓东身影，厂长就知道这小子肯定没在厂，又在钻空子，偷着没来上班，生气地说："不行，侯晓东必须处理，这小子花花肠子太多，帮老宋，破规矩，搅和事，瞎造谣，要人人都像他这样厂子就干黄了。”说完转身回了办公室。

转天上班后，侯晓东跟王和平悄悄地说：“你老家伙顺心了，刘志民把出国名额让给你，你把这大棒棒糖吃了，就让他给收服了，不如我坚定。”侯晓东很自豪地把自己透露招标信息给老宋，帮老宋的轴承瓦座蒙混过关等给刘志民出过的难题，都告诉了坐在工具柜上抽烟的王和平，说完还很得意地说：“我不一般吧？”

王和平笑了：“嗯，你小子干好事不行，干坏事点子多着呢。”

侯晓东对王和平这句表扬很受用，他觉得这种表扬属他独有，就滋儿滋儿地笑着走了。王和平冲他的背影哼了一声，起身来到刘志民身边问：“听说盛宇峰与老宋的合作关系被解除了？”

刘志民疑惑着反问：“你在国外怎么知道的？”

王和平嘿嘿一笑：“侯晓东告诉我的，刘主任，侯晓东这小子一贯流坏水，你可要加点小心。”

刘志民听王和平跟他说这些，感觉从心里有股子热流涌动，就用感激的话回了一句：“谢谢王师傅，以后还望您多多关照。”

刘志民哪里知道王和平心里怎么想的，王和平这是在刘志民与侯晓东之间当起了两面派。

侯晓东还沉浸在刚才和王和平吹牛的喜悦中，厂长亲自打电话来叫他到办公室，让他说实话，昨天到底是闹肚子还是编了瞎话。

侯晓东说:“谁没有个三亲六故好朋友，我让刘主任说我闹肚子的，其实我是去盟兄弟家吊唁了。”

厂长说:“有事可以请假，为什么蔫儿蹲?”然后又严厉地说:“今天只是警告，扣罚当月奖金，再不改，就开除你，厂子有你不多，没你不少。”

第三十六章

侯晓东在厂长那里吃了瘪，蔫头耷脑地回到车间，心情沮丧至极，一天到晚没好脸子，就琢磨如何整治刘志民，出一口恶气。

其实厂长对侯晓东的惩罚本来不算太重，但侯晓东把愤恨都转移到刘志民身上了，对刘志民的恨意在他的胸腔里迅速膨胀。他认为是刘志民没替他说话，反而撺掇厂长惩罚他，他不恨厂长，却恨刘志民。

那天中午吃饭的时候，正好有人跟侯晓东说：“刘志民心狠着哪，你扎过他的车胎，出过很多馊主意陷害他，你最好小心点儿，别太张狂，估计刘志民早晚会跟你算总账。”

侯晓东马上就来了火：“你说什么，他还敢找我，我不修理他就算便宜他了。好，这小子胆大，我也不是吃素的，再说我侯晓东在盛宇峰那是什么角儿，他难道不知道？没有耳闻？我没有三头六臂，但我也是混过江湖的，哼，我一天二十四小时候着他！”

下午下班后，侯晓东找来几个哥们儿，请他们帮忙出出气，但反复叮嘱他们：“只许用拳头，不许打脑袋，不许打出明伤，就一人打几下，马上撤。”

然后，让几个小子守在刘志民必经之处，他自己藏在暗处，见刘志民骑车过来，他悄悄地给几个人发了暗号，几个人一起上前，二话不说上来就打。刘志民奋力反抗，哪知道刘志民身手利索，左推右挡，一时半会儿他们几人也没占到便宜。

就在这时，突然从胡同里冲出七八个人，个个都手持木棍，其中一人指着侯晓东说：“这回你小子还往哪儿跑，今天咱们是不是该算算账了。”

侯晓东装傻着问：“算什么账？我好像不认识你们吧？”

那人把身子贴近了侯晓东说：“上次你打我小弟的事这才几天就忘了？”

侯晓东怎么会忘记，他只是装傻而已。这些年他在厂里要横惯了，欺负了谁，他是不记着，可受了气的人不会忘记。前几天他在后处理工序维修天车，与天车工吵了起来，天车工也不示弱，最后升级到双方都动了手。侯晓东属于惯打型，从上小学就爱打架，一见这架势马上就像打了鸡血，天车工不是侯晓东的对手，吃了亏，扬言让侯晓东等着他，必定会报这个仇。天车工回家和几个要好的朋友说了这事，就打算带人在下班路上堵截报仇，没想到正好遇见侯晓东的人围打刘志民。几个人不知就里，以为刘志民也是侯晓东的仇家，就一起向侯晓东的人扑来，现场一片混战。对方人多，侯晓东这边明显实力不够，很快对方就占了上风，谁知道对方那个带头的抡起木棍就向侯晓东脑袋劈下。刘志民见状，心想不好，不假思索，飞身推开了侯晓东，对方这一棍正打在刘志民头顶，鲜血立马从头顶流了出来，刘志民晕倒在地上。那拨人见伤人了，带头的喊一声，快上车！几个人飞快地蹿上了车，轰一声油门，逃了。

侯晓东没想到刘志民会为自己挡下一闷棍，一个愣怔，马上醒悟过来，说不清是感动，还是人性本善的驱使，他蹲下身子抱起刘志民大喊："刘主任！刘主任！你醒醒，你醒醒。"

刘志民睁开眼，感觉天旋地转，脑袋嗡嗡直响，但他知道自己没有生命危险。听到侯晓东呼喊，他故意装作昏迷，想看看侯晓东有没有真正的人性，便紧闭双眼，不说话。

侯晓东着急了，跟另外几个人说："赶紧拦车，送刘主任去医院。"然后又大声喊："刘主任！刘主任！你是我的亲大哥，以后我就是你的亲弟弟。刘主任，是我做过对不起你的事，以后绝对不会了，以后只要你一句话让我干啥我干啥，你快醒醒啊。"

听侯晓东这么说，刘志民差点儿笑出声来，他克制着，使劲儿闭闭眼，慢慢地睁开，故意用微弱的声音问："小侯，你没事吧？"

侯晓东见刘志民醒了，眼含泪水，赶忙说："我没事，我没事。"

刘志民故意把笑声控制得有些勉强的样子，心想："侯晓东啊侯晓东，还自称是厂里有名在号的耍儿，就这两下子，还没过几招儿，你就被我收服了。”

那三个人也凑上来说：“刘哥，我们服您了，您才是真讲义气的，关键时刻够意思，以后需要冲锋陷阵的，您就说话，我们都是您的好弟兄，以后就给您牵马坠镫了。”

刘志民说：“几位弟兄不必这样，咱们遵纪守法，没有什么马高镫短、冲锋陷阵的事。咱只要好好工作，挣钱，把日子过好就行了。”

侯晓东也跟着说：“刘主任是正人君子，社会上杂七杂八的事肯定不参与，但是万一受了什么气，我们弟兄必须给您拔闯。咱不说了，赶紧去医院，这血还流着了。”

一场意外，所幸没有大问题，倒让刘志民收服了侯晓东。

第三十七章

转天，刘志民头上缠着绷带上班了，人们关切地询问怎么回事，他笑眯眯地说：“没事，昨晚骑车不小心摔倒，磕到马路牙子上了。”这么说着，他看到侯晓东冲他直仰脸，见刘主任没说昨天与另一拨人打架的事，够意思！

人们发现，侯晓东近些天的变化很大，感觉太阳从西边出来了，上班准时，工作认真，杂七杂八的废话几乎不说了。他在人们心目中的形象历来就是七不顺八不顺的杂拌儿，这一变化反倒不认识他了。有人就嘀咕，侯晓东是不是在外面闯了大祸，遇上茬子，让人家教训过，把毛茬子修理好了，不然怎么会有变化呢？

王和平也感到奇怪，时不时地找他搭讪，想知道变化的原因，就用话套他：“晓东，刘主任不是善茬儿，你跟他斗，可要加倍小心啊。”

如果是从前，这小子必然起火，还会拍着胸脯嚷几句，定是一副天王老子也不怕的气派。哪知道侯晓东却摇摇头，说：

“据我观察，刘主任很正能量。”

王和平感到很意外，悄声问：“侯晓东，你小子从来没好心眼儿，莫不是又有什么坏主意，又想给刘志民挖什么坑。”

侯晓东抿嘴一笑：“不瞒你说，王师傅，我找了几个大丰钢铁的人打听了，他们都说刘志民这人特别好，究竟怎么好，人家也没跟咱细说。我觉得吧，刘主任这人还算讲义气，讲义气的人就可交，以前咱没少给他使绊子，人家大人有大量，咱再不识路子就是不知好歹了，是不是？”

王和平嘿嘿一笑：“你小子何时上的学啊，怎么我出国这些天，你长学问了？”

侯晓东也是一笑：“学问咱是没有，性格还是有的，咱是不怕横着吃竖着咽，只要让咱顺溜，咱就借坡下驴，灵活些，对吧，哈哈哈！”

王和平摘下眼镜，凑近了端详侯晓东：“哎，怎么越说越像人了呢，几时变的？哪路神仙给你换了命相？”

侯晓东把眼一瞪：“别胡说，你别忘了我可是硬茬子。”

王和平转而一笑：“是是是，你行，你是硬茬子，你说狗屎香你就吃，与我无关。”说完转身去干活儿了。

侯晓东撇了下嘴，追了一句：“王师傅，咱俩打过的交道，你应该不会忘记吧？”

王和平回头盯着侯晓东说：“没忘没忘，怎么会忘呢，不过，你几次跟刘主任作对，可没我的事啊。”是啊，王和平刚来修配车间的时候可没少吃侯晓东的亏，自行车被扎胎好多次，干好的活儿做手脚，然后去告状，扣王和平奖金，偷着模仿王和平笔迹给女职工写情书，弄得王和平里外不是人。王和平怎么会忘呢。只是王和平技术过硬，是厂长特别欣赏的，也曾帮侯晓东完成过几项任务，侯晓东也曾在王和平与人发生口角时出面帮王和平解围。由此，二人在修配车间明里暗里配合，接连不断地给修配车间前主任使绊子，出难题。前主任总因为他们的怠工造成任务不能及时完成，工作出差错，车间制度无法落实，全厂各部门综合评比总是插白旗，因此前主任总在大会小会上挨批，奖金几乎拿不到。前主任天天愁眉苦脸，最终无奈，才选择辞职离厂。厂长问到底为什么辞职，前主任不说，只把眉头拧成了疙瘩。车间其他职工虽然心知肚明，但都不想得罪王和平和侯晓东，没人把这层窗纸捅破。

后来，刘志民应聘上任，经过两回合过招儿，侯晓东的刺儿硬不起来了。王和平也琢磨，自己去德国培训是刘志民让给他的机会，自己在修配车间是无人能比的技术骨干，算不上权威，也是叫得住阵的技术人，以后谁当主任都得依靠自己。刘志民不傻，肯定也要利用自己这个老师傅，但他又嘀咕自己以前曾跟侯晓东多次密谋难为刘志民，侯晓东跟刘志民走近了，会不会在刘志民面前出卖自己。心里有了这想法，王和平就老犯嘀咕，心思总是很乱，总怕干活出差错，无论什么活干完了都要检查一遍，他感觉自己犯了强迫症，有时下班最后一个走，都快到厂门口了又返回来看看门是不是锁好了，这种状态已经困扰他几个月了。

今天刚上班不久，侯晓东就来找王和平，看到王和平坐在那儿发呆，他从背后拍了拍王和平的肩膀说：“王……”刚说出一个字来，就看王和平“哎”了一声顺势跳了起来。这个动作把侯晓东吓了一跳，还没等王和平说话，侯晓东就先开了口：“王师傅，你是想吓死人吗？”

王和平说：“你小子又搞什么恶作剧，在后面突然袭击。”

“我啥也没干，不就是拍了你一下吗，你是心里有鬼吧？”

王和平听侯晓东一下子说到自己心里去了，就有点犯怵，结巴地说：“我有鬼，有什么鬼？”

“什么鬼你自己知道？”侯晓东本来无意的一句话，却发现了王和平的秘密。侯晓东心想：“这个老鬼肯定有事，不然不会是这种反应，那就让我捉弄他一下。”想好计策后，侯晓东装作若无其事的样子，在王和平身边转了几圈。

王和平平复了下心情说：“没事别又添乱，找我干什么？”

“没事就不能找你？看你一个人没事找你聊两句。”

“上班时间有什么好聊的，快去干活儿。”王和平不耐烦地说。

侯晓东假装不高兴的样子说：“嚯！牛气了？去德国吃了几天洋人饭回来就狗长犄角了？”

王和平斜眼瞪他一下，没接侯晓东的茬儿，自顾自地干着手里的活儿。

回到工位，侯晓东就琢磨王和平心里到底在想什么呢？是不是厂里又有什么出去培训、考察，升职还是加薪的事，可这些他一点信息都没有。如果有这种信息，他舅舅应该第一时间告诉他啊，难道王和平比自己还能通天？不可能吧。他胡思乱想可觉得哪种猜测都不可能。想来想去他打算试探一下王和平，于是，他在王和平加工的螺纹轴里拎出一根找到王和平说："王师傅你说你还是咱们车间的技术权威，还总戴着第一的帽子，你看看吧？"侯晓东说着把螺纹轴递给王和平。

王和平接过来反复细看，没发现问题，就问侯晓东："给我看这个什么意思？"

侯晓东说："你弄错了，尺寸不对，这是图纸，自己看吧。"

王和平拿过图纸一看还真不一样，他就感觉脑袋嗡的一下，天旋地转的感觉。他想："这真是怕什么来什么，天天就怕出错，时时处处加小心，结果还是出了错，还是让'刺猴儿'发现的，这可怎么办，这小子鬼机灵，肯定会拿这事造势。"想到这儿，王和平的脑门上渗出了汗珠，不知道该怎样和侯晓东说。侯晓东见真唬住了王和平，就说："王师傅，你天天想啥？这么简单的活儿你都出错，这要是让别人知道了，你这半辈子的英名可就毁了。"

王和平："是，是，你看怎么办好？"

"怎么办，能怎么办，上报呗，谁敢隐瞒？"侯晓东用语言吓唬王和平，结果还真就吓唬住了他。

王和平说："晓东，咱俩这么多年了，谁不了解谁，整个车间就咱俩感情深、关系好，对吧？你脑子好用，快想个法子帮我一把，别把事闹大了。"

侯晓东心里暗笑，这个老鬼还真被蒙住了，这就说明他心里真有鬼，不然他不会看不出来这里有问题。既然蒙住了他，何不再继续追问一下，让他把心里的鬼说出来。侯晓东这么想着就一脸严肃地问：“看你魂不守舍的，估计肯定是有什么事？和哥们儿说说，看看我能不能调动我万能的神经帮你一把。”

王和平支支吾吾，想说又不敢说的样子，过了一会儿才说：“没事，说什么呢？”

“说你不想说的，别顾虑，说了我看看能帮你吗？”侯晓东继续追问。

王和平说：“真的没事，还是说说螺纹轴的事怎么解决吧？”

“这事好解决。”

“怎么解决？”

“你不说，我不说，不就过去了吗？”

“哪有那么简单？”

“就这样简单。”

王和平不敢相信侯晓东会放弃这次邀功的机会，按他的风格一定会大肆渲染，非得闹个全厂皆知才行，这次怎么会对我手软。王和平有些摸不清侯晓东的套路，就没有再问侯晓东什么，独自一个人默默地继续干活儿。侯晓东看他不搭理自己，也识趣地走开了。王和平越想越感觉心里发慌，他想找人说说，可是谁又是能诉说心里话的人。他反复思考，最后觉得刘志民是最合适的人选。因为刘志民本身人就正直，做事从来也是打得开亮得开的人，最主要自己心结的根儿就在他身上，如果和他说清了，自己的包袱也就放下了。想好后，王和平找到刘志民说："主任，有时间吗?"

刘志民说："有事吗?"

"我想和你聊聊。"

"好，咱俩去办公室聊。"

到了办公室，刘志民推过一把椅子说："坐，有什么事？说说吧。"

王和平吭哧瘪肚地说："我最近心里一直在嘀咕……"说完这句就停顿了下来。

刘志民一看就知道有事，他又不好意思说，就跟了句："嘀咕什么？说出来我帮你分析分析。"

王和平抿抿脑袋说："我以前和侯晓东联手给你使过绊子……"说完这句又没了下句。

刘志民明白了他的意思，他是看侯晓东现在和自己走得近，怕有一天侯晓东把他以前的事说出来。刘志民摸清了王和平的想法，就说："王师傅，咱们这段时间的配合我感觉很好，我没觉得你给我使过绊子，不知道你说的是哪件事?"

王和平说："是以前的事，那些事有的你清楚，还有的你不清楚。"

"既然是以前的事就不要再说了，过去就过去了，以后谁都不要再提，咱们在一起都是好同事、好弟兄。"刘志民安慰着说道。

王和平觉得刘志民说得很坦诚，话里话外流露出真诚，没有想再追究下去的意思，就说：“这事在我心里纠结了很久，早就想和你说说，可就是张不开嘴，担心说了后你会不高兴。”

刘志民打断他的话：“不是怕我不高兴吧，是怕我报复才是真吧。”说完后，刘志民哈哈大笑着拍了拍王和平的肩膀。王和平有些局促，但看刘志民笑着拍自己的肩膀，他又感觉到刘志民没有恶意，很真诚的样子，把以前的不愉快看得很淡，自己担心的事在刘志民心里早就放下了，也许人家压根儿就没往心里去，只是自己胡乱猜测而已。想到这儿，他也大笑起来。办公室里回荡起快乐的笑声，笑声里有两个人的相互包容，有释放内心压力的解脱，有两个人将成为好同事、好朋友的契机。

王和平感到由内往外地轻松，刚才的担忧顿时一扫而光，整个人马上就精神了起来，他握住刘志民的手说：“刘主任，你真是大人有大量，我把这些压在心底的话说出来心里就轻松了，以前就像块石头，在心里压得我喘不过气来，有时总是魂不守舍，怕你知道后会给我穿小鞋，原来你早就知道了，或者你就根本没放在心上，这次我是真服你了，从心底里服你了。”

刘志民看王和平说话时眼里有泪花闪动，知道他这些话是发自肺腑的，没有隐藏的，把自己的心结完全的打开了，就说：“以前的不愉快就让它过去吧，以后才是咱们希望的。”

“对，你说得对。对了还有件事我得说。”

“什么事？”

“就是为这事我这些天总在心里琢磨，总怕出点什么事，干活处处加小心，都得了强迫症，可还是出错了，我把螺纹轴给车错了，刚才侯晓东拿着图纸找我说来着。”

刘志民听后，稍加思考，安慰他说：“知道你最近心理压力大，没事，我看看是怎么回事，我帮你处理好。”

王和平听刘志民这样说，心里暖烘烘的，觉得他已经把自己当成好哥们儿、好同事了。搓着手说：“真心谢谢刘主任！”

刘志民摆摆手说：“还客气上了，你别管了。”说完就给侯晓东打电话，让他立马来办公室。

侯晓东早就看见王和平找刘志民了，两个人在屋里说得热闹，他都预料到了，就在他胡乱瞎猜时刘志民喊他过去。进屋后刘志民直接就问：“王师傅车的螺纹轴哪里不对？”

侯晓东龇着牙，脸上带着勉强的笑容说：“没问题呀，哪有问题呀？”他装起了糊涂。

王和平这才意识到自己被侯晓东耍了，双眼瞪圆了问：“侯晓东，你个‘刺猴儿’又把我耍了，看我不收拾你。”说着笑着，抓住侯晓东的衣服领子：“你小子可够损的，随时随地都想捉弄人，今天我就整整你。”

侯晓东看王和平是和自己开玩笑，就嬉皮笑脸地说：“我投降，我认罪，我认罪还不行吗？”说完冲着王和平挤眉弄眼，弄得王和平也是绷不住笑了出来，对着他屁股踢了一脚说：“赶快从实招来。”

侯晓东把刚才的事一五一十地说：“我这两天看王师傅总是心不在焉，想他心里肯定有事，就问他需要帮忙吗，他支支吾吾的，总也不说，我就想个法整他一下。我拿着他车的轴和一张上个月的图纸找他说他车错了，他的脑子在开小差，当时只顾图纸的数据和轴对比，却没注意图纸的日期不对，实际上他没车错。”

王和平这下恍然大悟，自己天天魂不守舍的样子别人都看在眼里，所以才让侯晓东有机可乘，捉弄自己。但想想也是好事，没有侯晓东的捉弄，自己哪来的勇气和刘志民敞开心扉说心里话，哪会把压在心底的纠结释放出去。想到这儿，他郑重地对侯晓东说：“小侯，我谢谢你，真心谢谢你。”

这下让侯晓东摸不着头脑了，不知所措地说：“王师傅，你是不是强迫症转移成精神病了？”

“净瞎说，你看我不正常吗？”

“正常，很正常。”

“虽然你捉弄我的本意我猜不出来，但是通过这事让我和刘主任说清了压在我心底的担忧，我现在是全身轻松，你说我是不是该谢谢你？”

“这样说是得谢谢我，还要庆祝下，以后咱们就是最好的哥们儿，交心的哥们儿。”侯晓东说完还不忘补充了句：“哪天你请客？”

刘志民见所有的误会都解开了，就对他两个人说：“以后有事记着要勤沟通，不要憋在心里不说，时间长了就成了真误会了，也对身体不好，所以说沟通很重要。”

王和平说：“是，以后多沟通。”

三个人相视一笑，把以前的不愉快都抛到九霄云外去了。

王和平放下了思想包袱，心情大好，干起活来精神抖擞。时间一长，他觉得和刘志民关系好了，再有自己刚从德国学来的新技术，对于这台新车床没有人会用，他有些开始翘尾巴，觉得自己就是盛宇峰的大能人，没人可以比得了。他这种状态刘志民早就看出来了，曾经提醒过他，没有深入的交流，是想让他自己清楚，自己改变。但侯晓东不像刘志民那样，直接给王和平起了个外号叫“王万能”，这个外号对于王和平来说既是荣耀又是讽刺。不管怎么说，有时王和平对这个外号还很受用，到处指指点点，给车间的职工讲机械原理和电气化等方面的知识，不过每次都要讲讲德国的“工业4.0”，让这些土生土长的职工们感觉很新鲜，也觉得王和平知识渊博，配得上“万能”这个外号。

很多事情放在嘴上说说也就算了，可别当真事，这两天正是技改到了关键时刻，机器全部完成组装就是不能运转，不能运转就是一堆废铁。侯晓东背地里问过王和平多次，王和平也拿不出解决办法。侯晓东就调侃他：“你不是‘万能’吗？怎么这次不能了？”问得王和平哑口无言。这下让王和平感到是自己的虚荣心害了自己，也想起了刘志民曾多次提醒过自己的话，他陷入了深思。

王和平对刘志民现在是心服口服了。同样地，刘志民救了侯晓东，等于把侯晓东也收服了，他感到很舒畅，按照厂长当初的叮嘱，修配车间两个“鬼”拿都被拿下了，后面的日子应该平顺了。可现实却出乎刘志民的预料，厂里竟然传来另外的声音，说刘志民这人属阴，好坏不挂在脸上，心里藏着太多的阴谋诡计，多精明的人都难逃他的手心。刘志民心想：“我又不是诸葛亮，更不是托塔李天王，哪里有什么心计、阴谋诡计啊？就是怎么想怎么做的啊，每次遇上事也没多想什么啊，就是进厂初期自己给自己定的遇神拜神，遇鬼打鬼的方针啊，怎么这些人就把我想得那么不堪呢？”这些不良因素又开始干扰他的心情，有时就埋怨自己的命不好，为什么就不能顺顺当当的呢？

第三十八章

这些日子，也不知为什么，心烦意乱的刘志民尤其害怕见人，尤其是怕见厂长，甚至连厂长来电话都不想接，因为厂长的电话都是问进展，可是没有进展怎么回答。他也怕柳莎莎来电话，接也不是不接也不是，所以他盼着这俩人千万别给他打电话。这天晚上，王和平、侯晓东他们都散了，他围着机器转了几圈，然后蹲在机器旁，眼睛盯着机器的主要部件继续琢磨。

就在这时，柳莎莎来了，远远就说："刘大主任，听说已经吃住在现场了，这是遇到多大的难题啊？"

刘志民摇摇头："嗨，别提了，机器的各个部位，电路，等等，都检查好几遍了，都没问题，可机器就是不启动，你说急人不急人？我在厂长面前夸了海口，期限内保证完成，谁知道卡了壳，这是让我栽跟头啊。我很后悔当初不该答应厂长，当这个项目小组的组长，你看这，怎么收场。我吃不下饭、睡不着觉，看来要给厂长丢脸了。"

柳莎莎站起来，围着设备转了几圈："哎，刘主任，你想没想过，电子系统会不会出问题。”

刘志民放下饮料：“对呀，是不是设备程序控制系统出了问题。”他拍拍脑门儿，这些年一直对程序特别放心，所以就忽略了对那部分的检查，“可是，我们这些人对设备编程都不是内行啊，怎么办？”

柳莎莎拿出手机，拨通了一个电话，对电话里说：“高师傅您好，我们盛宇峰公司新上的项目出了故障，麻烦您来帮忙给检查一下吧。”

挂掉电话，柳莎莎说：“这位高师傅可是有学问的人，专门研究设备编程，或许能帮你们解决问题。”

刘志民感觉遇到贵人了，便在心里期待高师傅来了“药到病除”。

柳莎莎走后，刘志民便躺下了，他想早早睡觉，可无论如何就是睡不着，一会儿担心厂长询问，如果问起来怎么回答；一会儿是检查设备，他多想立刻就找到症结所在，好解决问题啊；就这样，一夜没睡，直到天亮了，他仍没有睡着，索性起床，洗漱。

刘志民拖着疲惫的身子来到现场，刚坐下，柳莎莎也来了，身后跟着一位额头铮亮、戴着金丝眼镜的人。刘志民心说，这可能就是柳莎莎说的那位高师傅了。于是就起身迎过去。

柳莎莎赶紧介绍：“刘主任，这位就是我介绍的那位高师傅。”

刘志民赶紧伸出手来和高师傅握手：“太感谢你了高师傅，

从柳编辑说完我就盼着你来。”

这时王和平从门外走进来说：“那太好了，柳编辑为我们请来专家了。”说着也和高师傅握手，打了招呼。

柳莎莎说：“高师傅从事设备制造20年了，特别是对电气自动化方面更有研究。”

高师傅跟大家简单寒暄后，马上进入了工作状态。真不愧是电气自动化专家，不到一小时就找到了病源。刘志民按下电源开关，电机带动传动链条与齿轮啮合，所有传送辊和矫直辊正向滚动，钢带在传送辊上飞速运行，但刘志民却仍紧皱眉头，因为设备虽然正常运行了，效果却不明显。他对王和平说：“你看看钢卷运行中有侧滑，这会形成摆动，拉直的效果就会降低。”他让侯晓东去机器对面调整，王和平留在原地调，他自己则到设备正前方指挥，看着钢卷在设备上慢慢趋向平稳，他才让王和平取样检测。很快，质检报告出来了，板面平整达到企业标准，完全解决了板面质量缺陷问题。人们一阵欢呼，真是不容易啊。这些天，大家没有上下班的概念，没有喝酒的想法，白天是这事，晚上是这事，睡着了做梦还是这事，可以说历尽千辛万苦，如今终于成功。项目小组的人们都眼含热泪，一个个激动得说不出话。

厂长听到这个好消息也到了车间，高兴地喊了一嗓子：“今天我请客，给你们项目小组庆功！”

这时，刘志民的手机震动了一下，他低头一看，是柳莎莎发来的消息：“试车成功，祝贺！”他抬头四下望了望，见柳莎莎正倚在门口处朝这里看着呢。他朝柳莎莎点点头，在手机上写下：“谢谢！”他瞥了一眼不远处的柳莎莎，见她正跟厂长说话，就走过去说：“柳编辑，这次项目成功，主要还是厂长的决策高瞻远瞩、运筹帷幄，我们只是实施者，不要采访我们了，采访我们厂长吧。”

厂长说：“为了项目顺利成功，你们付出了太多的心血，我心里有数，你们才是应该采访的对象。”

第三十九章

试车成功，但超过了预定时间整整两天，刘志民心里太纠结了。两天，如果设备能尽快投入生产，两天该创造多少价值啊，自己当初在厂长面前拍了胸脯的，保证四十天完成。那句话说出去的时候还感觉肩膀很宽呢，自信地以为能提前完成，哪知道人算不如天算，最终还是超期完成。他觉得脸上无光，没法跟厂长交代。再加上这些天的苦熬，他的精神一下子就失去了支撑，身子发沉，躺在床上就昏昏沉沉地睡去了。厂长几次亲自打电话，让他参加庆功宴，但都没叫醒。厂长又派人去刘志民家里喊，门却反锁着，厂长无奈，庆功宴照常进行。

刘志民心里很苦，他没心思去车间了，坐在办公室里隔窗看着职工们心里翻江倒海。从竞聘上任到现在一年多，经历了很多曲折，感觉自己的心被揉碎了，压力和辛酸来自方方面面，如果自己不是车间主任，就是一个普通职工，虽然少拿了工资，却能落得一身轻。当初，他对这个职位是那么渴望，那么不舍，那么倾心，那么热爱，如今，却觉得它就是一道枷锁，捆住了自己的身心，捆住了自己的情感，让他变得渴望麻木渴望沉默。其实刘志民的头脑是清醒的，他知道凡是有人的地方就会有矛盾。他感觉自己的心被搓出了太多的褶皱，距离破碎就差一点点了，他叮嘱自己不要为难自己了，没必要，落得个平安顺利就足矣。

刘志民想到自己以前老做梦，总在梦中有那些不太真实的场景出现，总在梦中走进虚幻的世界，那些梦几乎困扰了自己好多年，也让自己纠结了好多年，如今，总算看透了自己的命运，要放弃不现实的梦，必须先放过自己，必须让自己回归。他总结自己这些年走过的路，觉得都是自己给自己制造的枷锁、坎坷与艰涩。如果不是那种期待的梦鼓舞自己在人海里拼搏，怎么会有今天的烦忧。经历了太多的好心不得好报，奖金平分了，最终怎样，人们不领情，反倒认为是应该的；出国名额让出去了，换来的是王和平一个人的贴心，却引来很多的杂音；修配车间的工作千头万绪，自己哪件事都要想在前头干在前头，最终怎样，出了差错，还要自己去顶。车间主任，一个上联厂长下联职工的角色，车间就是一个舞台，所有员工都是演员，谁的演技好，谁就能左右逢源，立于不败之地，反之谁的演技不行，谁就会处处遭受打压，甚至失败。天天演戏的日子让人又烦又忧，滋味又苦又甜。

正这么想着，柳莎莎来了，没有寒暄，她直接把录音笔放在刘志民面前，坐下立马就提问："刘主任，你谈谈当车间主任的感受好吗？"

刘志民苦笑一下，脑子一片空白："没什么感受啊。"

柳莎莎说："你别搪塞我好吗，你的个性，你的追求，你的人格对我很有感染力，你用你的工作和生活经历给我的小说提供了难得的素材。"

刘志民说："我心里很乱，但发自肺腑的一句话还是谢谢你，你给我帮了大忙。"

"问题解决了，你应该高兴啊，怎么还心事重重呢？"

"你哪里知道我此刻的心情，你更不知道我的苦水，过去对这个职位有多么的渴望，现在又是多么的烦躁。"虽然他不想说，但脸上紧绷的表情泄露了内心的真实想法。

柳莎莎说："我从认识你那天起，就看出来了，你是个有故事的人，只是不肯跟我说而已。"说着，从挎包里拿出一本厚厚的书稿交给刘志民："这是我以你为素材写的小说，你能帮我看看吗？"

刘志民接过书稿，眼里却充满了迷茫。

这时，厂长来了，兴奋地说："刘志民，告诉你个好消息，咱们的改革报告得到了集团的认可与支持，说要在盛宇峰试行，如果效果明显，将在整个集团公司推行。还有，经过几位厂长讨论，又经集团董事会同意，决定让你兼任改革小组组长。跟你说啊，盛宇峰是家族企业，按常理，这差事应该由一名副厂长负责，让一个外人何况还是个车间主任来担任这个重要职务，也算是破了规矩，但是你的能力和贡献大家有目共睹，你是真正用个人能力实现了个人价值啊。"刘志民听后有些茫然，一时之间回不过神来。

这时，柳莎莎马上鼓掌："祝贺祝贺！热烈祝贺！刘主任，你要请我吃大餐。"但当她看到刘志民那张凝重的面孔时，心里那股子热情猛然降到了零度。她急不可耐地问道："刘主任，你，不高兴吗?"

让大家万万没想到的是，刘志民面无表情地说了句："我要辞职。"

现场陷入了僵局，甚至连空气都凝滞了。

过了好一会儿，厂长干咳两声说："刘志民啊，你在盛宇峰的所遭所遇都在我心里，我知道你心里在想什么，你是在考虑修配车间不是你所希望的环境，或许你在琢磨盛宇峰不是你施展身手的最好舞台。跟你说实话，我也很厌烦这个厂长的帽子，但是，我又觉得这个厂长就是我的命中注定，就好比咱俩的遇见一样，有点儿上天注定啊。你看，那次我出事，偏偏就是你救我，后来你应聘，偏偏就是我在这里当厂长，你说是不是上天的旨意，让咱俩遇见，又把咱俩的命运绑到一起了呢?"

刘志民没说话，心里却在回味厂长的话，是啊，厂长说得没错，好像冥冥中有神的旨意在操控，让自己和厂长和这个厂紧密联系在一起。他若有所思地两眼凝视着远方，眉宇间透出一种自信。

厂长把身子往前靠了靠，又说："你看啊，你来厂一年多，我对你信任有加，是因为你这个人的本质让我信任你，你的个人能力又促使我重用你，现在咱们俩相互信任，相互配合，你早就是我最好的助手了啊。”

刘志民抿嘴一笑：“哪里啊，我只是尽心而已。”

厂长把手搭在刘志民肩上：“留下来吧，在这个厂里，你的发展空间还很大，相信咱们一起会干一番大事业，会把盛宇峰做大做强，成为集团内最好的企业。以后工作中肯定还会有矛盾有问题，但是只要你坚持真理，一心为厂，我绝对会一碗水端平，绝对不会把你当外人看待。你就放开手脚，该怎么干就怎么干。”

刘志民又缄口不言了，他心里很是纠结，仿佛又回到一年前离开大丰钢铁时的情景，那是在厂长宣布搬迁后的第二天，也像今天盛宇峰的厂长一样，苦口婆心地劝他一起到外地新建厂。但是，他有自己的担忧，家里需要他照顾，他不忍心把老人孩子全扔给媳妇，便拒绝了大丰老总的礼遇。因此，这才有了到盛宇峰重新开始的机会，能在短短一年多的时间里取得这样的成绩，也是他没想到的。他在大丰积累了管理经验，尤其是他骨子里那不好改变的脾气性格，让他对认准的道理就显现得一根筋一样。他也知道，自己这样的脾气性格会得罪人，但他不想改变，他觉得自己的心里没有脏东西，也就是没掺杂乌七八糟的念想，一门心思干工作，进了人家的厂子，就要全心全意地为厂子着想。厂子搞好了，自己的工作就稳定，就能增加收入，就这么朴素真实的想法。如今选择放弃，其实是背离了自己来盛宇峰的初衷，从心底也是难以割舍。但回想这段经历又让他感到在家族式的企业里混饭吃步履维艰，总是隐约感到家族式企业管理没出路，在这种环境下长久生存对自己来说，无疑是一种折磨甚至是心灵的摧残。如果自己只是找个地方混饭吃，盛宇峰绝对可以，稍稍用点心就可以换来很多的赞扬和奖励，但一次次被误解、被打击、被推到风口浪尖，让他心灰意冷，就想立马离开。可转念又一想，在盛宇峰的这段时间，自己也获得了许多，一方面心灵的历练，与人打交道的多面性，面对问题得更加沉稳，学会多思多虑；另一方面自己作为一名中层管理者，既要做好管理还要实干在前，从技术方面有很大的提升，管理方面更是从零到一的突破，让他懂得了怎样去处理与领导之间的关系，怎样处理与同事之间的关系，也算是成长了很多。虽然也曾有很多的不愉快，但随着时间的推移，都成为过去了。刘志民反问自己，刘志民你对盛宇峰有没有感情呢？他犹豫了一下，告诫自己，必须给自己一个最客观最实在的回答。他不敢违背自己的内心，对厂子确确实实有感情。想到这里，他把头扬了扬，厂长立马从他的眼神中洞察到他心理的变化，温和地看着他，用兄长般的口吻对他说：“你要是必须辞职，也得帮我培养出一个可以接你班的人，就算你帮我最后一次，可以吗？”说完，厂长一脸期待地望着刘志民，等待着刘志民的回答。厂长早就窥透了刘志民的心思，笃定刘志民肯定会留下来，因为他知道刘志民从内心还是舍不得这一年多创下的业绩，舍不得盛宇峰这个可以让他挥洒才情的舞台。

过了一会儿，刘志民把与厂长对视的目光移开了，用一种恬淡的语气说：“好吧，那就再试试，但愿我能跨过自己心里的这道坎。”

“太好了，我就知道你不会弃我于不顾的，那就不是你刘志民了。”

“我可没答应你会肯定留下，只是试试看。”

“知道，知道，只要你同意试试就行，我准保让你满意，让你心甘情愿地留下。”

“那就让咱们一起努力吧，希望会像你说的一样。”

两个人的谈话虽然简短，但刘志民感觉过了很长的时间，他仿佛从失望到希望，从黑暗又看到光明，感受到了厂长如兄长般的关怀，看到“盛宇峰”几个鲜红的大字像他刚来面试那天看到的一样，他在心底又燃起了一种久违的希望。他希望盛宇峰就是一团熊熊燃烧的大火，所有员工都能在这团大火里得到淬炼，都能在盛宇峰实现自己的愿望，实现自己的人生价值。最终，他打消了离职的念头，让那颗即将冷却的心向期待中燃烧的火大步走去。

第四十章

第二天，厂长办公会上，全体中层干部无一缺席，厂长说："今天我要宣布一项重要任命，经厂长办公会成员上报集团，又经集团董事会研究决定，任命刘志民兼任盛宇峰内部管理改革小组组长职务，推动改革方案的落地实施并监管采购科工作，原修配车间管理工作不变。"会议室里先是出奇地安静，紧接着便响起热烈的掌声，在场的所有中层干部都向刘志民投来羡慕的目光。

"祝贺你，刘主任!"

"祝贺！祝贺!"

参会全体人员以各种形式表达着对刘志民的祝贺，刘志民冲着大家双手作揖。人们的祝贺让他感到了团队的力量和温暖，同时也感到了压力，因为他肩上的担子更重了，万一自己不能胜任，辜负了厂长和大家的信任，那可就栽大跟头了。从小到大，没想过当管人的头儿，上学时，老师几次让他当班长、当中队长、当大队长，他一概拒绝；在大丰时，勉强当了车间主任，算是品尝了当头儿管人的滋味。没想到在盛宇峰还担起了重要职责，虽然还是车间主任，但是管理权限与副厂长没有什么区别。以前想都没想过，所以，刘志民心里忐忑，有压力也属正常。

这时，厂长高声大嗓地说："咱们请刘主任说几句吧，大家欢迎。"

厂长话音未落，全场再次响起热烈的掌声。刘志民起立，脸上展示着笑容，心里却在快速地琢磨词儿。他再次拱手作揖，以示感谢，然后，扫视了下会场，清了清嗓子说："首先，感谢厂长和大家对我的信任，给予我很高的评价和鼓励，我才有机会站到这个平台上。其实我也是赶鸭子上架啊，我不是企业管理科班出身，只是在工作的过程中发现问题，解决问题而已。既然领导们这么信任我，我就试试，不行，立马辞职。在这里，我表个态，我绝对会把企业当自己家的企业那样看待，忠心耿耿。但是，我既然担当了这个责任，就会尽力而为，不，我会全力以赴，全身心投入，只有这样我才对得起大家对我的信任。都说新官上任三把火，我也要烧它三把。第一，要对不能胜任本岗工作的亲属加强培训，在一段时间内仍然不能满足岗位要求的进行调岗使用，没有适合岗位的劝退，并对中高层管理人员明确职责、权利和考核标准，建立有效的奖惩机制，激励中高层履行职责，提高管理效率……"

场下顿时爆发起热烈的掌声，刘志民向大家招招手，表示大家对他认可的感谢。就在不经意间，刘志民的目光和廖副厂长的目光碰上了，刘志民感觉廖副厂长的目光是冰冷的，眼里带着一种杀气。廖副厂长也感到很不自在，但他没有当场发飙，而是把这些都记在了刘志民身上。刘志民得到了大家的认可，这也让廖副厂长的跋扈收敛了不少，但心里对刘志民却增加了更多的防备和敌意。

刘志民早就看出廖副厂长对自己这个外人不屑一顾。在廖副厂长眼里，刘志民当再大的职位也是给他们家族打工的，因为隔着心，廖副厂长肯定不会把刘志民这个外人当至交，按他那种惯常心理，估计更不会让一个外人干得顺顺当当。刘志民叮嘱自己，应对廖副厂长必须谨慎小心，相信“日久见人心”这句话能让廖副厂长看到自己对盛宇峰的忠心，这个目标需要通过干，通过业绩的事实来证明。刘志民坚信自己能行，坚信自己的努力肯定会给盛宇峰作出贡献，他在心里鼓励自己，干吧，只有干，才能证明自己是骡子还是马！思路明确了，他的心情似乎轻松了许多，感觉照耀在盛宇峰院里的阳光比先前的更加明媚了。

刘志民按照集团的要求，马上投入改革方案的完善和推动中。实际上推动这项工作也没有想象的那么难，只要给员工讲清楚就好办了，再有就是说话要算数，不能只画大饼，画大饼在短期是有用的，但后期需要兑现承诺，一旦在员工心中失信再想挽回就难了。刘志民深知这里的奥秘，所以从开始就以诚相待，每件事都站在他人的角度考虑，这让员工们很赞成。但是也有不赞成的，如侯晓东就算一个，从上次碰人后他确实老实了几天，可时间一长就又回到原来的样子。就拿上午的事说，刘志民给大家分配月度指标，这个指标比现行指标稍微高出百分之二，实际就是今年的平均值，超额完成的空间很大，而且超额后还会有奖励。侯晓东就是过惯了没有压力的生活，他觉得按月拿工资，不用多，也不能少，这样挺好。为什么要改革，改革后会奖勤罚懒，用经济杠杆激励员工的创造性，让企业文化打造员工的使命感，这些侯晓东都懂，但是到了费力气时他就全忘了，在他的意识中还是原来的政策好混。

刘志民想不到，柳莎莎无处不在，这不，他刚把指标的事安排完，她就笑意盈盈地来了，一进办公室就问："刘主任，听说你们车间推动新政策很顺利，大家的积极性很高，你是怎么做到的？快跟我谈谈。"

"没怎么做，就是按照厂长的要求和改革方案的步骤进行了推动，没有什么特别的。"

"不可能吧，现在其他车间都是困难重重，就你们车间顺利，你肯定有绝招儿，怎么，还跟我保密吗？"

"哪里啊，这有什么保密的啊，我是急着去厂长那儿汇报工作，有时间我跟你细谈。"刘志民说完拿着记录本就走。

柳莎莎冲刘志民的背影狠狠地挤了下眼，嘴噘了噘："大忙人，这都不接待。"看刘志民已经走远，柳莎莎心想，刘志民不说，他手下人应该也知道一二，何不找找车间的其他人聊一聊。于是，她走进车间，站在王和平身后。还没等她说话，王和平先开口了："柳大记者又来采访刘主任了吗？"

"是呀，可是他有事，顾不上接受采访。"

"你想知道点什么？我可以告诉你。"

"好呀。"柳莎莎乐了，心想："刘志民啊刘志民，你不告诉我，我照样可以把你的老底揭出来。"略加思索后，柳莎莎问："我想了解你们车间新政策推动的进度，在推进中遇到了什么困难？"

王和平的目光在柳莎莎的脸上瞄了瞄，觉得事实都是明摆着的，没必要藏着掖着，就说："现在我们车间绝大多数员工对新政策很感兴趣，只有像侯晓东那样的个别人不愿意。"

"不愿意的原因在哪里？"

"这还用问吗？不能混了呗，原先是吃大锅饭，现在是按指标绩效考核制，大多数员工已经从过去的'让我干'到现在'自己找活干'了，都想多干点，多挣点。"

"那你们认为这个政策是好呢，还是员工被动接受，有点儿强加于人的意味呢？"

王和平摇摇头："我觉得这次改革很及时，很必要。这个厂子积存了不少弊病，如果不治理，不改革，后果很难想象。在我看来，这套改革方案要是早推行几年就更好了。"

柳莎莎大概了解了修配车间的推动进度，就告别王和平，去厂长办公室接着找刘志民。

刘志民正和厂长研究如果有了利润怎么分配的方案。刘志民提议，应该建立利润中心和成本中心两个小组，利润中心对应中高层管理人员，成本中心对应基层员工。利润中心年末拿出百分之二十的利润，用于中高层管理人奖励；成本中心则每月看实际成本较计划成本降低多少，降低的部分拿出百分之四十给员工奖励。厂长认同刘志民的方案，这样一来，中高层干部的奖励来源于利润，基层员工的奖励来源于节省，很符合现状，容易在厂里推动。厂长又补充说："不能只奖励却没有考核，这样会让一些不守规矩的员工钻空子，必须按月度指标和年度指标考核，对没完成的，按三分之一进行考核，这样奖三罚一的比例，你看怎样？"

刘志民也认同厂长的思路，厂长说："明天召集中高层管理人员举手表决，这个方案如能通过，就尽快执行。"

新政策的推行，超乎刘志民想象的顺利，这是在推行之前根本没有想到的，也许是大部分员工对以前的模式早已反感，早等着有这么一次改革了吧。可对于那些飞扬跋扈的领导亲属就成了一场痛苦的渡劫，大部分年龄大的、没有特长的都被劝退了，一些年轻的也按照适合的工作调换了岗位。经过刘志民的宣导，这些人也改变了以前混日子的想法，表示保证会有改变，会像其他外聘员工一样守规矩。刘志民心想，这些企业的"皇亲贵族"本来就应该和其他人一样，是谁给了他们特权呢？还不是大家宠的惯的，本来工作面前就该人人平等。

那天，正吃晚饭的时候，刘志民的手机响了，屏幕上显示柳莎莎。刘志民怕再引起误会，就没接电话。李霞放下碗筷，两眼盯着刘志民，手机依然在响。刘志民心想，这个柳莎莎啊，还真够固执，不接还不行？

李霞用眼神示意刘志民接电话。柳莎莎说："刘主任啊，明天您有时间吗？我想向您了解下你们车间目前的情况。”刘志民回答：“明天早晨看情况。”

柳莎莎的脑子总是装着她的长篇小说，而刘志民的脑子和目光却始终聚焦在厂里的改革上，目前整个盛宇峰上上下下、里里外外都在按照改革设计的预想按部就班地实施中。

第四十一章

这天，厂长找到刘志民说:“现在国内钢铁行业中出现了一种镀锌铝镁产品，最早这类产品完全依靠进口，后来国内几家大型钢厂开始组建设备投入生产。随着这几年光伏发电项目的兴起，镀锌铝镁工艺被广泛运用到光伏支架、装配式建筑、立体车库等项目上，市场很大，是一种新兴的材料，具有很高的经济价值。想听听你的意见，盛宇峰赶不赶这个潮头，上不上这个项目?”

刘志民对这个产品有耳闻，也曾专门看过相关资料信息，听厂长这么问他，就很爽快地说:“这种材料耐腐蚀性强，还听说，当涂层受到损伤时，如发生划伤或局部脱落，基底金属就会暴露在外界环境中。在这种情况下，暴露的金属与空气中的氧气和水分发生反应，就会形成一层致密的氧化物层，防止金属进一步腐蚀。这种自修复的氧化物层具有良好的抗腐蚀性能，能够延缓镀层的腐蚀速度。”

刘志民滔滔不绝地讲解着这个材料的好处，好像早就关注了，更像已经进行过大量数据分析和工艺分析似的，要不然不可能对答如流，说得头头是道。厂长听了刘志民的回答，忍不住说：“你呀，让我没办法不高看你一眼，是啊，人就得活到老学到老，不进则退，社会在前进，今天你不努力，明天就会被别人代替！这就是你刘志民的性格。”厂长从心里感到高兴，自己没有看错人，选择让刘志民当这个改革小组组长是对的。

刘志民听了厂长的话，有些不好意思了：“哎，厂长，我可从来不会自我欣赏，就知道该怎么干事，踏踏实实去干就行了，别的不想。”

厂长说：“你好像对这个产品比较了解了，那就由你来起草个方案吧。本来采购这块工作也在你分管之内，你又是设备专家，理当你牵头干这活儿。”

“好吧，那我就当仁不让了。”刘志民答应完后心里在想，每次遇到这类活儿总是控制不住地往前冲，每次都会遇到波折，好的坏的都落不下，这就是命吧。他微笑了下，不自觉地摇摇头。就这个细微的举动被厂长察觉到了。厂长说：“你小子心里又打什么鬼点子了？”

刘志民答：“没，没什么。”

“看你的表情有点诡异。”

“没有，真没有，只是觉得前段时间发生的事太多了，刚平静下来又来难干的活儿了，担心再起什么风波。”

“只要心正，干工作无私就无畏，大胆去干，有事我托着。”

“有你这句话我就踏实多了。”

刘志民回到他的办公室，按照和厂长碰的思路规划着方案，又陷入了沉思。突然，一个爽朗的声音在他背后说：“刘主任在想什么呢？这当官了就是不一样了，把我当空气了是不是，我都进屋了，你都没发现。”

“哎哟，大记者来了，你来也不打个招呼，我好去接你。”

“别来这套，升官了，说话和以前都不一样了。”

“我再会说也说不过你这大记者啊，别拿我开心了，有什么事，说吧。”

“刚才听厂长说盛宇峰要上新设备，由你牵头这个项目？”

“是啊。”

“有什么可以先透露的吗？我好完善我的素材。”

“现在才刚刚进入筹划阶段，我也没有具体方案，大概得一周吧，有了初步方案我会告诉你。”

“好吧，我等你好消息。”

正巧，侯晓东端着一茶缸子开水进来，看到柳莎莎在，就说：“是哪阵香风把柳大记者吹来的，可有日子没见大美女了。”

“最近集团那边有点事，过来得就少了些。”

刘志民说：“你是闻着香味来的还是想请柳记者吃饭？上次你欠柳记者的饭要欠到什么时候？”

“择日不如撞日，咱就今天吧，柳记者，怎样？”

“今天可不行，集团那边还有个采访，已经约好了，吃饭前我得赶过去。”柳莎莎说完，把目光转向刘志民：“刘主任，今天就这样，我先走了。”又对侯晓东说：“你欠的那顿饭早晚要兑现。”说完，摆摆手，朝着门口走去，只留下一股清香在办公室里飘荡。侯晓东使劲抽了抽鼻子，这香水真香啊，也不知是什么牌子的。

刘志民踢了侯晓东的脚一下：“你脑子里能不能装点儿正经东西，说吧，找我是不是有事？”

侯晓东龇牙一笑：“我听说咱们厂里要上新设备，这不过来打听打听嘛。”

“你问这个干什么？”

“现在做这个设备的人很多，我有个发小，叫毛小宝，很多年没联系了，不知道他是怎么知道我在这个厂上班的，就找到我，托我给问问咱们厂是不是上这设备。我本来不想管这事，但是出于发小的面子又不好推辞，也就是给他和你牵个线，成与不成我就不掺和了。”

“这没关系，你帮他牵线也是为厂里多找一个供应商，对双方都好，只要性价比高，可以选择他。”

侯晓东听了刘志民的话很是高兴，第一次对刘志民说了声：“谢谢。”

侯晓东的谢谢，让刘志民反倒不自在了，因为他从没听侯晓东说过这么客气的话，如果会说客气话，就不是“刺猴儿”了。就说：“你小子什么时候学着说客气话了。”

其实，在侯晓东心里，自从刘志民替他挨了一棍子后，有着江湖心理的他就认定了这个大哥，心甘情愿地为刘志民着想，就怕给他惹麻烦。他也尽量控制自己少犯迷糊，少做让人憎恶的事，在内心发过誓要做个堂堂正正的人，好好跟着刘志民学技术、学管理，将来有一天可以当刘志民的左膀右臂。他是这样想的，但人的本性要彻底改变是需要有个过程的。侯晓东刻意地加小心，遇到大小事都会先考虑刘志民同不同意。但野性惯了，他对自己的约束有时就失灵，时不时还会出现脑子一热就说话没边没沿、做事冲动的现象。但毕竟有了很大的变化，刘志民是看在眼里的。

侯晓东问："厂长，你看，我什么时候通知我发小和你见个面，谈谈这事？"

"先不急，八字还没一撇呢，方案才刚刚设计，等一切就绪再说。"

"好，我先告诉他，我们刘主任准备接见他，也替他谢谢你。"

"嗯，你小子，又要贫嘴？你要是没别的事就先干活去吧，我还要弄方案。"

侯晓东"咕咚咕咚"几口把大茶缸子里的水喝干，冲着刘志民傻笑着，又说了句"谢谢"，转身回自己的工位去了。侯晓东走后，刘志民坐在办公桌前，望着窗外不远处的车间，不知怎么就是静不下心来，不知道是受柳莎莎的影响还是侯晓东的影响，心里有种莫名其妙的感觉。他苦笑了下，自言自语道："无私者则无惧，坦诚处世，干好自己分内的工作就好。"既然思路不清晰，脑子混乱，不如先到车间看看。他站起身，刚走到门口，王和平气喘吁吁地跑了进来，差点与刘志民撞个满怀。

刘志民嗔怪地问道："怎么了？急慌慌的。"

王和平说："拉剪坏了。"

"什么时候的事？"

"上午就坏了。"

"怎么不早说？"

"看你去厂长办公室了，我们商量着先解决看看。"

"那结果怎样？"

"没有修好，我这才来找你。"

"走，去现场看看。"

王和平边走边介绍着他了解的问题在哪，但又一次次地被自己推翻。到了现场，刘志民问操作工，让他详细说说出现问题的前后经过。操作工说，刚接过班来一卷料没干完就出现了问题，卷板开始跑偏，不能对中，马上向班长反映了，班长看了看机器，调了调矫直辊，结果跑偏得更厉害了，不敢再调了，就报维修车间来修理。

"班长在哪儿？"刘志民问操作工。

"去宿舍找甲班的班长去了，问问他们班有这个情况吗？"

"交接班时怎么交接的？没说清当时的情况吗？"

"交接班时甲班班长没在，说是感冒发热，去医院了。"

"没给他打电话？"

"打了，没人接听。"

几个人正在说着，本班班长和甲班班长都回来了，甲班班长说："刘主任，我感冒得厉害，到下班时顶不住了，就没参加交接班，去医院输液去了”

“怎么不接电话？”

“我高烧得厉害，输上液就睡着了。”

“你说说你们班当时有这个情况吗？”

“没有，到我们交班最后一卷料时都很正常。”

刘志民又问乙班班长：“你们班什么时候出现的问题？”

“第一卷料刚开始，操作工就对我说出问题了。”

“你们是怎么处理的？”

“我就调了下矫直辊，可是越调偏得越厉害，就没敢再调，后来王师傅就来了。”

“我来了也认为是辊子出现了问题，就反复调整了几回，和他说的一样，越调偏得越厉害。”王和平跟着说明情况。

刘志民听完介绍，到机器前看了看，对乙班班长说：“开机。”机器在班长按下开关的同时发出“嗡嗡”的声音，电机带动辊子，钢带飞速运转起来，看着被卷起来的钢卷边向外延伸，刘志民赶紧叫停了机器。他怀疑是对中的设备出现了问题，对王和平说：“检查对中设备了吗？”

“检查了，没找到问题，都是进口设备，我们没敢动，不过让采购联系厂家了。”

“厂家怎么说？”

“他说有可能咱这个设备太老了。”

这时，采购员老耿也来到了车间，听了情况后插话说：“刚才厂家来电话说带一台新设备过来换上试试，要是咱这台设备有问题，换下来就可以了。”采购老耿也是集团董事长的亲戚，五十多岁，一身的名牌衣服，看着派头比厂长还足，在这个厂成立时他就在这个厂专管采购，对厂里的设备很清楚，采购渠道也很广，打个电话就能找来几家供应商。

第四十二章

傍晚时分，一辆吉普车开进厂里，从车上下来一位四十岁左右的男子。采购老耿给刘志民介绍说：“这是厂家的王经理，他带着新设备来了。王经理从事这个行业快二十年了，他是从他父亲手里接过来的企业，在行业内也是有些名气的。”

双方寒暄了几句就进入正题，刘志民指挥着把旧设备拆下来，又把新设备安装上，开机试试，结果还是一样。王经理几次亲自调整新设备数据，还是不行，他又重新检查了是不是安装上出现了问题，拆下来又重新装了一次，开机后仍然不行。这时已经是凌晨两点钟了，刘志民说：“今天就先到这儿，都回去休息吧，天亮再修。”

刘志民没有回家，就在办公室的沙发上将就眯了一会儿。不到一会儿天就亮了，大家又聚到车间。王经理说他根本睡不着，一心琢磨问题出在哪里，思来想去应该是这台新设备还是不能满足现在的需求。因为这台新设备和老设备是一个型号的，这个型号的设备很多企业已经不用了，都换了更精准的新型号设备，要实在不行，他打算回去再换一台新型号的试试。然而，刘志民不相信问题出在对中设备上，上班时用着还好好的，怎么说坏就坏了，有些蹊跷，要是对中设备坏了，换这台同型号的新设备就可以恢复正常了，怕是卖设备的为了推销新设备吧。想到这儿，他坚持不再换更精准的新设备，觉得还是要从拉剪机上找问题，他拉着王和平和几位维修工开始在拉剪机上找问题。王经理也找不出问题，看厂里的人也没有换更高级别设备的打算，就说家里有事先回去，这台新设备可以先放在这儿用，等厂子找到问题再说。如果是对中设备的问题就把这台设备留下，如果不是他再来拉走。刘志民看王经理再留下来确实也没有多大的意义，就同意了。

王经理走后，刘志民再次从拉剪机电控开始检查，不放过任何一处，所有程序都没有问题，他又对拉剪机的零部件挨个检查，还是没有问题，这可愁坏了大家。刘志民皱着眉头思考了好一会儿，朝操作工挥挥手："打开机器。"在钢带飞速运转时，他又一次从设备的每个部件开始检查。当他走到拉剪机收卷处，抬头望向整台机器时感觉机器好像动了一下，可当他凝聚目光再次看时又没有了，好像是幻觉，有可能昨天夜里基本没睡觉，脑子麻木眼花了。就在目光快要离开时，机器又动了一下，他这次相信了不是眼花，是设备基础出现了问题。他兴奋地对王和平说："王师傅你来，快看设备基础是不是在动？"

"还真有点儿动呢。"

刘志民让维修工拿来工具把基础重新加固，再开机运行，大家都盯着看，纹丝未动。这算是让人松了口气，可再看钢带还是跑偏，虽然解决了基础问题，但对钢带跑偏似乎没起到作用。这下大家又回到了沮丧之中。这是刘志民第一次遇到让他这么头疼的难题，真的是无计可施，该查的都查了，该换的也换了，他垂头丧气地回到了办公室，脑子里千百个疑问，到底是哪个环节出的问题？关键是刚上班时还正常运转，就在短短半小时内就坏了，太蹊跷了，他实在琢磨不透。王和平和侯晓东他们一群人也像泄了气的皮球，没有了工作劲头，东倒西歪地靠在椅子上。就在刘志民一筹莫展时，甲班班长来了，一进门就说："刘主任，我来向你认错。"

刘志民有些吃惊地问道："认错？认什么错？难道设备问题和你有关？"他一脸疑惑的表情，紧接连忙问道："你犯了什么错？"

"我为了比乙班多出产量和提升质量，平时我就研究这台设备怎样才可以达到最优使用状态，经过多次研究，我找到了方法，当我们上班时，我就按照我摸索到的经验调好设备，当交班时我再调回到原来参数，这样，我们班就可以比乙班多出产量了，而且质量也比他们的好。这次我生病，太难受了，提前走了几分钟，忘记把参数调回来了，事后我才想起来，由于害怕就没敢说，看你们长时间找不到问题，我实在是过意不去了，才来认错。你看着处罚我吧，怎么处罚都行，我都接受。"

刘志民听完甲班班长的话，有点不知所措，不知道是该高兴还是该生气，这下找到问题的根儿了，本来该高兴的，员工想尽法子提高产能、提升质量他应该高兴，可是没用在明处，当成提高自己薪酬的手段和满足比别人强的虚荣心上，又让他气不打一处来。这本来是好事，可以在厂里推广，也可以当先进被宣传，他却弄了个违规操作。刘志民没有立刻批评他，就说：“我知道了，你先回去参与调试设备，等修好后再做处理。”

甲班班长走后，刘志民揉了揉太阳穴，想让自己提提神，再去车间组织调试。就在这时，乙班班长又来了，进屋说得和甲班班长完全一致。刘志民不敢相信他说的话，回想甲班班长刚说的话，他也有了质疑，难道是大家看他太累了，过来安慰他找的理由，可看甲班班长和乙班班长两个人的表情又不像是在说假话，要是真的两个人如出一辙，想法和办事的手法又太一样了吧。刘志民不知道是现在厂里的管理出现了问题，还是这些员工出现了问题。他转念一想，还是厂里制度的漏洞，他觉得应该快速推动新政策落地，尽快解决这些问题。因为厂子就像一部机器，生产车间只是一个重要环节，这里出了问题，其他环节和部门还不知道存在多少违规的、不按制度和规则来执行的事。他同样让乙班班长先回去，待修好设备再做处理。

刘志民现在的心情比刚才更加沉重了，他感觉到胸口好像被一堵看不见的墙挤压着，让他快要窒息，突然感觉天旋地转，眼前一黑，一个趔趄差点摔倒，他赶紧扶着椅子不敢再挪动半步，好一会儿才恢复过来。他对自己说，修好拉剪机后，什么事都往后排，第一要务就是推动新政策的落地，制定好合理的奖罚制度，调动全员积极性，把企业文化搞起来，让全体员工有归属感、荣誉感、获得感、使命感，激发全员创新活力，推行师带徒政策，做好师徒结对子，双向引导与企业共荣辱，不然的话太可怕了，领导亲戚在混日子，没有靠山的员工为了自己利益各自为政，想怎么干就怎么干。想到这儿，刘志民不敢再往下想了。他深吸了几口气，感觉又恢复了不少精气神儿，便走出办公室对王和平和侯晓东说："你俩跟我去资料室。"说完，自己先出了车间。王和平和侯晓东摸不着头脑，两个人相互对望了一下，没有出声，紧跟着追了上去。侯晓东捅了捅王和平，意思是让他问问去资料室干什么，王和平明白侯晓东的意思，可是话到嘴边又咽了下去，因为他看见刘志民那张阴沉着的铁青色脸，阴得好像都快要掉下水来似的。两个人只好默不作声地跟在后面，又好像是犯了错的孩子，担心刘志民突然大吼一声，但这些又和他俩有什么关系呢。资料管理员打开资料室的门，对刘志民说："刘主任，你要找什么资料？"

"给我找下拉剪机的图纸和使用说明书。"

"好嘞。"资料管理员麻利地从资料柜里把图纸和说明书拿了出来。

刘志民打开图纸仔细地看了几眼："对，就是这个。"转身对王和平和侯晓东说："你俩过来，这是拉剪机的图纸和说明书，你俩先拿回去和设备对比下，看看哪里和图纸不一样。"

侯晓东不解地问："刘主任，咱看这个有什么用？"

"设备被两个班长调过，现在他俩也不知道调成什么样了，总之就是调乱套了。你俩先回去，按图纸全部测量，再按图纸恢复原样，我去找厂长。”

刘志民到了厂长办公室，厂长正在看刘志民报来的改革政策，看到刘志民进来，就说：“你来得正好，我正想找你呢，你的方案有几处看不太明白。”

“那个不急，我这有个重要的事向你汇报。”

“什么事比推动新政重要？”

“没有比推动新政策重要，但很急。”

“那你说说吧。”

“拉剪机坏了，从昨天维修了一天，到凌晨两点也没修好，今天到现在仍然没修好。”

“那是挺急，需要我干什么？”

“不需要，病根找到了，来向你汇报。”

“嗯，找到原因不就行了吗，抓紧调整呗。”

“今天上午甲班班长和乙班班长分别都找了我，向我承认错误，都说他们在工作时为了提高产量和质量私自动了设备的参数和辊距，由于甲班班长调完后没能恢复原位，乙班班长在他调后的基础上再调，结果就调乱套了。”

“他们太胆大了，能私自乱调吗？这不是严重违纪吗？厂里一直强调任何人不得私自调整或更改任何数据、参数等。”

“他们这是无底线竞争，为了多挣点钱，也为了面子好看，比对方强才想出来的馊主意。”

“一定要严肃处理，这可不是小事。”

“好，我先回车间，把设备恢复原样，好让机器正常运行。”

刘志民告别厂长，匆匆忙忙地回到车间。车间里，王和平和侯晓东正带领着几个维修工分别对参数、辊距、轴距等部位逐一核对。看到刘志民回来了，王和平说："还真是很多地方都动了，这活儿要想全部恢复正常估计要等到明天。"

"加班干，多派人手，把不急的活儿全放下，集中人力，加快检测核实，维修调整，尽快恢复生产。"刘志民布置完就参加到检核工作中，直到半夜，总算按图纸都恢复了原样。刘志民让操作工开机测试，结果还是跑偏。他本来心里抱着很大希望能尽快修好，结果却大失所望，仿佛瞬间掉进了万丈深渊，心里拔凉拔凉的，脑子一片空白。他很懊丧，所有的方法都使了，相当于重新安装了一次设备，结果还是没能解决问题，有点被逼到墙角的感觉，进退都不能，死死地被焊在了那儿。

"都回去睡觉吧，明天再干。"

人们陆陆续续地走了。但刘志民没走，他一个人坐在机器前，自言自语地说："真是见鬼了，就找不出问题来了。"他重复了几遍刚才说的话。突然，他打了个愣怔，真是见鬼了，是呀，会不会真是见鬼了，得找个阴阳先生看看怎么可以驱邪归正。但是，他马上否定了自己的想法，那都是迷信的说法，不能信这个啊。他苦笑着站立起来，突然，一个想法就像一道白光在他脑子里闪过，他想到每次卷纸筒时总是卷的一头凸出、一头凹陷，那是因为两只手的用力不同造成的，也就是说钢带同样会有这种可能。钢带可能产生偏差的原因就是钢带张力问题，如果加大张力会不会就能调正。有了这个想法，他赶紧给王和平打电话，问他走了没有。王和平说刚换完衣服准备走，刘志民让他和侯晓东赶紧回车间，他有了解决的方法。不一会儿，王和平和侯晓东，还有操作工都返回了车间。他把自己的想法和大家说了，首先反对的是操作工和班长。班长说：“加大张力会有塌卷的可能。”因为钢卷中间是空心的，这个空心是由一个纸套筒支撑着的，张力大了纸套筒就承受不住压力，就会破碎，导致整个钢卷也随之坍塌。刘志民说：“咱们可以逐渐加力，不要一次性加得太大。”

经过分析，大家一致同意死马当活马医，所有没试验过的方法现在都是好方法，随着逐渐加大张力，钢卷慢慢变得整齐起来，大家不约而同地欢呼起来，齐了！齐了！再看钢卷边部缠绕得如同刀切一般，比没坏之前还要齐，刘志民也长出了一口气，总算没有白费力气。看来有时机器也像人一样，病来如山倒，病去如抽丝，平时不好好保养，关键时刻就给个脸色看看。

刘志民独自站在院里，看着满天的星斗，疲倦顿时消失了，头脑也感到特别清醒。他回到办公室，拿起笔来，一气呵成，完成了镀锌铝镁项目方案。此时，东方一抹淡淡的鱼肚白悄然出现，渐渐地蔓延开来。刘志民听着肚子“咕咕”叫了几声，他才想起从昨天中午吃过午饭到现在是水米未进，可是这个点儿也没吃饭的地方。他只好靠在沙发上眯一会儿，很快进入了梦乡。

浑身轻松的刘志民就像卸下了千斤担子一样，浑身开挂了，他和几个人来到一个高档饭店，服务员端上了各式各样的菜肴。老宋不知什么时候参加到一桌师生群体里了，拿着两瓶“五粮液”进来，非要给刘志民斟上，他说不喝，太饿了先吃饭。可老宋不干，非要给他斟酒，两个人正推让，有人敲门。刘志民猛然惊醒，睁开眼，原来是一场梦，可是怎么会梦到老宋，这让他有些疑惑。门再次被敲响，这回不是梦，他起身打开门，原来是甲班班长，手里拿着一张纸交给他，说：“刘主任，我对不起厂领导们，为了个人荣誉和个人利益，给厂里带来了太大的损失，我也没办法再干下去了，决定辞职，谢谢厂领导多年对我的培养。”说完放下辞职信，转身出了门。刘志民连声呼喊，让他回来，他却头也没回地跑了。

第四十三章

甲班班长的辞职刺激到了刘志民，他想，这位班长平时工作是那么认真负责，多出产品也是为了企业，只是想多拿奖金动了歪心眼，也是常人心理，应该理解。尽管给厂里造成了损失，但企业培养一个人才也是不容易的，回头还是把这位班长请回来。该处罚的处罚，改肯定的还是要肯定，谁都难免犯错误，需要在工作中改进和完善。刘志民又想，这位班长总体上看，要比侯晓东强多了，一想起侯晓东，他脑子里就像长了一根刺，那种感觉难以形容。

刘志民心里犯纠结，侯晓东也犯了纠结。

自从刘志民替侯晓东挡了一棍后，侯晓东的心理就发生了变化，夜里睡不着觉时，他就琢磨刘志民为什么替他挡这一棍，他总觉得不符合情理。他多次找碴儿给刘志民制造麻烦，而且这次是自己找人在下班路上劫他，按常理他应该趁机会跑掉才对，或者与另一帮人合起来打自己才对，没想到他却反过来帮自己，真让人百思不得其解。

回到家后，侯晓东脑子里仍然被刘志民的举动所困扰，也产生了莫名的疑问，难道这个刘志民内心有深藏不露的计谋？还是另有企图？这些想法在侯晓东脑子里无数次闪回，无数次都模糊地被他否定，他绝不相信刘志民会有这么大的胸怀和雅量，能放下过去的恩怨，在敌对者遭到袭击更能让自己解恨的时刻，却用自己身体去为这个敌对的人挡一棍。这个刘志民啊，真让人难以捉摸。

这天，吃完晚饭，“刘志民”又在侯晓东脑子里打转，侯晓东知道，就是把自己脑瓜转晕了，搅烂了，也琢磨不出结果，他几次告诫自己，不要去想！不要去想！可“刘志民”却很顽固，越想驱赶这几个字眼就越在脑子里晃来晃去。侯晓东努力强迫自己换换主题，换一种方式思考，他这样试想——就当刘志民是武侠小说中的人物吧，有大侠的风骨，能化敌为友，心怀天下。然后再回头看自从刘志民到了盛宇峰后发生的每件事，这么一想，感觉人物性格和刘志民本人有些吻合，难道真是自己把刘志民想象成对立面了？自己看别人总是以“人之初性本恶”的态度，也许刘志民真的和自己不是一路人，确实也不是一路人。自己算什么东西，人家刘志民出手就高，进厂就当主任，自己呢，墨水喝得少，到哪儿找营生都是两手攥空拳，在盛宇峰也就仗着有个副厂长舅舅作靠山，社会经验一般。可自己善动脑筋，见人说人话，见鬼说鬼话，能愣就愣，能横就横，能玩阴的就玩阴的，在什么环境里也都是神鬼不怕，不然也不会落个“刺猴儿”的外号。但是侯晓东转念一想，自己身上唯一的优点就是讲义气，不管刘志民出于什么目的替他挡那一棍，确实是帮了他，他这个讲义气的人无论如何也得有所表示。对，明天请刘志民吃顿饭，当面表达谢意，也算是还刘志民个人情，顺便再摸摸刘志民的底细，如果刘志民要真是看大局、讲义气的人，以后自己还真要和刘志民好好相处，刘志民如果有他侯晓东做帮手，肯定会把这个车间主任干得漂漂亮亮，在盛宇峰打出一片天地，他打定主意，脸上放出光彩，觉得自己好像想通了，也把困扰他多日的疑团弄明白了。

第二天，侯晓东早早地来到单位，一进车间，发现刘志民比自己来得还要早，趁同事们还都没来，他走过去和刘志民打了招呼："刘主任，晚上我请你吃个饭，有时间吗？"

刘志民感到很是意外，这太阳是不是被孙悟空倒腾了，突然从西边冒出来了呢？他一个浑身都是刺儿的侯晓东怎么会主动请我吃饭？不会是有什么图谋吧，我可不能上当。想到这儿就说："今天不行，下班我得早点回家，家里有事。"

"家里的事，嫂子就处理好了，还用得着你啊？"侯晓东说。

"她处理不了。"刘志民没有抬头继续写着招标相关的流程。

"你看上次你替我挨了打，我心里始终过意不去，总想找个机会报答你，也找不到还你人情的机会，只有请你吃顿饭，也算是我谢谢你了。"侯晓东这话说得还真是肺腑之言，没掺半点儿假。

这时，刘志民放下笔，抬起头看看侯晓东，见他表情凝重，像是很认真的样子，这一点从他的眼神里可以看得出来："好吧，那我就把家里的事推了，今天和你好好聊聊。”

侯晓东听刘志民答应了自己，自然是很高兴：“好，太好了，谢谢刘主任给我这么大面子。”

刘志民一笑：“也谢谢你请我吃饭啊。”

侯晓东咧嘴笑着说：“刘主任，我也有话想跟你说，如果说到我心坎上，那你就看我的，我这人最大的长处就是讲义气，如果我认可了你，那么以后我就是你的兵，全都听你的。”

刘志民记得自己替侯晓东挡下那一棍的时侯，侯晓东曾说过以后会用行动报答之类的话，今天又重复这个意思，但不知这个侯晓东说的是不是心里话。对侯晓东，无论从厂内的口碑还是他亲身体会，他都有戒备之心，毕竟不是一路人。刘志民烦侯晓东身上那股子江湖气，张口就是打打杀杀的，七个不服八个不忿的，称呼也是“老大、老大”的，整得像个黑社会似的。刘志民不想让别人认为他在拉帮结派、搞团伙行为，他想的是让大家成为团队而不是团伙，为的是让侯晓东和车间所有的人都能拧成一股绳干正事，为厂里作贡献，大家也都增加收入，没有太多的想法，可总有人认为他别有用心，他也想趁吃饭的机会跟侯晓东表明自己的想法，省得人们再瞎猜。其实，刘志民有时心里是矛盾的，他曾无数次想过辞职，也无数次想过如何带好团队，把整个车间做到集团内最优秀的团队，可总有些人特别是侯晓东不知什么时候就给他弄出点乱子。如果这次侯晓东要真是像他所说的那样就太好了，即便将来自己辞职，走得也是堂堂正正的，没有遗憾。

第四十四章

下班后，刘志民需要向厂长汇报下招标的准备进度，就让侯晓东先去小酒馆等他。向厂长汇报得很顺利，半个小时后，刘志民按侯晓东说的地址找到小酒馆，进门后没看到侯晓东，他想是不是放他鸽子，这小子总让人捉摸不定，什么事都可能做出来，今儿是不是又在耍他。他给侯晓东打去电话，侯晓东说:“估计你在厂长那儿一时半会儿完不了事，我顺便回家看看，现在在路上了，马上就到。”

刘志民翻着菜谱点好了菜并且先结了账，他接受邀请的时候就打定主意，今天的饭钱绝对不能让侯晓东花，这些年了，始终坚持不白吃别人的。

菜还没上，侯晓东就喘着大气进来了，进屋就说:“真不好意思，我请客还来晚了，像不愿意请似的。”说着从怀里拿出一瓶白酒，又说:“头，‘1573’，上次送给你，你又没收，今天咱哥儿俩喝了。”

“别介，还是留着吧，喝这个‘白牛’，保健白酒，经济实惠，真正的口粮酒。”刘志民说着给侯晓东倒了一杯，侯晓东连忙抢过酒瓶也给刘志民倒满。服务员端来了盘炸果仁，这是刘志民最爱吃的，只要是在饭店吃饭这是他必点的一道菜，还就喜欢吃炸得火大的，他说吃着香。刘志民扔嘴里几粒花生米，说：“晓东，来，我敬你。”

侯晓东举起酒杯：“不，主任，我敬你才对。”

喝完一口酒，侯晓东就问：“主任，你还记得你刚来盛宇峰时咱俩打仗的事吗？”

“记得，这才多长时间，那时你太霸道了。”刘志民说。

“也不全是，就是一遇到事脑子就发热，一热就都忘了，看谁都不顺眼。不过从上次那事后我可改了不少，还是你让我改变的。”

“过去的事别总挂在嘴上，再说又不是什么光彩的事。”

“是，我也知道，那都是我挑起的，后来，那回我找人打你，你却替我挨棍子，我一辈子都忘不了你。”

“嗨，都过去了，不提啦。”刘志民轻描淡写地说：“不提了，喝酒。”说着端起酒杯和侯晓东碰了下。

侯晓东说：“主任，这个我敬你，先给你道个歉。”

“道歉，你又对我做了什么？”刘志民很是疑惑但面带微笑地问。

“还记得你刚来时车胎让人给扎了吗？”

“记得。”

“那是我干的，所以我想向你道歉。”侯晓东说得很诚恳。

“好，我接受你的道歉，干了。”刘志民说完便先干了。然后，刘志民倒满又说：“那我也给你道个歉，还记得你扎我车胎的第二天，你的车胎也被人放了气吗？”

“你干的？”没等刘志民问，侯晓东就抢着说。

“对，是我干的，所以今天我也向你道歉。”说着刘志民和侯晓东碰了下杯。

“这回咱俩算是扯平了，谁也不欠谁了，其实咱俩也有相似处，最起码都算是性情中人，你说是吧？”

“或许是吧，也不全是。”刘志民说完感觉说得有点不对，自己怎么会和他相似呢。

侯晓东听刘志民说或许相似，从心里就感觉和他拉近了一点，不由自主地也将自己的椅子向刘志民身边拉了拉，凑近了说：“还有个事，我困惑很久了，想问问你？那天你替我挡棍子你怎么想的，为啥替我挨打？”

“想，来得及想吗？等我想完了你早就让人家打倒了。”刘志民说。

“也是呀，我还总以为你有想法才替我挨打呢。”侯晓东算是解开了自己的心结。

侯晓东又接着问：“那后来想过吗？”

“想啥，都挨完打了还想什么，想还有用吗？”刘志民反问。

“咦，说得对呀。”侯晓东挠了挠头。反问一句：“刘主任，你对我是怎么个评价呢？”

刘志民不假思索地说：“你呀，有潜能，义气第一，走错了，就是江湖人；走对了，是个不错的人才。”

侯晓东听刘志民这样说，心里又多了一种说不出的感觉，他的观察和评价让人感到温暖，可话又说回来了，他要是别有用心谁又能逃得了，不都得让他画进圈里吗？侯晓东觉得自己刚了解了刘志民，突然又不了解了。想到这儿，侯晓东感觉自己就像在下大雾时一个人走在大街上，头撞到电线杆了才发现，他刚才感受到的温暖荡然无存。可侯晓东转念一想，刘志民平时对其他人也是如此，他不会布这样大的局吧，要真是那样，他可太可怕了，而且从他平时对人的态度又让侯晓东放弃了这种想法。这时候，侯晓东的心理是矛盾的，既想刘志民是真的对他好，又担心刘志民是想利用他，可经过百般思索，还是找不出恰当的理由。这又让侯晓东想起年前王浩媳妇难产大出血需要输血时，刘志民无偿捐献的场面，那事可不是能装出来的，那是真实地把自己的血献出去；分自己的奖金，那也是真金白银，到谁的手里谁舍得再拿出来；还有替自己挡的那一棍子，侯晓东五味杂陈的心开始慢慢趋于平静。他又想到刘志民平时有时间就回老家看望母亲，总是带很多礼物回去，接打母亲电话时的语言和表情，母亲去世时他悲伤的样子，那更是装不出来的孝心，从这点可以看出刘志民是个大孝子，一般孝子的人品都不会差。侯晓东终于想通了，打开了自己对刘志民疑惑的心结，他这次是真正认定了这个好大哥，是打心底里佩服和欣赏，在心里发誓以后不会再做为难他的事，只要知道他有为难的事，自己必然会全力以赴冲在前面为他挡子弹。侯晓东心里美，脸上就不自觉地显露了出来，嘴角慢慢地往上翘，最后都快咧到耳朵后面了。刘志民看侯晓东半天没出声，两眼有些发呆，脸色一会儿阴沉，一会儿凝重，一会儿又面露喜色，一会儿又面无表情，现在又从微笑到咧嘴笑，让刘志民心里也产生了疑问。这小子别是又想什么鬼点子了吧，我得提防着点儿，可别上套。想到这儿，刘志民就问侯晓东："哎，你怎么了？看你样子古里古怪的。"

话音刚落，侯晓东便开始大笑出声，不再刻意憋着了，他把这段时间的疑惑、不解、开心、苦闷一下子都从笑声中释放了出来，他笑得是那样洒脱，是那样无邪，是那样无拘无束，就像个天真烂漫的孩子。这下更让刘志民摸不着头脑了："哎，你疯了？还是鬼上身了？"

侯晓东笑得眼泪都流出来了，他用餐巾纸在眼睛上按了按，把眼中含着的泪水擦干，对刘志民说："主任，不，大哥，一直困扰我的心结今天解开了，也明白了。我高兴，能认识你这样的人，真是我的荣幸。从今天开始，咱俩就是最好的朋友，最好的兄弟，我认定你了，以后跟着你了，家里、单位的事我都听你的。"

刘志民听侯晓东的慷慨陈词，开始感觉胳膊、后背起鸡皮疙瘩，浑身不自在，但听着他的语气，看着他的表情，都很认真，不像是演戏，尤其是说完了，脸上那庄严的神情保持了好半天。这真让刘志民感到莫名其妙，一个出了名的"刺猴儿"，怎么说变就变了呢，而且变得如此温顺、正气。俗话说得好，江山易改本性难移，他这三十来年形成的秉性习惯还别说什么遗传因素，一顿饭的时间就变了，让人实在不敢相信。刘志民心里琢磨："这小子猴精猴精的，心里到底什么意思我一时还闹不清楚，必须小心点，别是给我设了个更大的套，让我钻进去就坏了，不死也得扒层皮。即便他说的都是心里话，也得听其言观其行，看后面他怎么做，才能验证他今天的话是真是假。"想到这儿，刘志民端起酒杯说："来，喝酒，别整那些没用的。"

"咦？主任，啥叫没用的，我可是真心的，我侯晓东在社会上混，凭的就是义气，只要我看中的人，我就愿意为他做任何事。你还别不信，一旦你遇到事时，我会为你两肋插刀，到时候你就知道我今天说的话是真是假了。"侯晓东说完一仰脖子干了满杯的酒。

刘志民还没喝，举着酒杯，仔细端详着侯晓东的脸，心想，或许是真的，但愿吧。想到这里，他就有些不好意思地说："刚才我的话是有些不妥当，对不住，你多原谅啊。"随之也干了那杯酒。放下酒杯，刘志民转念又一想，这小子猴精，说话办事一向没准稿子，说变就变，眼前这是酒精在说话，明天酒劲儿过去了，估计他也就忘了今天说的话了。

侯晓东见刘志民干了这杯酒，就又往刘志民身边拉了拉椅子，两个人凑得更近了。侯晓东伸出手，握住刘志民的手说："哥，你相信我，你一定要相信我，我今天可是掏心掏肺了。"

"我信，我信，刚不是都说好几遍了吗？"刘志民笑着点点头。

侯晓东是有酒了，话开始多了起来，和刘志民讲起他的经历，从上小学到初中，后来在街面上混，认识了一帮社会人，还有干过的不光彩的事。最后说到来盛宇峰上班，还有这些年在盛宇峰干过的“光彩事迹”，以及他和廖副厂长的关系，几乎把自己给刘志民交代了个遍。总之一个多小时里，只有他不住口地白话，嘴角都出了白沫。

刘志民感觉面前的侯晓东简直就是个透明人了，他有时点头，有时“嗯”一声，有时就瞪着眼珠傻听，心说，侯晓东今天可是把自己的老底都交代了，看来他是真心和自己交朋友的。但刘志民还是告诫自己跟侯晓东这样的人暂时不能轻易把心掏出来，万一他出尔反尔，就不好收场了。因为，他听说混江湖的人有的心特狠，但嘴却很甜，什么事都做得出，什么话也说得出，从来也不考虑后果，更不怕传出去，有可能这些话和很多人都说过，也有可能他每次喝酒时都会当成自己的表演讲给别人听。管他呢，只要自己不入套，他就没办法，万事要小心，自己让他坑得还不够多吗？想到这儿，刘志民说：“差不多了，少喝点，明天还要上班，今天就先到这儿？”

侯晓东说：“好，听你的，我说话算话，都听你的。”

侯晓东喊来服务员结账，服务员说结完账了。侯晓东问：“谁结的？”

服务员说：“这位大哥结的，点完菜就结了。”

侯晓东说：“把钱退给他，我结账。”

刘志民说：“谁结不一样？结了就行了，咱走了。”

“不行，说好的我请客，怎么成了你结账。”侯晓东说着伸手从衣袋里掏钱，扔给服务员，“拿这钱结账，把我哥那钱还回来，给我哥。”

服务员接钱在手，但没动窝。侯晓东急了，吼一嗓子：“快去结账！”

刘志民抱住侯晓东：“你不是说听我的吗？刚说完，就不听我的话？”

侯晓东赶紧回答：“听，听，听你的。”又喊一声：“服务员，回来。”于是把钱装回口袋，“哥，我还是欠你一顿酒，下次你可得给我个机会。”侯晓东一只手臂搂着刘志民走出了小酒馆。

第四十五章

也是碰巧了，刘志民一喝酒就会遇上厂长找他，这不，他刚回到家，厂长就打电话叫他到厂长办公室。他急急忙忙赶到厂里，直接进了厂长办公室，见厂长正拿着放大镜看图纸，喘气带着酒味儿的刘志民连忙凑到跟前，仔细认真地看起来。厂长瞅瞅刘志民放下放大镜说：“又喝酒了？你身份变了，要注意影响啊。”

“嗨，侯晓东这小子非要请我喝酒，我也是有意借机会把他拉在身边，好让他乖乖地干事，别老出幺蛾子，这也是为了车间的稳定啊。”

厂长抬眼看着刘志民说：“呦嗬，这喝酒也成工作啦，好好好，这回算你这酒喝得有理，咱就不说喝酒的事了，招标会准备得怎样了？有什么困难吗？”

刘志民说：“都在按计划进行，要是说困难的话……”刘志民欲言又止，将半截话咽了下去。

“怎么还学得说一半留一半了，这可不是你的风格呀！”厂长说。

“其实也不算是困难，就是人手不够用，再准确地说就是修配车间那边人手不够用。现在我的主要精力都转移到新项目招标和启动上了，对车间管理有些顾不过来，时间长了我怕把刚捋顺的管理又回到以前。”刘志民向厂长汇报着目前的情况。

“你有什么好的想法？”厂长问。

“我想在车间内部人选中提拔个副主任，我不在时由他代替我管理，这样也好培养后备力量，做好梯队建设。”刘志民说出自己的建议。

厂长说：“你说得不是没有道理，是应该给你配个副手，可是就目前你手下的这几个人，你看谁合适？”

“也就是王师傅和侯晓东两个人具备条件。”

“那谁更合适？”

“开始我认为王师傅合适，后来经过仔细分析，在技术上肯定是没问题，但管理上欠缺全面性和执行力，号召力也不足，组织能力不强，影响凝聚力。我私下也和他探讨过车间管理的话题，从言语中感觉他这个人对于权力没什么欲望，话里话外带着那种‘无官一身轻’的想法，不愿意担责，怕得罪人，怕上下不满意两头受气。有时他还总说，看到我现在的样子，不知当时他犯了什么病还竞争当主任，现在看来没竞争上倒成了好事，他说过，这辈子就指着技术这碗饭了。”

“嗯，那侯晓东你怎么看？”

“侯晓东最近的表现很积极，以前的坏习性基本看不见了，全身充满了正能量，干起活来也总是起带头作用，闲话也听不见了，爱说的毛病还有，不过现在说的都是管理类的话和专业探讨类的。”

“让你一说，这小子不是换了个人吗？”

“差不多吧，这可不是我一个人说的，你可以找车间任何一个员工调查。”

“侯晓东情商还是比较高的，就是以前总犯浑，要真是把猴精的脑子用到管理上，还真有可能是把好手。”厂长也认可刘志民的说法。

刘志民接着说：“你如果同意，我找个机会跟他谈谈，给他做一下职业生涯规划，让他有个目标，也好有个努力奋斗的方向。”

“可以，你找机会先和他聊聊，看看他的反应，先别说和我碰过。”

刘志民从厂长办公室出来，就琢磨怎样和侯晓东谈这事，他想给侯晓东规划一下，要让他知道奔那个方向去努力，怎样才可以迅速提升管理能力。可是自己现在没有时间，还是等招标会结束吧。

第四十六章

招标会定在周五上午召开，刘志民安排采购员老耿向几家供应商发去招标邀请函。招标邀请函发出去很快就有了反应，刘志民正在梳理招标方案，廖副厂长给他打电话来，说找他谈个事。刘志民放下方案想了下："他找我能有什么事呢？我俩分工不同，他分管的事从来没和我商量过，今天这是怎么了？"他突然预感到，肯定是招标的事，估计他是想过问，或者有其他想法。刘志民在心里打定主意，就算廖副厂长有千条妙计，自己也要有一定之规，不能做违背原则、违背良心的事。想好这些，刘志民才敲响了廖副厂长办公室的门。廖副厂长满脸笑容地迎过来，说话的热情让刘志民大感意外："志民坐，这段时间可把你忙坏了。"廖副厂长边说边忙活着茶道。刘志民还是第一次来廖副厂长的办公室，他打量着屋内的布局，这里不像办公的样子，倒像是一个文人雅客聚集的茶社，屋里萦绕着轻松舒缓的音乐，一张红木茶桌与屋内摆设相得益彰，墙上挂满了名人字画。

落座后，廖副厂长从茶桌上一排茶壶中挑选了一只陶瓷的茶壶放到茶海上，用热水烫了下，又从一个精致的陶瓷茶叶罐中取出两茶匙碧螺春放到壶中，熟练地演示着他的茶艺。他又取出一只建盏，这是只束口兔毫盏，黑色釉层中透出均匀细密的丝状筋脉条纹，兔毫边界清晰，疏密有致，形态有三维结晶立体感，外施釉不到底，腹下部釉垂流如泪痕，一看就知道廖副厂长对工夫茶很有研究。他把沏好的茶递给刘志民。刘志民心里对廖副厂长是有戒备的，因为自己曾在股东会上得罪了廖副厂长，他随时防备廖副厂长的报复，但他叮嘱自己，不能表露出来。刘志民很大方地接过茶盏，闻了闻，一股清香钻进他的鼻腔。茶香与音乐是最好搭档，他突然感到一种从来没有的放松，仿佛置身于云雾缭绕的茶树林，看到一股清新的山泉在茶树园边潺潺流淌。“这可是今年刚下来的新碧螺春，味道怎样？”廖副厂长问道。

刘志民用力吸了口气说：“这茶真好，清香袭人啊，我还没喝，就觉得甘甜爽口啦。”

廖副厂长兴致很浓，一边摆弄茶具，一边说：“是吗？喜欢就好，一会儿带一包回去喝。”

“不不不，我可没有这雅好，在你这喝了就行了。”

“和我就别客气啦。”

刘志民站起来，一副要走的样子：“真不是客气，我也没有这些喝茶的工具，想喝了我就来找你喝。还是说正事吧，有什么事说吧？”

“没啥正事，一起工作一年多了咱俩也没单独聊过天，今天正好我不忙，想请你过来喝杯茶。”

“要只是喝茶，我就不坐了，茶也喝了，话也说了，主要是车间里还有事等我去处理。”

“别急，别急，再喝几杯。”廖副厂长把刘志民按在椅子上，又给他倒了一杯。

刘志民总觉得廖副厂长好像有话想说，肯定不只是为了请他过来喝茶。

结果还真被他猜中了，见刘志民有些焦躁，廖副厂长用力闭一下眼，把身子往刘志民身旁靠了靠：“不喜欢喝茶，那咱喝酒，今晚你安排下时间，下班坐我的车，咱俩一起走。”

刘志民想，嘿，这才刚开始，喝茶、吃饭，后面应该就要说事了，他想拒绝。就在这时，廖副厂长拍拍他的肩膀：“你可别说忙啊，事多啊，没空呀，别不给我面子。”

这句话还真把刘志民的嘴堵上了，他不知道该怎样回答了。转念一想，本来两个人关系就很不好，要是再不答应他，显得自己太小气，不给他面子，他恐怕会想得更多，以后在一起工作也会影响氛围，不如趁这个机会把关系搞融洽些。可又一个想法跳出来提醒了他，还得提防鸿门宴，可别和上次侯晓东安排的局一样。

就在刘志民瞎琢磨时，廖副厂长又说：“难不成这点儿面子也不给？还是觉得咱俩之间情分还差得远？”廖副厂长这话更厉害，就像下象棋将军一样把刘志民给将在那儿了。刘志民没法拒绝了，连忙说：“不是，不是，就是最近工作有点儿忙，我这心思都在新设备的采购上。”

刘志民这话一出口，正中廖副厂长下怀，笑着摆摆手：“嗨，不就这点儿事吗？回头我帮你介绍几家，多找几家招个标不就解决了吗？那就说定了，今晚痛快喝两杯，下班咱俩一起走。”

刘志民只好点头答应，但总感觉这顿晚宴不会轻松，心中生出一种不祥的预感。回到车间后，他捋了捋招标程序，看是否存在不完善的地方。然后，安排侯晓东去准备，又让老耿把招标会现场情况模拟了下，感觉没有什么漏洞了。但是他还不敢轻易下结论，因为这个项目投资太大，超千万元的项目他还是第一次接触，并且是他主导完成，他不敢有半点马虎，脑子里有根弦绷得紧紧的，那就是必须确保不出任何差错。他竭力让自己的心平静下来，就在办公室里踱来踱去，脑海里闪现着招标会的情景。这时，“哒哒、哒哒”一连串的高跟鞋声传来，他知道，这是柳莎莎的脚步声。就在他伸手开门的时候，柳莎莎已经抢先推开了门。刘志民赶紧伸出手，做出里面请的手势，然后端过一杯茶水送过去。柳莎莎不紧不慢地走到沙发前，吹了吹沙发上的尘土，接过茶杯，一边坐下一边问：“多少天没收拾啦？看这好厚的尘土，得配秘书了，嘻嘻嘻。”柳莎莎开玩笑的话让刘志民的脸红了，是啊，这些天心思都在工作上，根本没打扫，办公室真是邋遢了。

柳莎莎又说：“不过这也是很好的例子，说明你不会做表面文章。”

刘志民咧咧嘴，笑了：“你的嘴真厉害，好话孬话从你嘴里出来，都那么好听顺耳。说吧，今天想找什么新闻点？”

柳莎莎拿出笔记本，抿嘴一乐：“看来你对我来盛宇峰都敏感啦，这很好嘛。今天主要是采访你，听说这次招标会很隆重，是集团近几年投资最大的项目，也是你兼任改革小组组长以来承担的最大投资项目，跟我说说有什么压力，有什么问题，有什么预期？”

柳莎莎一连串的提问，让刘志民感觉眼花缭乱：“你说的三个问题，其实是互相关联的。这个项目投资不小，我第一次负这么大的责，压力确实很大。本来我就是个追求完美的人，拒绝一切失误，在盛宇峰工作就天天如履薄冰，最大的问题就是不出问题，最大的预期就是完美。”

柳莎莎鼓起掌来：“哎哟喂，刘主任，可不简单啊，你看看，这话说得太冠冕堂皇了，为你点赞！”说着，就竖起两个大拇指，就像举起两个大红点，因为手指甲上涂的指甲油太亮了。

刘志民有些不好意思地搓搓手，喝口水说：“柳大记者，你脑子好用，心眼活泛，见多识广，麻烦你用你那独特的、善于发现问题的眼睛帮我看看还有哪些不足，需要注意哪个环节。”刘志民风趣地说着，把方案拿给柳莎莎。

柳莎莎接过去，一页都没翻，目光在刘志民脸上来回打量：“你拿我开涮，对不对？我不懂管理更不懂技术，怎么给你建议？”

“但是你的眼睛如刀似剑，可以敏锐地发现问题。”

“我能敏锐察觉的只是一些技术之外的事情。”说完，柳莎莎发出一串“咯咯”的笑声，这声音如银铃般清脆，在屋子里扩散开来，让刘志民感到心情舒畅。

刘志民说：“对了，跟你说啊，今天有个不正常的事，廖副厂长今天约我一起吃饭，可又不能拒绝，你帮我分析分析吉凶如何？”

柳莎莎停止了笑声，一本正经地说：“估计是鸿门宴，你别去，他那人素质不高，但邪心眼儿不少，又与你素来不和，总想法子整你，再说平日里没有几个人可以入他的眼，总是一副高高在上的样子，怎么会突然低头向你示好。”柳莎莎给廖副厂长的定义很准、很到位。

“是的，我也这样想。”刘志民附和着说。

“知道是鸿门宴你还要去？”

“如果不去就更解不开这个疙瘩了。”

“那你让侯晓东陪你去，那小子猴精，比你活泛多了。他现在又是你的小迷弟，廖副厂长又是他舅舅，关键时候会帮你说话的。”

听了柳莎莎的话，刘志民心想：“还真是，侯晓东确实比我活泛多了，让侯晓东去正好以毒攻毒。”他心里这么想，嘴上却说：“还是不用了，也没有想象的那么可怕吧，最多也就是喝他个烂醉如泥罢了。”

就在这时，刘志民的手机响了：“说曹操，曹操到。”刘志民举起电话在柳莎莎面前一晃。

柳莎莎说："接呗。"

"喂，廖副厂长你好。"刘志民接通了电话。

"志民你现在过来吧，我在车上等你。"廖副厂长的口气很和蔼。

"好，我这就过去。"刘志民挂断电话，停顿了几秒，瞅着柳莎莎说："柳大记者，今天不能陪你了，我得去赴鸿门宴了。"刘志民打趣地说。

柳莎莎回："锻炼锻炼你的胆识和谋略，更要小心你的胃，别把肠子喝吐出来。"

刘志民哪里知道，这一去将成为他一生的遗憾，差点儿被弄个妻离子散，锒铛入狱。

第四十七章

刘志民上车后，就听廖副厂长说："志民，今天带你去个你没去过的地方，让你见见世面。"

刘志民听着这话不大顺耳，还叫我见见世面，我是没去过什么大饭店，也没必要说出来挖苦我吧？但是他又想，廖副厂长就是这种人，干什么事都要高人一等，哪怕比实际距离多出多少倍，也要夸张，显得他不是一般人。他知道自己在盛宇峰没有说话的资格，因为他是纯外行，但他也要做出一种自认为很深沉的样子，让人难以捉摸，说白了就是自大。刘志民想到这儿，便随声附和一句："我没吃过、没见过、没去过的地方多了，咱就随便找个地方简单吃点就行，路边店也很好。"

廖副厂长说："瞧你说的，我能带你去路边店吗？那也太寒碜了，是不是瞧不起我啊？讲享受，我可比你有经验，你就等着瞧好吧，绝对让你看看新鲜景。"

"没必要，就咱俩人，太高档的地方也不合适。"刘志民还真不想去什么高档饭店，拘束，在路边店吃感觉最好，随意。

廖副厂长说：“志民，你喜欢莫扎特的哪首曲子？”刘志民被他这突如其来的问话，弄得一时摸不着头脑，他怎么会突然冒出这么一句话，这都哪儿跟哪儿，他这思路切换得有点儿快，像收音机的调台按钮，随时从一个波段调到另一个波段。再说，他什么文化底子，大家又不是不清楚，初中都没上完就跟着他爹赶大车拉苇子去了，要不是他表哥帮他，现在还不知道干什么了，有了钱就会享受，难道也提升了素质？就说：“我哪懂什么莫扎特什么的，我小时候倒是在农村看过弹棉花的。”

刘志民这回答也是绝了，既回答了问题，又不失礼貌地怼了廖副厂长一下。

廖副厂长笑了笑说：“你真逗。”

汽车停到县城最大的酒店门口，这让刘志民真有些意外，就知道要去高档饭店，但这家酒店却没在他想的范围内。这可是全县城唯一的一家四星级酒店，餐饮、娱乐、休闲、住宿一体化，以前只是在这儿路过，从来没机会进去，在这儿吃顿饭得花多少钱。廖副厂长停好车说：“走，下车吧。”

刘志民说：“咱还是换个地方吧，没必要在这儿吃，都不是外人。”

“没事儿，不是咱花钱，你就跟我走吧。”廖副厂长左手握住刘志民的左手，右手搂在他的右肩膀上，显得格外亲热，说笑着走进酒店。廖副厂长的这一搂抱动作让刘志民感觉就是被绑架一样，让他特别别扭，又不好意思推开他的手，就这样稀里糊涂地跟着进了酒店。大厅两侧分别站着两排女服务员，身穿整洁的制服，戴着整齐的帽子，举止优雅，看到有客人进来就微笑着齐声喊道“欢迎光临”，就像空姐似的。随后就有位带班的美女走过来热情地打招呼：“廖总您来了，今天定的是哪个包间？”

刘志民看到服务员和廖副厂长很熟的样子，就知道他平时没少来这里。刘志民看了看自己的穿着和这个环境有些不搭，鞋上还有在车间里面踩的油渍，下意识地将脚步放慢，让她们众星捧月般地拥在廖副厂长身后。就听廖副厂长说：“888号包间。”

随后领班的服务员就在前面带路，指引着走进包间。进入包间后，更让刘志民惊讶，地上铺着绒毛地毯，踩上去软软的，屋里摆设是全套红木桌椅，具体什么红木，刘志民不认识，只觉得手感圆润，刻工精美，用手一提没能提动，他就知道这套椅子和餐桌价格不菲了。墙壁上挂着一幅字画，应该是名人的，刘志民对这些不懂，就感觉应该会很珍贵。廖副厂长直接坐到了正位上，喊刘志民坐在他身边。刘志民看就两个人，就说：“廖副厂长咱换个地方吧，两个人坐这样大的一张桌子怎么吃呀？”

“你先坐住了，还有别人，他们马上就到。”廖副厂长话音未落，就见包间门一开，服务员做个请的姿势，嘴里说着，“先生，您里面请。”刘志民向门口看去，是位身着西装的男子，留着板寸的胖子，脖子上戴着大金链子，进门就冲着廖副厂长说：“廖总不好意思，我来晚了，一会儿我先自罚一杯。”

廖副厂长说：“自罚那是跑不掉的，我先给你介绍下，这位是我们厂修配车间的刘主任。”他特意把刘主任用了重音，“负责采购和修配车间工作。”接着又对刘志民说：“志民，这位是做设备的毛总，他们公司在这个行业里也做了十几年，是一家很不错的企业。”

“刘主任好，我叫毛小宝，家族大排行第六，大伙都叫我毛老六，叫我小宝也行，以后还请您多多关照。”

毛小宝、毛老六，这个名字不是侯晓东和自己提过的发小吗？他这又搭上姓廖的大船了，怪不得这几天侯晓东没再提这事儿呢。刘志民知道了他的底细，礼貌性地客气了几句就坐下了。刚上了两个菜，毛小宝就站起来走到廖副厂长面前说：“很长时间没见面了，今天有机会坐在一起我得好好地敬杯酒，祝廖副厂长生意兴隆，财源广进。”说完俩人碰了下杯，又说：“我先干为敬。”一下就把满杯的酒倒进口里。廖副厂长也爽快地一饮而尽。毛小宝又斟满一杯酒来到刘志民面前举起酒杯：“刘主任，咱们第一次见面，我就感觉和你很投缘，为了这个缘分我敬您，祝刘主任官运亨通，心想事成，我先干为敬。”话到酒干，毛小宝又是一仰脖子满杯酒倒进肚子里去了。刘志民显得有些局促，这大杯酒一口干是他的短板，他擅长喝慢酒，照这样两杯酒就得醉了。就在他端着酒杯犹豫时，毛小宝说：“刘总，请您干了这杯，也算是咱们喝的认识酒。”

廖副厂长也站起来说：“志民，喝了，没外人，都是自家兄弟，老六也是敬佩你的为人。”刘志民在两个人的劝说下只能干了这满杯白酒。毛小宝连忙鼓掌，又竖起大拇指说：“刘主任爽快，够意思。”见服务员进来上菜。毛小宝说：“一起上俩菜，还真不多见。”

服务员说：“好事成双嘛。”

毛小宝大笑几声：“啊，对对对，好事成双，刘主任，刚才我敬您一杯，这次我再敬您一杯，也来个好事成双，祝刘总身体健康，快乐每一天。”说完一口又干了满杯酒。刘志民一看这阵势要坏，自己什么酒量自己最清楚，这杯酒再喝下去就晕了，他把酒杯停留在嘴唇边，眉头紧皱。

毛小宝说：“刘主任，您要是不干就不健康、不快乐了，咱这可是好事成双的酒，您就给个面子吧。”酒场上就怕人拿奉承的话挤兑，刘志民真被逼得没有了办法，心说：“喝就喝，我喝吐了他们就不让我喝了，也就达到他们的目的了。”想到这儿，一张嘴直接倒进了嘴里，闭着眼，痛苦地咽了下去。廖副厂长赶紧给刘志民夹菜：“来来来，快吃口菜，酒喝得有点快。毛总啊，咱说会儿话，慢慢喝。”

聊了几句后，毛小宝再次端着酒杯站到刘志民面前说：“刘主任，我再敬您杯酒，我觉得您就是最讲义气的那种人，我敬您。”一口就又干了满杯酒。这酒喝得太快，刘志民的脑子有些迟钝和麻木了。但他想起自己对这酒局的判断和柳莎莎的叮嘱，他得拒绝毛小宝。可是毛小宝央求着让刘志民干，刘志民知道这杯酒再干了，自己恐怕就站不起来了，只好说软话：“我不行了，我投降了。”

毛小宝见刘志民摆起肉头阵，就说：“刘主任，我给您跪下了，求您干了这杯酒。”

刘志民哪见过这阵势，赶紧起身用手搀扶毛小宝："别，别这样，我喝，我喝。"说完，一张嘴又直接倒了进去。这杯酒下肚了，刘志民就觉得天旋地转，身体失去平衡，两脚拌蒜，差点儿摔倒。坐在他身边的廖副厂长顺势扶了一下说："志民你喝得太快了，慢点儿喝。"

刘志民坐下后，感觉一股子抑制不住的液体从胃里往外反，他神志还清楚，就想去卫生间吐出来。可是廖副厂长攥着他的手一直说个不停，还不时地推一把，拉一把，摇晃身子，他肚子里更是翻江倒海一般。他知道姓廖的这样会让自己更加眩晕，但又不好意思直说，只好憋着气，尽力往下压，就怕一张嘴来个现场直播，那就太丢人了。毛小宝给刘志民递过一杯水说："刘主任，喝点儿水压压，一会儿就没事了。"几口白开水喝下后，刘志民闭了闭眼，感觉心里稳当了些，擦了擦额头的汗说："这酒真是好酒，要是平常的酒我早完蛋了。"

廖副厂长见刘志民缓了过来，就说："志民，咱俩还没喝酒了，我敬你一杯，以前的不愉快从此一笔勾销。"这话让刘志民再次印证了当初的判断，更对柳莎莎的叮嘱感到一种温暖。他抬眼看看廖副厂长，见他正举着酒杯，等着自己碰杯呢。他就在心里快速地问自己："你今天来的目的是什么？不就是想借机化解矛盾吗？喝了这杯酒，说不定以前的不愉快真就烟消云散了呢。再说，今天是廖副厂长请自己来的，当着毛小宝不给廖面子，也说不过去。"于是，他举起酒杯在廖副厂长酒杯的下面轻轻一碰，说："好，这杯酒我必须干，从此咱俩就是一个人。"

这句话刘志民都不知道是怎样说出来的，说完也不记得了，他醉了，真的醉了，就见他晃晃悠悠地站起来给廖副厂长倒满酒，给自己也倒满，身子左右摇摆着，端起酒杯说：“廖副厂长，以前我所有的不对，你多担待，都怨我，我在这儿给你道歉了，我自罚一杯。”又是一杯直接倒进嘴里，干完后再次给自己斟满，举起杯说：“廖副厂长，这杯酒我敬你，希望以后在工作上你多支持我。”一张嘴又是直接倒了进去。这杯酒喝下后，刘志民直接坐到椅子上，说是坐到椅子上，不如说是瘫倒在椅子上，他就觉得眼前一黑，脑袋发沉，头一低就像是死去一样，一些黏糊糊的液体从嘴角流出来。此刻的刘志民，除了还有呼吸就没有了知觉。廖副厂长见刘志民已经醉得不省人事，就对毛小宝说：“今天就到这儿吧，刘主任喝多了，你给他找个休息的地方，醒醒酒，我找代驾先回去了。”

“好吧，廖总放心，一切由我来安排。”

廖副厂长头也没回地踉跄着走出了包间，毛小宝掏出手机打了个电话，电话另一头说：“你先回去吧，一会儿我安排人在楼上开个房间，把他搀到楼上，你先回去休息吧。”就见毛小宝点头哈腰地一直说：“是，是，好的，那我先回去休息。”放下电话，毛小宝扶着墙走出包间。

包间里现在只剩下刘志民一个人，他已经醉成一摊烂泥。

这时从外面进来一个胖男人，他走到刘志民面前说：“刘主任醒醒，回家了。”见刘志民没有反应，就用手推了推，还是没有反应，自言自语地说：“刘志民呀刘志民，你小子还是栽在我手里了。”他挎住刘志民的胳膊，搀着他走出包间，上电梯来到一间提前准备好的房间，把他扔到床上，打了个电话说：“到609房间来。”挂断电话后，他对着刘志民的脸啐了口唾沫：“就你这两下子还跟我斗，这回我非得整死你，看你还敢不听我的话。”有人敲门，进来的是一个穿着很时髦的女人。胖男人对女人说：“帮我把他衣服脱了。”两个人将刘志民上衣扒了个精光。胖男人又说：“你也把上衣脱了，只剩内衣和他躺在一起。”

女人说：“我才不干呢，多脏呀，看着就恶心。”

男人说：“宝贝，你将就下吧，事成后我就给你换辆车。”

“看在换车的份儿上，我就答应你，你说话可要算数。”女人妖里妖气地说。

“算数，这事要成了，我会赚一大笔钱，换辆车算什么。”男人猥琐地说，说完，脸上露出一种不自然的狞笑。

女人按照胖男人的指挥，脱得只剩内衣和刘志民躺在一起。胖男人掏出手机，咔嚓一声，一张照片储存在手机中。男人让女人变换着姿势，手机随着姿势的变换不停地拍照。女人有些不耐烦了，说：“行了吧，要照多少才算完，恶心死我了，我都快吐啦。”男人说：“再照一张，高兴点。”

终于拍完了，女人穿好衣服站起来说：“别忘了你的承诺，明天就去看车”

胖男人说：“好，好，明天咱就去，我的乖宝贝，你可立了一件大功。”说着，女人搂着胖男人的脖子，胖男人搂着女人纤细的腰，走出了房间。

第四十八章

刘志民昏昏沉沉的，不知道什么时候醒的，当他睁开眼，眼前一片漆黑，头疼得快要裂开，他闭上眼睛又昏睡过去。当他再次睁开眼睛时已经是上午九点钟了，他这才发现没在自己家中，这是哪里，他不知道，看屋里的装修是酒店。他坐起来看到自己上身赤裸着，下面的裤子、袜子都还在，他想起来了是昨天喝醉了，肯定是廖副厂长给自己开的房间。他心想，廖副厂长这次还真够意思，没把自己扔到街上，还给自己安排得挺好，看来他也不是不可接近的人，以后要和他好好相处，有可能成为好朋友。刘志民拉开窗帘，刺眼的阳光直射到屋里，他才意识到上班晚了，简单的洗漱后，穿好衣服跑到前台，说："服务员，结账。"

"先生您好，已经结账了。"服务员说。

"谁结的?"刘志民问。

"不清楚，我刚接班，是昨天入住时就结过了。"服务员说。

那就没错了，肯定是廖副厂长结的，刘志民坚定地相信自己的猜测，急匆匆地走出酒店，跳上一辆出租车说：“去盛宇峰公司。”

刘志民刚进车间，手机就响了，他看是陌生号就没有接，可是电话一直响，无奈之下只好接通，里面传出的声音有些耳熟：“是刘主任吗？昨天休息得还好吗？”

刘志民问：“你是谁，我怎么没听出来。”

“你真是贵人多忘事，我是老宋呀。”

刘志民这才反应过来，难怪这声音这样耳熟，他问老宋有什么事，老宋说：“见面聊聊。”

刘志民说：“我正忙着，等有时间我打给你。”

老宋说：“只要你敢挂断电话，我就给你一份惊喜，让你后悔都来不及。”

这话很刺耳，让刘志民听着别扭，分明是话里有话，刘志民说：“你还敢威胁我。”

“威胁倒谈不上，就是想和你聊聊。”

“聊什么？”

“聊聊你昨晚在酒店休息得如何。”

“我休息得如何和你有什么关系，你还是省省心吧。”

“想不想知道你昨天喝醉了在房间里干了些什么事？”老宋一肚子坏水地说。

刘志民隔着电话就能想象到老宋猥琐的表情，让他感到厌恶，想了想没必要得罪他，就说：“我真的很忙，要不你下班过来找我？”

“我可等不及，万一我手一动，按错了键，把一些不该让别人看到的东西发出去，那就坏了，顺便给你透露下，你身上比你的脸白多了。”说完还不忘呵呵地笑了几声。刘志民意识到危险在靠近，因为早晨他醒后发现自己上身赤裸，身上还带有轻微的香水味道，是女人用的那种味道。当时他认为是房间被褥的味道就没太在意，现在老宋说这种话肯定是掌握了自己什么东西，他不敢再往下想，因为越想越可怕，突然打了个寒战，让他觉得办公室里就像是地窖一样寒冷。他的声音有些颤抖地说：“你到底什么意思，就直接说吧。”

“没什么意思，就是想和你谈谈昨晚你的表现。”老宋说完还发出了“啧啧啧”的声音。

刘志民听着这声音感到厌恶，想大声地吼他几句，可还是压制住了冲动，平复了下心情说：“我有什么表现，不就是喝醉了吗？谁没喝醉过，这些有什么好聊的。”

“聊你喝醉后在609号房间里发生的故事，你想听吗？还有些东西也给你看看。”老宋猥琐的语气里带着威胁。

刘志民彻底崩溃了，他大声吼道：“你去我房间了？你到底对我做了些什么？”

“想知道吗，咱们见面我讲给你听。”老宋的声音里包含着恐怖和威吓。

刘志民听后感觉那股寒意已经从脊梁骨冲到后脑，就说：“听你的，去哪里？”刘志民像泄了气皮球，没有了刚才的威风，似乎带着些怯弱的声音。这声音出卖了刘志民的担忧，很快就被老宋捕捉到了，老宋更加豪横起来说：“刘志民，我给你留点面子，不去你单位说了，就去河边的秋江月茶楼吧，那里清静，好说事。”

“好，现在我就过去。”刘志民像丢了魂似的，没和任何人说，一个人来到了秋江月茶楼。

茶楼门口对着河边，一排梧桐树上几只欢快的山喜鹊喳喳地叫个不停，自由地在枝头跳跃，河边几个人悠闲地钓着鱼，是个很不错的清静地儿。老宋比他来得早些，已经要了壶上好的龙井，一个人独自品着，看见刘志民进来，招呼他坐下。刘志民开门见山地说：“有什么事快说，说完我还得赶紧回去，厂里好多事等着我呢。”

“这可是上好的龙井，真正的明前茶，你不喝可就亏大了，不要怕花钱，这客我请了。”老宋不紧不慢地说着。刘志民无奈地坐下，老宋给刘志民倒上茶：“听说你们厂要上新设备，有这事吗？”

“有。”

“我想拿下这个合同，你看怎么样？”

“只要你能在竞标中获胜就没问题。”

“我要是有那把握还用找你。”

“我也没办法，招标是公开的，谁性价比高我们就选谁。”

“别着急，你有办法，好好想想。”

“我想不出来，想中标就得走正规程序，要没别的事我就先回去了。”刘志民站起身就要走。

老宋说："刚才说的只是热身，正题还没说呢，来，给你看样东西。"说完，老宋把一个信封扔到刘志民面前。刘志民犹豫了下，才缓慢地拿起信封，用手一摸是照片，他抽出一张，惊讶得脸色发白，全身无力，嘴唇颤抖着说："你，你，你从哪里弄来的？这是陷阱加污蔑！"

"你说什么？陷阱加污蔑？谁拿枪逼着你去的吗？你自己的行为，还把脏水往别人上泼吗？你也不是那种人啊。"老宋的声音不太高，但很重，近乎低声吼叫，再不是以前送货时的懦弱样子了。他站起来，对着刘志民吼道："敢做不敢当，还算男人吗？干的时候只知道美了，现在害怕了，晚了。"

刘志民哪受过这气，刚才被这突如其来的照片吓傻了，让老宋这一吼倒清醒了许多，他一把抓住老宋的衣领子说："老宋，你给我说清，这些照片是怎么回事，说不清，我今天弄死你。"

老宋就是那种典型的怂包，你强他就弱，你弱他就强，见刘志民真有鱼死网破的架势，赶紧说："你放手，不然我可对你不客气了，看到外面的车了吗？我的人就在车上，我一个招呼就都进来了。"

刘志民朝窗外望望，他的车上还真有几个人影在晃动。刘志民说："等不到他们进来，我就可以弄死你，快告诉我这到底是怎么回事？"

老宋在刘志民的威逼下只好放低声音说："你先放开我，这样我也喘不过来气呀，你坐下，我跟你细说。"

刘志民松开手，老宋先坐下，就在刘志民正要坐下时，老宋一蹿从屋里跳到了楼道里，迅速地跑到外面，出门就大声喊道：“弟兄们都过来，这小子还够狂。”

车里的人闻声都跳出车，迎着老宋跑了过去。刘志民看到老宋往楼道里蹿就知道他想跑，他也从椅子上蹿了起来，顺手一抓，只是扫了下衣服，没能抓住，紧跟着就追到了茶楼门口，正巧遇到老宋带着几个人返回。刘志民就像疯了似的，不管对方有多少人，他直接冲到人群中和他们厮打到一起，怎奈对方人多，他很快就落了下风，可老宋等人是越打越猛，没有停手的意思。老宋嘴里还喊着：“今天就废了你，看看你有什么本事。”刘志民挨了几拳也有些冷静下来，知道自己占不了便宜，得赶紧跑才是上策，不然白挨打。想到这儿，他拼了命地冲向老宋，不管别人怎样打他，对准老宋就是一连串的组合拳，打得老宋抱头向后躲。刘志民趁这个当口儿抬腿就跑，老宋这帮人谁也没料到刘志民会跑，都以为他今天非得打个鱼死网破。刘志民跑到茶楼的另一面，这面就是大街了，街上车来车往，川流不息，老宋等人也没有追过来，因为这里人太多了。

第四十九章

刘志民回到厂里，像丢了魂似的，万万没想到一场酒，给他惹来这么大的麻烦，让他对廖副厂长那点儿刚刚冒出来的好感一下子彻底消散。他什么心思也没有了，一会儿坐下，一会儿又站起来，一会儿又到车间转转，两眼无神，精神恍惚。侯晓东喊他，他也没听见，直接又回到办公室。侯晓东见他魂不守舍的样子，就跟了进去问：“刘主任，你今天怎么了，一副失魂落魄的样子，要是有事就和我说说，看看我能帮上忙吗？”

刘志民说：“没事，昨晚没睡好，你忙去吧。”

侯晓东当然不相信刘志民的话，但也不好再追问，只好默默地走开了。侯晓东走后，刘志民心想，这可怎么向李霞交代，她虽然是个通情达理的人，但是面对这方面的事她能冷静面对吗？要是她不相信自己，还不得闹得鸡犬不宁，闹不好就得离婚。他又想，这事如果让儿子知道了会怎样看他这个爸爸，这么多年来，自己在儿子心中那可是偶像级别的存在，他能接受眼前这个情况吗？会不会也跟别人一样，把自己想成披着羊皮的狼。他又想到厂长知道了会怎样，他俩的关系会不会因这事从此掰了。他想到柳莎莎，又拿什么脸面见她呢？是呀，有谁愿意采访一个这样的人呢？他又想到集团公司领导对此事的看法。刘志民的脑子里乱成了一团麻，理也理不清，越想头越疼，仿佛像一颗炸弹随时都会爆炸似的，他起身想出去走走，想到厂子外面找个没有人的地方走走，不想被人看到他现在的样子。打开门，刚要走，就见柳莎莎来了。还没等柳莎莎开口，刘志民就抢先说了话："来怎么也不提前打个招呼，想吓死人呀。"刘志民阴沉着脸说。

柳莎莎还是以前的样子，先笑后说话："你做了什么见不得人的事了，还吓死人了。"说完又是一连串的笑声，这要放在平时再正常不过了，这也是大家喜欢和她在一起的原因之一。柳莎莎的性格和甜美的笑声总能给别人带来快乐，但是放在今天对刘志民可是致命的一击。他正身受陷害，陷害的内容就是见不得人的事，正巧被她开玩笑的话说中。于是，刘志民心跳加速，脸涨得通红，他想大吼几声，可又能有什么用，只能引来别人的笑话。他没吭声，侧过身子从门口挤了出去，头也不回地大步走了出去。柳莎莎在后面喊："刘主任，刘主任，我还有正事没说呢，你等等。"但他已经出了车间大门，再怎么喊，他也不会听见了。

侯晓东看见柳莎莎来了就走过去打招呼："柳大记者来了。"

柳莎莎说："侯师傅，今天你们刘主任是怎么回事呢？阴着个脸，很不对劲呀。"

“是呢，问他还不说实话。”

“他跟你怎么说？”

“他只说昨晚没睡好，别的没提。”

“你知道他昨天干什么去了吗？”

“不知道呀，昨天我们一天都在一起，到点儿下的班，没什么不正常的。”

“他昨天被廖副厂长叫去喝酒了，去之前他和我说了很多，很担心会出意外，我当时还建议让他带你一起去呢。”

“我要是跟去就不会出事了，你知道还有谁一起参加的吗？”

“不知道，他就说了廖副厂长一个人，应该他也不知道还会有谁。”

侯晓东听柳莎莎这样说，也猜了个八九不离十，这里面肯定有事。想到这儿，他对柳莎莎说：“大记者，你先回去等我消息，我先摸摸，有消息我通知你。”

柳莎莎走后，侯晓东就去找廖副厂长，到了廖副厂长办公室门前，咣咣咣地敲了几下门，听到里面让他进去，他推门走了进去。廖副厂长看是侯晓东进来，脸上没有一丝笑容，口气也很冷：“你想把门砸散了，说你多少次也记不住。”

“是，舅，我敲门声音是大了点，下次我改。”侯晓东在他舅面前很是规矩。

“你找我有什么事？”廖副厂长说着转身去欣赏鱼缸里正悠然自得的鱼。

“没什么大事，想知道昨天您和谁一起吃饭了。”侯晓东试探着问。

“我和谁吃饭关你屁事，你还监督起我来了，是不是想造反?”廖副厂长势不可当地回复着，因为他就是这性格，和谁都这样，再有就是他到现在还不知道刘志民醉酒后发生的事。

“不是，那个……今天……”侯晓东结结巴巴半天也没说清一句话。

廖副厂长说:“你要没事就赶快回去干活儿，别在我这儿赖着。”

“有事儿。”

“有事儿快说，过会儿我这儿有客户来。”

侯晓东揉了揉鼻子说:“舅啊，我看刘志民今天不对劲，魂不守舍的，不知道出了什么事。听说他昨天和您在一起，所以我过来问问情况。”

“就这点儿小事还跑我这儿来问，我天天在外面喝酒，这类事见多了，有个一两天就缓过来了，他昨天也是喝得太快了。”廖副厂长平淡地说。

“就只是喝醉了，没出其他事吧?”侯晓东追问着。

“能出什么事，你想让他出什么事? 行了，快回去干活儿吧。”

“舅，还有谁和您一起喝的酒。”

“还有你那发小，毛老六，不到一小时我们仨喝了三瓶，喝得我也是有些头晕出虚汗，不过还行，都告诉你了，赶紧走吧。”廖副厂长不耐烦地往外撵他。

侯晓东出了舅舅的办公室就拨通了毛小宝的电话，电话刚接通，侯晓东就骂道："毛老六，你小子不仗义，说让我帮你问招标的事，你怎么又去找我舅，我本来就不想管你这破事，要不是看咱俩是从小一起玩到大，我才不管你呢。你找我舅我也不在乎，正好我省心，你为什么不告诉我？"侯晓东连珠炮似的问话让毛小宝没有回话的余地，只好等他把该说的话都说完，毛小宝才回答："哥，这是我老板联系的，我只负责陪酒。"

"你老板，你不是说你就是老板吗？"

"我那是跟你吹牛，我老板说，对外我就是老板，不能把他露出来。"毛小宝神神秘秘地说。

侯晓东多猴精，一听这里面就问题，又追着问："你老板是谁？"

"哥，你问这个干什么？和你又没关系。"

"我就是想问问。"侯晓东一想直接问他肯定不说，就没再接着问。

毛小宝说："要没其他事我先挂了，我这儿还一堆事没处理完呢。"

"行，挂吧。"挂断电话，侯晓东琢磨着怎样让毛小宝说实话，他知道毛小宝的软肋，一个是女人，另一个是酒，两杯酒下肚，不用问自然说，只要你想听，可以说一宿。有次几个哥们儿在饭馆喝酒，喝到最后就剩他一个人了，他就跟饭店老板聊，一直聊到半夜。老板实在熬不住了，跟他说："哥，咱明天再聊吧，下次你来我给你赠俩菜行吧。"好说歹说才把他弄走。

他想好了对策，就等下班约毛小宝喝酒，到时让他说个清楚。侯晓东大概摸清了事情的脉络，可万万让他想不到的是，这仅仅是开始，大戏还在后面。

柳莎莎给刘志民打了一上午电话都是无人接听，下午再打就是关机，让她感觉要出大事了。她又给侯晓东打电话，侯晓东说："他上午走了就没回来，我也联系不上，还想问问你知不知道他的下落呢。"侯晓东把和毛小宝的通话内容和柳莎莎讲了一遍，柳莎莎赞成侯晓东今晚约毛小宝问个清楚，很有可能问题就出在毛小宝身上，就算不是，他也应该知道些消息。柳莎莎让侯晓东一有消息就通知她，说完挂断了电话。

下班时间到了，侯晓东再次拨通毛小宝的电话，说："我下班了，你要是没事，咱俩喝口？"

毛小宝只要听见酒就高兴得屁颠儿屁颠儿的，只要有人请客，那是必到，他说："好，咱们老地方见。"

"六点钟准时到。"侯晓东挂断电话，琢磨一会儿见面怎么问，怎么说话才能让毛小宝没有防备，只要开了头就不用问了，他自己会像竹筒倒豆子一样，都说出来的。

老地方是车站后街的一家东北骨头馆，这家店不算大，干了有十几年的样子，平时的客流量很大。侯晓东提前到了，为的就是占个桌，晚了指定没桌。他们都和老板挺熟，老板就是那位让毛小宝聊得赠了两个菜才回家的人。老板看见侯晓东来了，就恭维着打招呼："侯领导今天几位？"对侯晓东的这种称呼是老板做餐饮多年总结的经验，也可以说是职业病，凡是来吃饭的都叫老板或老总，客人们还都挺受用。侯晓东说：“就我和六子，有个地儿就行。”

“好嘞，就坐5号桌吧，我也好和你聊两句。”饭店老板说着把餐具拿来摆好。5号桌紧挨着吧台，老板没事的时候就在吧台坐着。侯晓东先把菜点好，掏出手机刷着抖音等毛小宝。时间不长，毛小宝就来了，进屋看到侯晓东先到了就说：“东哥早来了。”

“请客的不都是早到吗，我点完菜了，坐吧。”侯晓东说着指了下对面的座位。

“哥，咱今天喝这酒，你看怎么样？”毛小宝把手提袋在侯晓东面前晃晃。

侯晓东一看是“五粮液”，就说：“怎么不过了，喝完这顿就没下顿了，这算是散伙饭吗？”

“你这是说的什么话，哥们儿带了瓶好点的酒就成了散伙饭了，告诉你，以后咱哥们儿聚酒我都带‘五粮液’，就这牌子不倒。”毛小宝总算找到了存在感，让他在侯晓东面前大大地炫耀了一把。

一杯酒下肚，侯晓东按照计划开始引诱毛小宝说话：“听我舅说你们昨天可都没少喝，他说他都有点多了。”

“是，昨天就喝的这酒，三瓶酒。你们那个刘主任喝得比我俩多点，超过一瓶了，我有一瓶，你舅少点……”和侯晓东想的一样，他这话匣子这就算打开了，听他慢慢吹吧。侯晓东为了节省时间，不让他漫天瞎侃，时不时地掌握着方向，用话引导他转换话题，最后说：“你舅找代驾走了，我自己也回家了，把刘主任一个人扔到包间里了。”

侯晓东装作无所谓地问：“他喝那么多酒，你就敢把他一个人扔在那儿不管，要是出了事你们可都有责任。”

毛小宝说：“没事，有人管。”

“谁管？”

“我老板管呗，他让我先走的。”

“你怎么知道你老板会管他？”

“他们是老相识了，不可能不管他。”

老相识？侯晓东更摸不着头脑了，既然是老相识，他为什么自己不出席，还让毛老六代替他出席？想到这儿，侯晓东感觉这个人太神秘了，神秘得让他感觉有点儿害怕，有种预感是昨晚刘志民肯定出事了，很有可能就是这个人给刘志民做了局。侯晓东接着问：“你说你老板和刘主任是老相识，是哪位啊？刘主任的老相识我也认识几个。”

“别问了，不是跟你说了吗，这事老板不让说，其他的都可以说，唯独这事要保密。”这次毛小宝还真是长了记性，一杯多酒下肚还能控制住嘴。这说明这个人更关键了，越是神秘就越让侯晓东想一探究竟。

他端起酒杯说：“咱哥儿俩干了这半杯。”

毛小宝说：“昨天喝得有点多，今天还有些不舒服，咱慢点儿喝。”

“什么时候变得文绉绉了，这哪是你的风格，我先干了，你爱喝不喝。”侯晓东知道什么时候该用什么办法劝酒，这时只要一激，他准喝。这招儿果然奏效，没等侯晓东酒杯放下，毛小宝就一口干了那半杯酒。

侯晓东心想：“两杯酒下肚，估计你就该说了，就不信你可以改了吹牛的毛病，可以管住你那张破嘴，就算狗改了吃屎你也改不了。”侯晓东在心里盘算如何让毛小宝把底细说出来。

“哎，昨天我也是第一次去四星级酒店，那儿装修太豪华了。那迎宾小姐，个个长得都那么水灵，那身材，有机会我带你去见识见识。”毛小宝说完还啧啧啧了几声，仿佛还沉浸在那种享受中。

“行了，行了，看你那样儿，哈喇子都流出来了。”

“你是没见过，见了你就不说我了，咱俩都一样。”毛小宝回怼了两句。

侯晓东又说：“看来你老板挺有钱。”

“那是，有钱。”

“有钱的人有的是，大方的没几个，都抠抠搜搜的。”

“我这老板可不一样，对我可好了，可大方了。”

“不就是带你去了几次酒店吗，那就算大方了，最后你最多也就剩下一挂肥杂碎，要是喝出病来就没人管你了。”

“今朝有酒今朝醉，管他明天是和非。”毛小宝开始了侃大山模式，山南海北地聊了起来，侯晓东心想也就这些了，他老板的名字这次指定是不会说出来的。侯晓东在想用什么方法知道这个人，因为所有的谜团都得这个人出现才能揭开。酒喝到恰到好处时才是管用的，在酒精的作用下，侯晓东第一次感觉到自己的脑瓜还真聪明，真就是人们说的猴精了一把，还在心里暗自夸奖了自己一番。他打定主意后就开始假装喝多了，将身子背靠在椅子上，又将椅子向后推了推，挤在吧台上，身子向后仰着，对着天花板呼呼地喘着大气，好像呼吸困难似的。毛小宝见侯晓东这动作就问他：“怎么，才两杯就不行了？”

“今天不在状态，要不就是酒太好，没福分享受。”

“那给你换二锅头试试？”

“快散了吧，还让我活吗？”

“这才哪到哪，要不行你换啤酒。”毛小宝咋呼着说。

侯晓东看差不多了就说：“今天就到这儿，你昨天也喝多了，今天喝这些正好，不多不少，吃点饭咱早点回去休息吧。”

确实，昨天的酒让毛小宝现在还有些难受，要是平时想走可没门儿，喝不透，说不透，谁也别想走。但是今天例外，他就说：“行，那咱就早点回家。”

侯晓东看着毛小宝打车走了，自己也打了辆车，但目的地不是回家，是那个四星级酒店。酒店的保安队长也是他哥们儿，他要找保安队长调出昨天的监控视频，看看是谁最后把刘志民弄走的，弄到哪里去了。出租车在酒店门口停下，侯晓东下车后，一边上台阶一边给保安队长打电话：“喂，哥们儿，我到了，去哪儿找你？”听筒里对方说：“进门上电梯到负一层，我在电梯门口等你。”

侯晓东进门，两排女服务员就像毛小宝说的一样漂亮、一样热情，但是听他说是来找保安队长的就没人搭理他了，前台服务员问：“联系好了吗？”他只好再次打通保安队长的电话，让他和前台说一声才让他进去。到了负一层这里，灯是声控的，电梯开门的同时灯就亮了，不过不像楼上的那样亮。保安队长从一个斜对电梯口的门里出来，打着招呼让侯晓东进屋。监控室里三面墙都是监控显示器，侯晓东被显示器包围着，看得眼花缭乱，不知道看哪个。保安队长说：“东哥你查哪天的，大概几点？”

“看下昨天晚上七点以后，888号包间是谁最后从里面出来的？”

“找到了，一共三个人，走了两个，里面还有一个。”保安队长说。

侯晓东说：“里面那个人怎么还没出来，你快进一下。”保安队长按侯晓东的要求按着快进键，显示器显示廖副厂长和毛小宝走了13分钟后从外面进来个胖男人，进去时是背影没看清，不过侯晓东感觉这个身影很眼熟。不一会儿，胖男人架着刘志民从包间出来，这下正脸对着监控，侯晓东差点儿叫出声来。原来是老宋，他顿时感觉出要出大事了，这家伙从上次被刘志民踢出供应商名录就恨上他了，总想收拾刘志民，怪不得六子不说他老板是谁呢。侯晓东又说：“看看他把刘主任弄哪儿去了。”

第五十章

跟着监控视频，侯晓东还原了昨天的现场，老宋把刘志民带上电梯。看他按了下六楼，保安队长换了台显示器调到六楼的监控范围，按刚才的时间搜索着。不一会儿，就见老宋和刘志民从电梯里出来了。这个监控画面很清晰，就见刘志民一副神志不清的样子，一只手搂着老宋的脖子，另一只手挥舞着，嘴里好像还在说着什么。紧接着老宋连扶带架地把刘志民弄到609号客房门前，掏出卡片打开房门。两人进去后十几分钟，又来了一个花枝招展的女人敲门，门开了，女人走进去，老宋把头探出来，左右看了眼，又将头缩了回去。监控记录的时间是26分钟后，老宋和女人从房间里出来的，此后再无人进去。直到第二天早上九点十五分，刘志民才慌慌张张地从房间里出来，面容很憔悴，一看就是醉酒后的样子。侯晓东又让保安队长调了下刘志民下楼后的监控，显示他到了酒店门口打了辆出租车就走了。侯晓东计算了从酒店到盛宇峰的时间，回忆早上第一次看到刘志民的时间，几乎吻合，说明他从酒店走后就是到单位来上班了，没去过其他地方，那就是老宋和这个女人不知道做了什么。但以侯晓东的猴精程度来说，他已经猜出来了，“仙人跳”。可是刘志民喝成那个样子，就是比死人多口气，还能干什么呢？酒店的情况他摸清楚了，掏出U盘让队长给他拷贝一份。拷贝完，他对保安队长说：“兄弟这次多亏你了，有了这些，我就可以帮刘主任洗清了，我还得急着办正事去，回头我再请你喝酒。”说完上电梯离开了酒店。到了街上，他拨通了柳莎莎的电话，就听柳莎莎急促的声音问道：“怎样，毛小宝说了吗？”

“说了，但是最关键的人物名字没说，我通过他说酒店的名字，到了酒店找我的哥们儿把监控视频弄到手了。”侯晓东通过电话得意地表现着，显摆他的人脉有多广。

“根据你所说的，也不能完全证明刘主任没有事，因为谁也不知道他这26分钟都干了什么。”柳莎莎分析着哪里还需要补充证据。

侯晓东说：“他都醉成那样了，还能干啥，你知道吗？他喝了一瓶多。”

“你说的都是猜想，缺少证据，你现在需要找到那个女人或者老宋，他俩有一个人能证明在这26分钟里没发生任何事才行。”

“老宋肯定不会说，得找那个女人，我问问六子知道吗，你先等我消息。”侯晓东挂断电话就又给毛小宝打了过去，假装问：“到家了吗，今天咱俩喝酒有点儿急，你没事吧？”

毛小宝说：“这才哪儿到哪儿，再来两杯也没事。”

侯晓东就顺着他说："我也缓过来了，刚才不知怎么了，说难受就来了，现在没事了，咱俩再来点啤酒、烧烤?"

毛小宝爽快地答应了，侯晓东让他在家等着，说就在他家附近的强哥烧烤。这次侯晓东在毛小宝后面到的，进屋看见毛小宝已经点了鸡翅和烤串，整整一大盘，旁边还放着两箱啤酒，一箱是六瓶的那种。见侯晓东进来，毛小宝就说："喝酒不管够，不如活埋好，快来，等你半天了。"

"火箭快，打不着呀，只能打个出租车。"

"来吧，我都喝半瓶了，你赶紧追上吧。"

侯晓东说："这还叫事儿。"说着拿出两瓶啤酒，用一瓶的瓶盖顶住另一瓶的瓶盖，使劲一压，就听着"砰"的一声，被顶的瓶盖飞了起来，撞到天花板，又落在地上弹了两下滚到桌子下面去了。侯晓东倒满一杯啤酒说着："我先追一杯。"就一口干了下去，喝完后说了声"爽"，这才坐下来和毛小宝开始重新喝。聊来聊去，侯晓东问毛小宝认识老宋吗，毛小宝就像触电一样，打了个哆嗦。

毛小宝并没有回答，然后反问道："你问这个干什么?"

"我知道他就是你说的老板，但是你却不知道老宋是个什么人，你跟着他早晚有一天会倒大霉。"

"我要嘛没嘛，除了穷，嘛都没有，我跟着他这半年，吃香的喝辣的，出出进进大大小小的饭店无数，这半年我把前半辈子没享受过的都享受了，也值了。"

侯晓东看毛小宝冥顽不灵，就用手敲了敲他的脑袋："你呀，你这里装的都是大粪，几瓶‘猫尿’就把你迷惑住了，好坏不分，香臭不分，等你死了也就是臭块地方。”

“行啦行啦，别给我讲大道理，跟我有关系吗？过一天算一天，乐呵乐呵得了。”说着端起酒杯一仰脖，干了一杯。

第五十一章

这时，已经是晚上十点多了，冷清的街道上有个身影漫无目的地走着，是刘志民，对，就是刘志民。他想回家，可又怕回家，怕见到李霞没法说，不管怎么说，人家手里有照片，一旦曝光，自己就是有一万张嘴也说不清了，再说醉成那样自己也不清楚自己干了什么，万一要是干了不该干的事呢。他反复回忆在酒店客房的经过，从下午到现在也没想起什么来。那个时间段他的脑子在酒精麻痹下出现了短时间失忆，从喝完最后一杯酒，后面的事都不记得了，最清晰的记忆就是早晨起床发现躺在酒店的床上。最后，思来想去，他觉得自己身子正就不要怕影子歪，那是被人设计的陷阱。如果跟李霞说清楚，李霞应该会明白里面的利害关系，更会理解自己的苦衷。于是，他决定回家向李霞坦白，争取得到她的原谅。可是当他快步回到家门口时，脚步又慢了下来，在家门口转了几圈就是不敢进去，那个门就在他面前，只要一推，就进去了，可要推开这个曾经无数次推开的门，这次竟然需要莫大的勇气。他站在门前，低头思索，怀疑自己能否说得清楚，能否把来龙去脉说得让李霞相信自己的清白。他又退缩了，轻轻叹口气，还是回单位凑合一宿吧。走了几步，他又站住了，回过头一望，见屋里的灯光还亮着，他知道那是李霞给他留的灯，每次在他回来晚时都会给他留一盏灯。他的双手紧紧地攥了攥，算是给自己鼓了鼓勇气，很迟缓地打开了家门。李霞已经睡了，他轻手轻脚地进了屋，轻微的动静还是让李霞听到了，她问了句："回来了？"刘志民"嗯"了一声，便坐在沙发上没了声音。沉了一会儿，李霞觉得有些不对劲，从卧室出来，看到刘志民脸色发青，垂头丧气，就关切地问："这是怎么了，谁给你气受了？"

刘志民没有回答，呆若木鸡似的坐着。李霞发现刘志民脖子上有和人厮打过的痕迹，又仔细看看手背上还破了块皮。李霞急急地问："你倒是说话呀，这跟谁打架了？"

刘志民张了张嘴，可是半个字也没说出来，心里好多话要说，可是又不知从哪儿说起。在李霞的再三追问下，他才慢吞吞地说："我被人陷害了，你能信我吗？"

李霞说："信，我信你，到底怎么回事，你说清楚。"

刘志民从昨天廖副厂长约他喝酒说起，一直说到和老宋一伙人打起来，打不过跑了的过程都说了一遍。李霞听完，也是愣在了当场。这本是电视剧情节，生活中哪有这类事情发生，可是就偏偏发生了，还就发生在自己男人身上，让她怎么接受得了。李霞转念一想老公肯定是被陷害的，她太了解自己的男人了，打死也不会干出这种事来；可是又一想，酒能乱性，虽然是被陷害，但还是同别的女人上了床，想想自己男人和别的女人抱在一起干那事，她就恶心，从心底里恶心。看着眼前这个男人既心疼又厌恶，哪怕是和老宋打仗，被打瘫痪了她都会不离不弃，唯独这种事她接受不了。她一句安慰的话都没说，进了卧室把门用力一摔，然后听着从里面上锁的声音，再往后就听见里面的哭声，哭得是那样凄凉，那样幽怨。刘志民听不下去了，起身走出家门，向单位走去。门卫保安看见他来了，忙问："刘主任今天又加班?"刘志民"嗯"了一声就进去了，因为他经常加班，保安对此早就习以为常了。刘志民的心思还在一团乱麻中，他虽然来到单位，但又担心媳妇。这么多年，他们夫妻连一句拌嘴的话都没有说过，更别说吵架了，他始终坚持让自己做媳妇最信任的男人，李霞也确信她的男人是个好男人，没事不会到处喝烂酒，更不会做违法乱纪的事。昨天他没回家李霞认为是加班了，就没有找他，可当听到自己男人讲述了这种夫妻之间最在乎的事之后，就有种本能的条件反射，还是无法接受的那种。刘志民躺在值班室的床上，翻来覆去，像是长了疥疮，说不出来的一种痛苦。不知什么时候，他昏昏沉沉地睡着了。天亮后，他掏出手机发现没电了，赶紧充上电，开机后，嘟、嘟……发出了一连串的微信提示铃声。他打开一看有侯晓东的，有柳莎莎的，还有厂长的……他没看完就关上了手机，他现在的状态完全崩溃了，什么也不想干，什么也不想管，满脑子就是怎么给自己洗白，怎么让李霞消除心病，怎样从老宋手里拿回所有的照片和相关记录。这时，手机响了，是柳莎莎打来的，他不想接，接了后说什么呢？把这些事跟一个未婚的姑娘说，又如何开得了口，他把电话扔到了床上。屋外有人敲门，他也不想开门，不论是谁，他都不想见，就连李霞都不能理解，还有谁会理解他。门外传出柳莎莎的声音："开门，我知道你在里面，我听到你手机铃声了。你开开门，有什么事我帮你想办法。"刘志民没动窝，也没说话。过了一会儿，柳莎莎又说："你的事我都知道了，侯晓东告诉我的，我们正在帮你想办法，知道你是被陷害的。现在侯晓东已经拿到了大部分证据，可以证明你醉酒的事，但是你醉酒后的事我们就不了解了，如果你可以说清的话，我们看看怎样帮你。但是，你得先开开门让我进去。"

刘志民听到柳莎莎这番话，已经感动得泪如雨下了，他强忍着不让自己发出声音来，真没想到在这种时候还有她和侯晓东相信自己，还为自己找证据，帮自己洗刷清白。

门外又多了个声音："他在里面吗？"

"在，我刚给他打电话听到他手机响了。"

"会不会人没在里面，手机忘在这里了。"

"我的直觉告诉我，他肯定在里面。"

"那好吧，你先回去，让我来和他谈谈。"

刘志民听得出来这声音，是厂长来了，他更不好意思开门了，自己在厂长心目中是高尚的，是大公无私的，是德才兼备的，出了这事，自己不成伪君子了吗？

厂长说："志民，开开门，你的事我知道了，但是我相信你不会干出这种事。你把门打开，我们好好谈谈，躲避不是办法，你能在这里躲一辈子？不可能吧。听我的，开开门。”

刘志民也知道躲避不是解决事情的办法，只是现在自己脑子很乱，不想面对柳莎莎而已，听厂长让她先回避，他的顾虑就少了一些。在厂长催他开门的时候，他打开了房门：“厂长你来了，进屋说吧。”

厂长说：“我刚接到举报，有人说你利用职权在外面喝大酒，乱搞男女关系，还说有照片为证，只要我想看，随时可以送过来，要是不信，就问你自己说有没有这事。”

没等厂长说完，刘志民就打断了厂长的话：“你听到的都有，但不全是真的。”

厂长说：“那你就说说吧，到底是怎么一回事？”

刘志民把和李霞说的话又和厂长说了一遍，厂长点点头说：“按你的说法你是被陷害了，这个可以让廖副厂长给你做证，在这种时候他会站出来讲真话的，这个你可以放心，包在我身上。”

刘志民说：“现在有个疑点，就是我在客房里干了些什么，我自己都不清楚，这个没人可以做证。”

“有人可以做证。”外面传来柳莎莎的声音。其实她一直就没走，只是躲在外面听着了，虽然听不太清，但是断断续续的还是听见了，加上侯晓东和她说的情况，很容易就联系到一起了。柳莎莎进到屋里，被刘志民的样子吓了一跳，他的头发乱糟糟的，好像还多了很多白发，面容憔悴，皱纹也出来了，一天没见，好像老了十几岁。她两眼盯着刘志民，把刘志民盯得不好意思了，不自觉地错开她的目光，说：“唉，万万没想到会出这种幺蛾子。”声音里带着一种羞愧。

柳莎莎说：“刚接到侯晓东电话，一切都搞定了，他拿到了那个女人的证词了，那女人都说了。他用手机全部都录了音，事实证明你当晚什么都没干，连一手指都没碰过那女人，侯晓东正在回来的路上。”

厂长和刘志民听到这个消息，真如云开雾散，阳光普照。刘志民高兴得一跃而起，走到柳莎莎面前，抓住柳莎莎的手说：“谢谢你，太谢谢你了！”一看厂长在那儿正看着他俩，他意识到过于兴奋了，马上松开了手。

柳莎莎倒不在乎这些，她甩一下头发，爽快地说：“主要得谢侯晓东，这些事都是他解决的。”

第五十二章

在刘志民被陷害这个事上，侯晓东对毛小宝真是磨破了嘴皮子，可毛小宝就是不松口，不答应帮忙。说到凌晨了，侯晓东看是真说不动他，就说："都先回家睡觉吧，你回去也考虑考虑，是站在正义这边，做个堂堂正正的人，还是为了那些吃喝做些违背良心的事。"

转天早晨，侯晓东还没起床，就接到毛小宝电话，说他回家后，翻来覆去地睡不着，琢磨侯晓东说的话很有道理。但他对这些烂事真不清楚，老宋也没跟他说过，他认为就是跟着老宋跑跑腿，顶个名儿，到处跟着吃吃喝喝，没想太多。听了侯晓东的话，觉得做人还是要脚踏实地。他想通了，帮这个忙，事成之后就不再跟老宋干了，找个正事儿干干。侯晓东听他这样说，高兴坏了，赶紧问："咱见个面，商量商量下一步怎么走。"

"二大街后面有个拉面馆，咱俩边吃边说。"

"好嘞，马上就到。"侯晓东挂了电话，从床铺上一跃而起，穿上衣服就出了家门，这速度比消防员都快。

侯晓东见到毛小宝后就问："你说说咱怎么干吧。"

毛小宝说："先吃着，热乎的。"

毛小宝对老宋也不是太了解，他就是老宋找的替罪羊，在前面当个影子，幕后实际操纵人还是老宋。老宋有了钱就变坏了，不但在外面找女人，还包养了一个，就是和刘志民照相的那个女人。她是老宋在足浴店做按摩认识的，叫红梅，每次老宋做按摩都点她，来往得多了，老宋就请她出去吃饭，一来二去就混到一起了。对于红梅来说是好事，自从跟了老宋，也不用再去足浴店上班了，老宋给她租了房子，她只为老宋一个人服务。这次情况急，老宋顾不上找别的女人，也没有更合适的人，才让红梅去干这事，他想反正就是照几张照片也不会少了什么，再说他都醉成死人一样了，何况是自己给他们拍照。老宋和红梅说了这事，开始她不同意，后来老宋答应给她换一辆红色马自达汽车，她才答应的。这些只有老宋和她知道，其他人不知道。毛小宝听侯晓东说有个妖艳的女人，他就猜到了是老宋包养的女人红梅了，便对侯晓东说："只能从老宋包养的女人这下手，我都计划好了，你听我说……"他就把自己的计划一五一十地跟侯晓东说了个明明白白。

侯晓东听后说："你小子怎么想出来的主意？"

"我半宿没睡，就琢磨这事了，要答应帮你就得帮成。是吧？"

"对，那咱俩现在就去？"侯晓东着急地催促着。

毛小宝和侯晓东来到红梅租住的楼下，看见老宋的车停在楼下，俩人就躲在小区外面等，等老宋走。大概十点左右，老宋下楼，钻进汽车离开了。

毛小宝说："机会来了。"他示意侯晓东跟他身后，到了红梅门口。毛小宝敲开了红梅的房门，红梅认识毛小宝，平时就喊他六子，看到是他来了，就问："六子，有什么事吗？"

毛小宝说："找宋老板说点事。"

"他刚走。"

"是吗？真不凑巧，那就先跟你说说吧，你看怎样？"

"跟我说？"红梅有些疑惑地问。

毛小宝说："这事有点儿急，先和你说说，你听听有没有必要和老板说。"

"那好，说吧？"

"他是我哥们儿，盛宇峰的，他舅是那儿的厂长，他们不是要上新项目吗，老板让我跟他们谈谈。昨天把刘主任喝倒了，估计他得偏向咱们。我再让我这哥们儿和他舅再说说，两个厂长都帮咱说话，成功的希望就大了。不过，事成之后，咱得给他点儿好处费，你看这事儿能和老板说吗？"

"能说，刚才我俩还商量这事呢，那个刘志民是帮不上咱了，你说他舅是廖副厂长？"红梅指着侯晓东问。

"是，亲舅。"侯晓东回答。

红梅说："我看这事行，只要你能拿下订单，我帮你和老宋谈。"

毛小宝问："红梅姐，你刚说刘主任指望不上了，是怎么一回事？我昨天才把他拿下的，都喝成好哥们儿了。"

"要是你那几杯酒可以拿下这订单，还用我出马吗？没有我，这事还真办不成呢。"红梅在他俩面前炫耀着。

毛小宝一看机会来了，就开始说奉承话，她喜欢听什么就说什么。毛小宝在说话这方面真是天才，白的可以说黑了，黑的可以说白了，而且说瞎话面不改色心不跳，心理素质非常好，一点儿一点儿地拿话就把红梅套了进去。红梅放松了警惕，以为都是老宋的铁杆了，在侯晓东面前也借机显摆显摆，让他知道自己这个女人有多能干。一个小时左右，毛小宝来回套她的话，侯晓东也在一边帮衬着，添油加醋地奉承，让她把细节说了两遍。侯晓东示意毛小宝："行了，撤吧。"毛小宝自然明白，俩人交换了眼色，又编了套瞎话，就离开了红梅的住所。到了外面，可把俩人乐坏了，没想到如此顺利，就把最有力的证据拿到手了。侯晓东赶紧给柳莎莎打电话说了情况。

柳莎莎说："现在刘主任情况很不好，厂长正在和他谈话，你这个爆炸性消息一定会让他惊喜，赶快回来吧。"

侯晓东挂断电话对毛小宝说："六子，你也别回去上班了，一会儿老宋就得知道了，找个其他的工作干吧。要不你就去盛宇峰，我帮你找厂长说说，肯定没问题。"

"算了吧，我散漫惯了，受不了制度的管制，我还是找个适合我的差事吧。"说完，毛小宝就让侯晓东去干正事，不用管自己了，万一自己吃不上饭时再去找他。

毛小宝走后，侯晓东就回盛宇峰了。在路上，他看到老宋正从茶楼出来，一手举着电话大步地向车上走去。侯晓东看见老宋眼睛就冒火，想把他逮住带回厂里当面对质。想到这儿，他飞快地跑到老宋身后，一下子就拧住了老宋的胳膊，让老宋翻不过身来。老宋只能侧着脸往后看，一见是侯晓东，就知道不好了，他大声喊："来人哪！"这时从车里跳下几个人朝侯晓东跑了过来，几个人拳打脚踢，侯晓东很快就招架不住了，再想跑都跑不了了，被几个人摁到地上，又是一顿没屁股没脸地臭揍。侯晓东不甘心，一边挨打，他的眼还四下踅摸，手也不断地瞎抓，正好抓到一块板砖。他找了个机会突然一跃而起，对准老宋的脑袋就拍了下去，一下子就把老宋拍了个血浆四溅，老宋立马就晕了过去。那几个人一看怕出人命，吓得四散奔逃。侯晓东看看倒在地上的老宋，摸了摸他的鼻子，还有气，赶紧拨通了120急救车，挂断电话，他又打了110报警电话，民警让他在原地别动，等着他们来了处理。接着他又给柳莎莎打了电话。挂断柳莎莎的电话，120急救车就到了，他帮着医护人员把老宋搭上救护车送去医院抢救。这时刘志民和柳莎莎还有警察也到了出事地点，侯晓东把U盘和手机交给了刘志民，笑着说："还记得咱俩在小酒馆说的话吗？只要我看中的人，我就愿意为他做任何事。我说到做到了，证据都在这里。"刘志民用颤抖的手接了过来。警察说："你先跟我们去所里做下笔录。"说完就让侯晓东上了警车，侯晓东透过汽车玻璃咧着嘴笑着，向刘志民挥了挥手。

刘志民看着远去的警车，脑子里回响着侯晓东在小酒馆里的话，“只要我看中的人，我就愿意为他做任何事”。此时他心里是五味杂陈，再也控制不住的眼泪如断线的珠子，整个身子僵直得像个雕塑一动不动……

第五十三章

刘志民没有回家，他心情很乱，想一个人静静，于是他回到厂里躺在床上，两眼望着天花板发呆。这时有人敲门，说："志民开门，是我，我来接你回家，事情的经过柳记者都和我说清楚了，你是被陷害的。我对不起你，在你最需要我时我没能给予你足够的信任，请你原谅我，开开门，咱们回家好吗？"

刘志民听着李霞真诚的道歉，控制不住的眼泪一下子涌出了眼眶。是啊，没有比真相大白更让刘志民高兴的事了，能够与李霞消除误会是家庭和谐的根本，他感觉自己从婚姻崩溃的边缘绕了一圈又回来了。他连忙起身打开房门，与李霞两个人紧紧地拥抱在一起。此时，不用过多的语言，所有误解都被这紧紧的拥抱融化了。

在一旁的柳莎莎看着两个人消除误会，紧密相拥，眼里噙着泪，高兴地说："刘主任还不赶紧收拾下，跟嫂子回家说。"

听到柳莎莎说话，李霞不好意思地松开了刘志民，说道："这次咱要好好谢谢柳记者，你的事，她和侯晓东出了大力，刚才也是她找到我，和我说明了前因后果，我才知道事件的原委，柳记者真是一位有正义感、有职业理想的新青年。”

刘志民听到李霞对柳莎莎的夸赞，看来在她心中的各种疑虑已经消失。他缓步走向柳莎莎说：“谢谢！谢谢你了！”

虽然只是简单的一句，可里面饱含了同事之间朴素又深厚的情感，有对柳莎莎在刘志民被陷害时给予的理解和信任的感谢，有对她职业追求中体现出的认真敬业精神的感谢，也有对她正能量、正义感的感谢。

新项目招标被老宋这一搅和耽误了进度，刘志民很着急。刚一上班，刘志民就找到厂长说要加快项目推动进度，也正说到厂长心坎儿上了。就在两个人商议招标事宜时，廖副厂长也来到了厂长办公室，对他俩说：“刘主任，这次事件我有责任，不但给刘主任个人带来麻烦，也延误了项目进度，我真诚地向刘主任道歉，看看哪里需要我，也给我安排点工作。”

廖副厂长一席话虽然不多但是很真诚，他也在明显地改变，这是厂长和刘志民没预料到的。

刘志民说：“这事也不能怨你，你是被老宋利用的，你也是好心，想帮我多找几家供应商，这个结果也不是你想看到的，事情过去了就让它过去吧。”说完，刘志民向廖副厂长伸出手，两只手紧紧地握在一起。

厂长看到两个人冰释前嫌，也伸出双手紧紧地握在一起，说：“好，有很多工作需要你配合了，看到你俩解除误会，握手言和，我心里好高兴啊，以后就让咱们心往一处想，劲儿往一处使。”

招标会在刘志民和廖副厂长的组织下开得很顺利，最终在竞标的十几家公司里，一家自动化研究所中标，他们的性价比最高，而且团队力量非常强大，工期也是最短的。项目进展非常顺利，设备组装很快完成，经过几次试运行，产品质量也达到行业标准。厂长向集团董事长汇报后，定于周一对项目剪彩并正式投入使用。

下午快下班的时候，刘志民突然接到会议通知：今晚集团董事长要来盛宇峰公司，亲自主持召开盛宇峰厂领导班子和中层干部的会议，会上有重要事情宣布。

晚上，会议室里灯火通明。董事长说：“今天这个会议就一件事，根据刘志民上任盛宇峰修配车间主任以来的表现和取得的成绩，为了体现表彰先进，鼓励个人奋斗，为有用之才提供用武之地，为集团进一步发展营造好风气，经盛宇峰厂长推荐，集团决定打破家族企业管理层必须由家族内人员出任的旧规矩，任命刘志民为盛宇峰公司副厂长！”

这个突如其来的任命，让所有人都感到吃惊和意外，会议室出现了短暂的静默。少顷，在董事长的带动下，会场响起了热烈的掌声。

紧接着，厂长讲话，对刘志民担任车间主任兼职改革小组组长的工作进行了高度评价。厂长说：“其实，刘主任前段时间已经干着副厂长的工作了，这次董事长宣布，只是明确了刘主任的职务变更而已，盛宇峰需要刘志民，刘志民也需要盛宇峰！”

然后，刘志民做了简短的表态发言，因为这个任命太突然了，让他有点措手不及，他脑子里突然就乱了，也想不出应该说什么。他站在那里，木了足有半分钟，说了一句话：“别的没有，就一个字，干，不合格，立马撤！”简洁有力的表态博得现场一片掌声。

散会后，大家都走了，而刘志民依然在座位上沉思，他的目光透过明亮的窗户，朝厂区以外很远的地方望去，小城的灯火向四处延伸，那光亮在漆黑的夜晚中显得那么有章法。他的神情变得凝重起来，心里五味杂陈。他在盛宇峰的经历就像电影一样闪回，在他心里交替着美好或失落、痛苦或甜蜜的画面。他把目光收回来，转而望见会议室侧面墙上那幅《泰山日出》山水画，看到画面上泰山作为群岳之首，四海归一，雄伟壮丽，令人敬仰，可谓“泰山安则天下安”。由此，他想到，盛宇峰在员工心中就是一座泰山：盛宇峰荣，则员工荣；盛宇峰败，员工自然也跟着败。企业与员工就是藤与瓜的关系啊。他又想，集团任命他当副厂长，对自己来说，简直过于戏剧化，他甚至没有任何思想准备。从一个应聘上任的车间主任到一个家族式管理的企业副厂长，跳跃是很大的，这让他心里忐忑不安，更何况盛宇峰是集团公司的骨干企业，副厂长这个位置的重要性不言而喻。

这些年，不停地忙碌加快了刘志民的生活节奏，也锻炼了他处理问题的能力，更培养了他在困局中寻觅出路的能力。其实，对于自己的能力，刘志民心里最清楚，他知道，支持他一路走来的最大动力就是责任。不论在任何时候，只要他感觉到肩膀上有责任，他就会在心里憋着一股子劲儿，就算是不吃不喝不睡觉，也要把事情办好。他由衷地感慨，岁月的车轮从来都是一路向前，铿锵有力，不会为谁停留，也不会被谁预约。今天的成败得失，明天就变成了过眼云烟。

走出会议室，夜色已经有些深沉了，整座小城灯火阑珊。

刘志民推着自行车，在马路上慢慢走，他想让自己静一静，好好地思考思考。盛宇峰虽然是民营企业，但在这个城市还算得上有一定的规模，自己以后除了当好车间主任，还要担当副厂长的责任，不管怎么说，这是厂长对自己的信任。既然答应了厂长，要做好厂长的左右手，就要让自己的肩膀硬起来，挺起来，还是要坚持自己多年的做人做事的原则，做事凭良心，不刻意、不虚夸、不要威风，认真坦诚地对待任何人，因为诚可以昭天下，因为诚可以换人心，众望所归靠真诚，开创事业更要靠真诚。

刘志民琢磨，要当好这个副厂长，除了真诚，还要不断创新经营思路，充分发挥盛宇峰的质量、品牌、销售网络等优势，通过多种渠道积极开发新客户、新市场，在巩固原有销售网点的基础上，以点带面，加强对周边地区的全面开发，还要增强永不满足和敢为人先的自强意识，坚持科技创新，以市场为导向、以产品为龙头、以质量为基础、以文化为支撑，用创新走出盛宇峰高效、节能、可持续的康庄大道。

刘志民脑海里再次浮现出会议室那幅《泰山日出》，他似乎看到画面上有一只展翅翱翔的苍鹰，掀动着如云的巨翼，向着璨如朝霞的苍穹冲去！他又似乎看到，盛宇峰前行的路上彤云翻卷，紫气氤氲，百花烂漫，一个更加美好的明天向着盛宇峰走来。他又想到侯晓东、王师傅以及盛宇峰众多的员工，他们也有梦想和追求，将来的盛宇峰管理层必须与员工上下合体，共谋大业，只有这样，盛宇峰的明天才会一片光明。想到这里，他感觉眼神突然明亮了许多，浑身轻松。

回望盛宇峰，那里依然是一片灿然……

后　记

为深入学习贯彻习近平文化思想，打造健康文明、昂扬向上、全员参与的职工文化，天津市总工会联合天津市作家协会、中国工人出版社开展天津市职工作家培育工程，深入挖掘中国职工文学起源地的深厚宝贵资源，创作职工文学精品，大力传承和弘扬职工文学，积极推动天津职工文学繁荣发展。通过培育工程，力求发现培育一批职工作家，点燃天津职工文学创作之火，推出讴歌新时代、颂扬主旋律、增强职工精神力量的现实主义小说作品，讲好中国故事、天津故事、职工故事，大力弘扬劳模精神、劳动精神、工匠精神，凝聚起为实现中华民族伟大复兴中国梦而团结奋斗的强大精神力量。

2023年4月培育工程启动以来，面向天津市职工征集5万字以上中长篇小说，先后召开两次专题工作推进会，举行职工作家培育工程座谈会，举办职工读书分享活动，基层工会认真组织，广大职工文学爱好者积极参与，共收到53部应征小说作品。天津市总工会、天津市作家协会成立专家评审组，推选出了10部小说作品，由此确定10名职工作家培育对象，随后邀请知名作家、评论家对10名职工作家培育对象作品进行指导，小说作品都在原有的基础上进行了结构和文字上的拓展完善，2023年底完成10部小说作品的成稿，经过中国工人出版社专业出版团队精心打造书稿，2024年4月出版发行天津市职工作家创作文丛。

感谢著名作家蒋子龙对培育工程的关注和支持，特别是蒋老逐篇审阅了文丛书稿，提出了修改意见，并亲自为文丛作序，倾注了大量心血，他对晚辈和新人的倾心扶植与关爱，让我们感动。全国总工会对天津市职工作家培育工程给予充分肯定，全国总工会宣教部专题听取汇报，提出指导意见，对丛书出版和推介也提出具体意见。感谢天津市委宣传部、天津市作家协会对丛书编辑出版的指导和支持。还要感谢王震海、狄青、张楚、邵衡宁、宋曙光、徐福伟、黄桂元（按姓氏笔画排序）等作家、评论家对职工作家培育对象进行了一对一悉心培育，对作品给予了一对一倾心指导，在此对各位领导和专家表示衷心的感谢。

由于编者水平有限，疏误之处，敬请广大读者批评指正。

天津市总工会

2024年4月